Sigrun Dahmer, Jahrgang 1966, stammt ursprünglich aus Bochum. Doch sie war schon immer ein Zugvogel: In den Schulferien Au-Pair in Paris, nach dem Abi ein Jahr „Nanny" in den U.S.A., später ein Auslands-Semester in Spanien. Eine Zeit lang schien sie als Lehrerin an einem Kölner Gymnasium endlich sesshaft geworden zu sein. Zumindest solange, bis sie erneut, diesmal zusammen mit ihrem Mann und ihren drei Kindern, vom Reisefieber gepackt wurde: 2013 verabschiedete sich die ganze Familie aus Deutschland, um ein Sabbatical in Las Palmas zu verbringen.
Dort entstand das landeskundliche Buch Fit für Spanien, dem ein Jahr später der Ferienroman Flamenco zum Frühstück folgte. Außerdem schrieb die Autorin Songtexte für eine Latin Combo und veröffentlichte Reiseberichte – unter anderem im Globetrotter-Magazin und im spanischsprachigen Ecos. Letztendlich darf jedoch bezweifelt werden, ob all diese Maßnahmen ihr hartnäckiges Zugvogelsyndrom auch tatsächlich zu kurieren vermögen ...

SIGRUN DAHMER

Nachhilfe in Sachen Liebe

MÄNNER & ANDERE TÜCKEN

Überarbeitete Neuausgabe März 2022

Nachhilfe in Sachen Liebe

ISBN 978-3-98637-607-9
E-Book-ISBN 978-3-98637-595-9

Dies ist eine überarbeitete Neuausgabe des bereits 2021 bei dp Verlag, ein Imprint der dp DIGITAL PUBLISHERS GmbH erschienenen Titels Wer zuletzt liebt, liebt am besten (ISBN: 978-3-96087-741-7).

Covergestaltung: Herzkontur – Buchcover & Mediendesign
Umschlaggestaltung: ARTC.ore Design
Unter Verwendung von Abbildungen von shutterstock.com: © Le Panda, © Julia August, © Iya Balushkina, © Nebula Cordata, © Reinke Fox, © flowerstock, © Vectorry
Lektorat: Sofie Raff
Satz: dp DIGITAL PUBLISHERS GmbH
Druck und Bindung: Books on Demand GmbH, Norderstedt

Kapitel eins: Schneekugel ohne Schnee

Das Problem: Ihr lebt in verschiedenen Städten.
Don't: Jammern! Fernbeziehungen sind trendy und sexy.
Do: Freu dich! Bei getrenntlebenden Paaren nutzt sich die Liebe nicht so schnell ab, vermutlich befeuert die Distanz sogar die Erotik zwischen euch!
(Mehr dazu im ultimativen Beziehungsguide: So optimierst du dein Liebesleben, 17,50 Euro)

Freitagabend ... und schon flog Philips Seiden-Hängerchen, das er in seiner Berliner Lieblingsboutique für mich erstanden hatte, in den Schrank zurück.

Püppchen?

War ich ein Püppchen?

Nein. Mit neununddreißig Jahren fühlte ich mich zu alt für diese sauteuren Flatterfetzen. Vor allem im Winter und erst recht bei der so unvorteilhaft blass machenden LED-Weihnachts-Beleuchtung, mit der offenbar sämtliche Restaurantbesitzer Bochums neuerdings ihre Innenräume ausgestattet hatten. Aber das steife, langärmlige Etuikleid, das ich mir stattdessen vor die Brust hielt, konnte mich auch nicht so recht überzeugen. Meine Stirn legte sich beim Anblick meines Spiegelbildes in Falten. In diesem Outfit käme ich ähnlich charmant rüber wie Frau Merkel bei einer Gedenkminute im Bundestag. Unzufrieden klemmte ich mir eine meiner widerspenstigen Haarsträhnen hinter das Ohr. Also, ein wenig frecher dürfte das Outfit für unser romantisches Abendessen schon sein. Als wir uns kennengelernt hatten, hatte Philip mein Aussehen immerhin einmal mit dem der jungen Juliette Binoche verglichen. Sehr schmeichelhaft, zumal er dabei diskret über meine Riesennase hinweggesehen hatte. Er muss wirklich sehr verliebt gewesen sein, denn die einzigen drei Gemeinsamkeiten, die ich zwischen ihr und mir sehen konnte, waren:

Wir stammten beide aus Frankreich

Genau wie Binoches berühmteste Filmrolle hatte ich ein Faible für Schokolade (nicht, dass das unter Frauen ein Alleinstellungsmerkmal wäre).

Wir waren beide brünett.

Doch das war dann auch schon alles. Nervös schaute ich zum wiederholten Male auf den Wecker. Eine Armbanduhr trug ich aus Prinzip nicht, wobei ich zugeben muss, dass sich mein Ansatz vor allem bei der Arbeit nicht wirklich als praktikabel erwies. Zum Glück hatten sich die anderen Kollegen mittlerweile an meinen Spleen gewöhnt. Judith, unsere Sekretärin, nannte meinen Stil sogar anerkennend „Old School“, während Moritz, der Jüngste in unserem Team, schon längst der Ära der Armbanduhren entwachsen war und automatisch sein Handy zückte, wenn er nach der Uhrzeit gefragt wurde. Insgesamt fielen meine kleinen Macken in meinem Arbeitsumfeld nicht weiter ins Gewicht.

In der Künstlervermittlung, in der ich angestellt war, gab es nämlich noch weit schrägere Typen als mich. „Applaus“ gehörte meinem Onkel Pièrre. Wir betreuten hauptsächlich Alleinunterhalter und Schlagersänger, eine Musikrichtung, die zwar privat nicht zu meinen Favoriten gehörte, die dafür aber umso mehr dem Geschmack meines Onkels entsprach. Als gewitztem Inhaber und leutseligem Chef in Personalunion ging Pièrre ein gutes Arbeitsklima über alles. Er würde niemandem unnötige Steine in den Weg legen. Dementsprechend fand *er* meinen Versuch, ohne das Diktat der Uhr leben zu wollen, auch „nonchalant", wohingegen Philip die Idee als einfach nur kindisch abtat.

Schon zehn nach sieben! Die Zeit, die mir für meinen Kampf mit dem Kleiderschrank blieb, wurde langsam knapp. Es war einfach unfair: Gestandene Männer in unserem Alter hatten es in puncto Kleidung so viel leichter als wir Frauen. Eine gut geschnittene Hose, ein schickes Hemd und fertig. Herrenkonfektionsgrößen mussten nicht einmal anprobiert werden: Auswählen, Etikett lesen und ab zur Kasse. Philips Hemden saßen jedenfalls immer perfekt. Meine Freundin Emily hatte letztens, nachdem sie ihm zufällig am Bahnhof begegnet war, von ihm als einer „sexy Schnitte" gesprochen. Mir blieb es ein Rätsel, wie er es schaffte, dass seine Kleidung nach der langen Fahrt von Berlin bis ins Ruhrgebiet niemals auch nur den kleinsten Kaffeeflecken oder die winzigste Falte aufwies. „Das ziemt sich so für einen wertebewussten Politiker", klärte er mich auf. „Ein tadelloses Äußeres und ein angemessenes Gefühlsmanagement gehören eben zu den ungeschriebenen Spielregeln." Seine Einstellung trug nicht gerade dazu bei, dass ich mich bei meiner Kleidungswahl entspannte.

Unmotiviert probierte ich eine beige Hose an. *Nude look*, total in, top modern. Aber dazu passte nur die knallrote Bluse hinten links und die war ein echtes No-Go für Philip, wenigstens in der Öffentlichkeit. Privat hatte er gegen gewagte Kleidung nichts einzuwenden. Im Gegenteil ... Aber nein, keine rote Bluse.

Mein Handy piepste. Langsam begann ich panisch zu werden. Eine Nachricht von Emily. Eigentlich meldete sie sich selten per Handy, doch leider hatte sie die Whats-App-Funktion „Medieninhalte verschicken" neu für sich entdeckt. Seitdem schickte mir das verrückte Huhn ständig Ratschläge aus ihrer „Bibel“, irgend so einem völlig überbewerteten Beziehungsratgeber. Ich warf einen kurzen Blick aufs Display. Was sollte das? Die Gute sollte mich mal lieber mit passenden Klamottentipps versorgen, denn ich begann langsam zu verzweifeln. Es war wie verhext. Als hätte sich die gesamte Modewelt gegen mich verschworen! Warum konnte ich mich ausgerechnet heute nicht entscheiden?

Seit Philip sein Kommen angekündigt hatte, wurde ich das Gefühl nicht los, dass er mir endlich ganz offiziell einen Antrag machen wollte. Schließlich waren wir schon gut zwei Jahre zusammen. Kennengelernt hatten wir uns damals auf einem Straßenfest. Ich betreute dort zwei unserer Künstler namens „Das Malle-Duo“. Die beiden gehörten zu unseren beliebtesten Stimmungskanonen und mussten entsprechend hofiert werden.

Philip hatte nach der Schließung der Opelwerke beruflich in Bochum zu tun. Auf dem Fest sprach er mich unter dem Vorwand an, unser Duo engagieren zu wollen. Ich verwies ihn souverän an Pièrre, der ihn gleich überredete, seine PR von unserem Familienunternehmen machen zu lassen. Ich belauschte fassungslos die Schacherei am Telefon, während mir mein Onkel verschwörerisch zuzwinkerte. Erst als Pièrre, Philip und ich uns in den darauffolgenden Tagen mehrmals zusammensetzten, um die Details zu besprechen, ging mir auf, wie perfide mein Onkel vorgegangen war. Es kam, wie es kommen musste, und nach der dritten Besprechung verabschiedete Philip sich mit einem langen Kuss von mir. So hatten wir uns kennengelernt. Na, wenn das keine gute Story für unsere Kinder war!

Obwohl meine Vorahnung mich schon den ganzen Tag über in einen freudigen Erregungstaumel versetzt hatte, gestattete ich es mir dennoch nicht, mir die romantischen Details des Antrags auszumalen. Dazu war ich zu misstrauisch, eindeutig ein Erbe meiner verstorbenen Mutter. Was hätte ich dafür gegeben, ihr Philip noch vorstellen zu können! Als gebürtige Südfranzösin wäre sie begeistert von seinem Charme und seiner Eleganz gewesen. Doch leider war *maman* bereits einige Monate, bevor Philip und ich uns auf besagtem Straßenfest kennengelernt hatten, gestorben. An Krebs. Ich hatte lange um *maman* getrauert, wenn ich ehrlich war, tat ich es eigentlich noch heute. Aber gleichzeitig wusste ich ganz genau, dass sie unsere Hochzeit vom Himmel aus nicht nur gutheißen, sondern sie auch überglücklich mitfeiern würde. Lächelnd zog ich mir erneut das Etuikleid à la Merkel an und stellte mir meine stolze *maman* mit Petrus in einer schwungvollen Walzerdrehung vor. Doch in diesem Moment beendete das Klingeln meines Festnetztelefons abrupt alle weiteren Träumereien. Mist, bitte keine Anrufe! Nicht jetzt! Ich musste mich doch noch schminken und überhaupt ...

Meinem Apparat war das völlig egal. Unbeeindruckt von meiner Zeitnot klingelte er erneut. Das nervte. Wo hatte ich den dummen Hörer denn nur hingelegt? Während ich hektisch das Regal absuchte, breitete sich einen Moment lang Stille aus, bis der Anrufbeantworter schließlich mit einem lauten Klick ansprang. Eine tiefe Männerstimme räusperte sich umständlich ... Philip.

Ob sein Zug Verspätung hatte? Jetzt sah ich, dass der Hörer unter dem Stuhl lag. Ich war kurz davor, ihn aufzuheben und dranzugehen, als mich Philips seltsam belegter Tonfall davon abhielt.

„Ähm, tut mir leid, Béatrice, wenn du schon zu unserem Treffen unterwegs sein solltest. Ähm, was ich ..." Komisch, mein eloquenter Geliebter mied normalerweise ein „ähm“ ebenso konsequent wie ein Veganer das Steakhaus.

„Also, was ich dir sagen wollte. So leid es mir auch tut, aber aus unserer Verabredung wird nichts.“ Wie um die abgehackte Sprechweise vom Anfang des Telefonats wettzumachen, sprach Philip jetzt so schnell, dass die Silben Purzelbäume zu schlagen drohten.

„Du hast das sicherlich schon selbst gemerkt. Das mit uns passt nicht. Bochum und Berlin, das konnte auf lange Sicht nicht gut gehen. Schon gar nicht mit meinen Verpflichtungen. Ich habe einfach keine Zeit für dich. Weder jetzt noch in Zukunft. Tut mir leid. Du musst mich übrigens auch nicht zurückrufen. Bin die nächsten drei Wochen nicht in Berlin. Nur im Umland. Wahlkampf, du weißt schon. Also, noch alles Gute für dein weiteres Leben. Vielleicht …“

Ein durchdringender Piepton erklang, Philips Sprechzeit war abgelaufen.

Merkwürdig distanziert, wie in einem Film, hatte ich sein Gestotter über mich ergehen lassen. Es fühlte sich so an, als würde mich das Ganze gar nicht selbst betreffen. Ich war lediglich eine unbeteiligte Zuschauerin einer fremden Liebestragödie, wohnte in einer weihnachtlichen Schneekugel, die jemand zu wild geschüttelt hatte. Mit einem Mal kam ich mir seltsam leer und verbraucht vor. Eine Schneekugel ohne Flocken. Die Welt um mich herum erschien mir unwirklich, irgendwie gedämpft. Als befände ich mich hoch oben über den Wolken oder tief unten auf dem Meeresgrund. In Slow Motion näherte ich mich dem Telefonhörer, hob ihn auf und rief Philip zurück. „Der gewünschte Gesprächspartner ist zurzeit nicht erreichbar. Versuchen Sie es später noch einmal.“ Erschöpft setzte ich mich kurz auf den Rand des frisch bezogenen Bettes. Danach stand ich wieder auf und begann, mich kraftlos aus dem Etuikleid zu pellen. Anschließend schlüpfte ich in meine bequeme geblümte Pyjamahose. Die Kleidungsfrage jedenfalls hatte sich geklärt.

Kapitel zwei: Todesspritze und Rettungsring

Das Problem: Dein Schatz meldet sich nicht zum vereinbarten Zeitpunkt.
Don't: Vorschnelle Schlüsse ziehen! Besser ist es, deine Gefühle zu unterdrücken
Do: Höchstwahrscheinlich gibt es eine einfache Erklärung. Bleib geduldig und positiv: Männer sind eher Schweiger als Redner. Sie brauchen Anerkennung und Loyalität, geben dir aber im Gegenzug Sicherheit und Vertrauen.
(Mehr dazu im ultimativen Beziehungsguide: So optimierst du dein Liebesleben, 17.50 Euro)

Warum hatte Philip seinen letzten Satz nur mit *vielleicht* begonnen? Die ganze lange schlaflose Nacht hindurch zerbrach ich mir den Kopf über dieses eine Wort. Nachdem ich mich Ewigkeiten im Bett hin- und her gewälzt hatte, kam ich zu dem Schluss, dass es noch Hoffnung für uns gab. War es denn nicht durchaus möglich, dass Philip das Gesagte noch hatte zurücknehmen wollen? Seine Wiedergutmachung war vielleicht einfach nur der kurzen Aufnahmezeit zum Opfer gefallen. Schicksal! Nichts als ein großes technikbedingtes Missverständnis! Diese Überlegung tröstete mich immerhin so weit, dass ich in den frühen Morgenstunden noch ein wenig Schlaf finden konnte.

Als mein Wecker am Samstagmorgen klingelte, war ich sofort hellwach. *Neuer Morgen, neue Hoffnung, Bea*, sprach ich mir Mut zu. *Mit etwas Glück gewinnst du ihn zurück.* Ich atmete einmal tief durch. Als ich die Vorhänge aufriss, erwartete mich ein weiterer hässlich trüber, verregneter Wintertag. Wie sollte es auch anders sein? So war Deutschland eben im Dezember. Ich ging entschlossen in die Küche. Bevor ich zur Tat schritt, wollte ich mich erst einmal stärken. „Essen fassen", befahl ich mir und stopfte gleich darauf hemmungslos einen halben Schokonikolaus und ein Marzipanbrot als Frühstück in mich hinein. Zum Abschluss vernichtete ich noch die Tüte Lebkuchenherzen, die ich Montag eigentlich mit in die Künstleragentur hatte nehmen wollen. Jetzt war das nötige Zuckerlevel erreicht, um meinen Plan, Philip anzurufen, in die Tat umzusetzen. Tapfer nahm ich den Hörer von der Station.

Mit zitternden Fingern tippte ich auf die eingespeicherte Nummer. Beim ersten Mal erwischte ich den falschen Eintrag, beim zweiten Mal legte ich auf, sobald das erste Tuten ertönte. Beim dritten Mal jedoch hielt ich heldenhaft durch bis ich mit dem Anrufbeantworter verbunden wurde. Sonst nichts. Philip ging einfach nicht ran. Okay, nicht aufgeben! Ein Schlachtplan musste her! Ich würde jetzt systematisch wie ein Kriegsminister vorgehen! Und so setzte ich den ganzen Tag hindurch immer zur vollen Stunde einen Anruf ab. Ohne Erfolg! Mein Wecker zeigte bereits Mitternacht, als ich wie in der Nacht zuvor völlig frustriert ins Bett ging.

Sonntagmorgen. Ich stand sofort auf und versuchte es erneut. Diesmal auf nüchternen Magen, noch halb im Schlaf, vor der ersten Tasse Kaffee. Vielleicht wäre ich ohne meine übliche Dosis Koffein ruhiger, könnte meine Verhandlungen so friedvoll wie Mutter Teresa führen. Doch wieder nahm niemand ab. Nicht einmal Philips Anrufbeantworter ließ sich dazu herab, mit mir zu sprechen. Er war voll.

Ich war verzweifelt. In mir war eine große Leere. Wie sollte ich diesen Tag nur überleben? Ich legte mich wieder ins Bett, zog die Knie ans Kinn und ließ den Kopf hängen. Doch statt mich zu beruhigen, durchrollte mich eine Welle heißer Wut. Was für ein Schwein! Was fiel ihm ein, mich so zu behandeln? Er hatte noch nicht einmal den Anstand zu einer Aussprache von Angesicht zu Angesicht besessen. Ich griff nach der roten Bluse, die noch über dem Stuhl hing, knüllte sie zusammen und warf sie zornig in die Ecke. War das zu fassen, dass Philip mich nach zwei Jahren einfach so abservierte? Per Anrufbeantworter! Ging's noch mieser? Ich sprang auf und lief nervös auf und ab. Mein Gott, wir wollten doch zusammenziehen, suchten bereits seit einem Jahr eine passende Wohnung in Berlin! Ohne Ankündigung fingen meine Knie zu zittern an, mein Magen krampfte sich zusammen und mein Herz schlug so heftig, dass mein Brustkorb zu platzen drohte. Bevor ich völlig zusammenbrach, hatte ich Erbarmen mit mir selbst: Ich nahm mehrere Schlaftabletten auf einmal und ließ mich erneut auf das Bett fallen.

Als ich am Montagmorgen mit einem dumpfen Schädel aufwachte, fühlte ich mich noch immer wie gerädert, obwohl mein Wecker mir unmissverständlich anzeigte, dass ich den ganzen restlichen Sonntag und die Nacht auf Montag durchgeschlafen hatte. Glückwunsch: Ich hatte das erste Wochenende ohne Phil überlebt. Plötzlich hatte ich einen Geistesblitz. Es war zehn Uhr am Montagmorgen, ein stinknormaler Arbeitstag hatte begonnen. Ich arbeitete Gleitzeit und musste mich zum Glück nicht hetzen. Warum versuchte ich nicht einfach, Philip im Büro der Berliner Parteizentrale an den Apparat zu bekommen?

„Parteizentrale Berlin, Kriener am Apparat". Hut ab. Die Sekretärin rasselte den ganzen Spruch herunter, ohne auch nur einmal Luft zu holen.

„Guten Tag, Frau Kriener. Hier Béatrice Dupont. Könnten Sie mich bitte mit Philip Schatta verbinden?"

Ich klopfte mir innerlich auf die Schulter. Ich klang den Umständen entsprechend professionell.

„Einen Moment bitte." Angespannt lauschte ich Frau Krieners Atem. Mein Herz fing erwartungsvoll an, schneller zu schlagen.

„Hören Sie? Herr Schatta befindet sich für unbestimmte Zeit auf Dienstreise. Auf Wiederhören."

Das durfte nicht wahr sein! Selbst die Sekretärin hatte mich abserviert. Eiskalt! Und jetzt? Wo sollte ich nur hin mit meinem Liebeskummer? Das ganze Wochenende lang hatte ich mich gegen das Schicksal aufgebäumt, hatte versucht, das Missverständnis zu klären. Doch mittlerweile musste ich mir eingestehen, dass sein Schlussmachen kein „unglücklicher Zufall" gewesen war. Philip hatte ganz bewusst jeglichen Kontakt unterbunden und eine einseitige Entscheidung getroffen, die ich akzeptieren musste. Meine Schonfrist war abgelaufen. Jetzt galt es, der Welt mitzuteilen, dass Philip und ich Geschichte waren.

Und dann meldete sich noch eine andere Stimme in meinem Kopf. Sie sprach Französisch und zischelte mir ins Ohr, mit neununddreißig sei es allerhöchste Zeit, endlich unter die Haube zu kommen. In dem heiseren Tonfall, der typisch für *maman* war, fügte sie hinzu: „insbesondere, wenn du noch ein gesundes Kind in die Welt zu setzen gedenkst." Wie konnte es angehen, dass die beschränkte Weltsicht meiner Mutter noch immer einen derart großen Einfluss auf mein Leben ausübte, obwohl ich mittlerweile schon selbst eine gestandene Frau war? Ich wollte das nicht hinnehmen und kämpfte dagegen an, diesen fürchterlichen Glaubenssätzen aus meiner Kindheit Macht über mich zu geben. Stattdessen zwang ich mich, das Ganze weiterhin logisch anzugehen. Es stand viel Arbeit an, jetzt, da ich mein Leben ohne Philip neu ordnen musste. Am liebsten hätte ich mich sofort bei ‚Applaus' krankgemeldet. Da ich sonst nie fehlte und noch einen Haufen Überstunden abzufeiern hatte, wäre das überhaupt kein Problem gewesen. Allerdings wusste ich selbst nicht, wie ich dann die liegengebliebenen Jobs am nächsten Tag noch on top bewältigen sollte. Auf keinen Fall wollte ich sie unserer Sekretärin Judith aufhalsen. Okay, beschloss ich zähneknirschend, ich werde jetzt meine Gefühle gut wegsperren und in den normalen Alltag zurückkehren.

Ich schluckte. Würde ich ihn nie mehr wiedersehen, nie mehr seine Haut auf meiner spüren? Ja, ich befahl mir, der hässlichen Wahrheit ins Gesicht zu blicken: Genau das bedeutete es!

Flucht in die Arbeit war zwar nicht gerade eine originelle Strategie zur Bewältigung von Liebeskummer, aber akzeptabel, solange sie funktionierte. Ich gab mir noch eine Stunde, um in einen halbwegs arbeitsfähigen Modus umzuschalten. Tränen schossen mir in die Augen. Ich kam mir unendlich klein und hilflos vor. *Warum nahm mich jetzt niemand in den Arm? Wieso kam keiner vorbei und überraschte mich mit einer Flasche Rotwein und einer lustigen DVD? – Ganz einfach,* meldete sich mein Verstand voller Selbstmitleid: *Weil keiner da ist!* Und es stimmte tatsächlich: Niemand meiner Freunde war dem grönemeyerschen Lokalpatriotismus gefolgt und unsere Heimatstadt treu geblieben. Außer mir waren alle, die mir etwas bedeuteten und mich jetzt hätten stützen können, Hals über Kopf aus 4630 Bochum geflohen. Meinen Bruder Fred hatte es seit seinem Medizinstudium nach „Kölle am Rhing“ verschlagen und meine alte Schulfreundin Em hatte ihr Glück nicht tief im Westen, sondern im tiefen Süden, im malerischen Überlingen am Bodensee gefunden. Mir wurde schlecht vor Sehnsucht nach Em und meinem dreijährigen Patensohn Lenny. Dennoch konnte ich mich nicht überwinden, noch einmal zu telefonieren. Zum Glück gab es ja auch noch Internet.

Doch zu früh gefreut: Fünf Minuten, nachdem ich Em mein Leid gemailt hatte, rief sie mich auf dem Festnetz an. Klar, das war typisch für sie. Em besaß zwar ein Handy, aber sie benutzte es nur selten (hauptsächlich, wie gesagt, um mich mit klugen Sprüchen zu nerven). Meist lag es dekorativ mit leerem Akku auf ihrem wackeligen Beistelltisch herum. Eigentlich misstraute sie Whats App und Co. E-Mails schreiben war schon mehr ihr Ding, aber am allerliebsten nutzte sie nach wie vor das Festnetz. Ich zögerte kurz, ging dann aber doch dran. Schon seltsam: Mal war das Telefon eine Todesspritze, mal ein Rettungsring.

„Hallo", meldete ich mich tonlos.

„Oh nein, Liebes, was muss ich da lesen?"

Ich brachte sie knapp auf den neuesten Stand und fing zwischendurch immer wieder an zu weinen. Überrascht nahm ich wahr, dass Em am anderen Ende ebenfalls laut seufzte. Fassungslos stammelte sie immer wieder, was für ein schönes Paar wir gewesen waren. Sie wirkte, als habe man ihr den Boden unter den Füßen weggezogen. Die Situation war regelrecht absurd! Mitgefühl unter Freundinnen sollte eine Selbstverständlichkeit sein und so war es auch zwischen uns, aber dass *meine* Trennung Emily dermaßen aus dem Konzept brachte, verunsicherte mich dann doch etwas.

„Ich hätte es besser wissen müssen", beschuldigte sie sich selbst. „Politiker sind Schlangen und Philip ist da mit Sicherheit keine Ausnahme. Das Leben ist so ungerecht. Wie soll es jetzt nur weitergehen?" Mir kamen schon wieder die Tränen. Gleichzeitig befremdete mich Ems melodramatischer Tonfall. Hallo? Das war *mein* Liebeskummer! Doch meine Freundin ließ sich nicht unterbrechen. Sie hatte sich in Fahrt geredet.

„Wie kann er dir das antun und deine gesamte, sorgfältig geplante Zukunft innerhalb von zwei Minuten in den Mülleimer kippen? Du hättest alles für ihn aufgegeben, wärst für ihn sogar nach Berlin gezogen!"

„Ja, das stimmt. Ich hatte das schon alles mit Pièrre geklärt." Nervös lief ich mit dem Hörer durch das Zimmer und erinnerte mich an das Gespräch mit meinem Onkel. „Wir haben vereinbart, dass ich per Home-Office von Berlin aus arbeiten und nur alle zwei, drei Monate für wichtige Geschäftsgespräche nach Bochum pendeln würde." Ich machte eine Pause und ließ mich aufs Bett plumpsen. Dann holte ich tief Luft: „Weißt du, mir war schließlich von Anfang an klar, dass ich, wenn ich mit Philip zusammenleben will, nach Berlin umziehen muss. Als Politiker muss er im Zentrum des Geschehens sein. Und der Ort, an dem die große Politik gemacht wurde, heißt eindeutig nicht Bochum."

Meine Freundin lachte höflich.

„Ach, Em, es hätte durchaus funktionieren können!" Ich sah mich vor meinem inneren Auge auf einer bunten Krabbeldecke in unserer großzügig geschnittenen Altbauwohnung sitzen und geduldig mit unseren Kindern spielen. Em schien ähnlichen Fantasien nachzuhängen.

„Ihr habt ja bereits nach einer gemeinsamen Wohnung gesucht", stimmte sie mir zu.

„Wäre, hätte, Fahrradkette." Ich lachte bitter auf. „Jetzt verstehe ich auch, warum die besichtigten Apartments nicht gut genug für Philip waren. Keine Wohnung hatte eine echte Chance ..."

„Denn dein angeblicher Zukünftiger wollte sich in Wahrheit gar nicht binden", führte Em meinen schmerzhaften Gedanken zu Ende. Die Tränen liefen mir die Wangen herunter.

„Zumindest nicht an mich", schniefte ich. „Verdammte Scheiße. Ich war für ihn nur so eine Art Stolperstein in seiner Karriere. Zu wenig vorzeigbar, nicht repräsentativ genug."

„Ach, Unsinn. Der sollte sich geschmeichelt fühlen, dass ihm eine so tolle Frau wie du überhaupt eine Chance gegeben hat." Ihr Lob tat mir gut.

„Was machst du denn während der Weihnachtstage?" Em ging meine Probleme jetzt mit ruhigem Pragmatismus an. Ich war ihr dafür überaus dankbar, denn ich selbst konnte kaum einen klaren Gedanken fassen.

„Ähm, Philips Eltern haben mich letzten Sommer bei unserer ersten Begegnung eingeladen, die Weihnachtstage mit ihnen in ihrem Wintergarten zu verbringen." Damals hatte ich bei diesen Worten einen inneren Freudentanz hingelegt. Während ich meinen Erinnerungen nachhing, hörte ich durch das Telefon eine Ladenklingel läuten.

„Sorry", erklärte Em. „Kundschaft. Ich muss Schluss machen. Aber du hörst von mir. Weihnachten feierst du bei uns und dann fängst du Neujahr nochmal ganz von vorne an. Und ich verspreche dir: Wenn ich dich wieder aufgepäppelt habe, wirst du durchstarten wie eine Rakete ... Ja, ja, ich komme schon ... Kopf hoch, meine Schöne!"

„Danke", sagte ich mit zittriger Stimme. Emily war großartig. Es hatte mir richtig gutgetan, mit ihr zu reden. Mir ging es bereits viel besser. Wie gut, dass ich eine Freundin wie sie hatte. Sie war wirklich die beste, netteste Freundin, die man sich vorstellen konnte. Unkompliziert und ein bisschen verrückt. Ich hatte tatsächlich große Lust, sie zu besuchen. Wir hatten immer so viel Spaß zusammen. Und ich war eine der wenigen, die auch um ihre dunkle Seite wusste. Em hatte eine düstere Familiengeschichte als Adoptivkind hinter sich, über die sie fast nie sprach, obwohl sie sie sehr geprägt hatte. Ich lehnte mich nachdenklich mit dem noch immer warmen Hörer in der Hand zurück.

Em war etwas Besonderes, stets auf Hochtouren und dabei nah dem Abgrund. Wir hatten uns bereits in der Grundschule kennengelernt. Obwohl sie zwei Jahre älter war als ich, waren wir immer in dieselbe Klasse gegangen. Das hing wohl damit zusammen, dass sie durch ihr soziales Umfeld entwicklungsverzögert war und erst später eingeschult wurde. Mir war das damals völlig egal, als Kind merkt man nicht, wenn bei den Klassenkameraden etwas schiefläuft. Allerdings fiel mir später als Teenie schon auf, dass Emily seltsam verquere Vorstellungen von der Liebe hegte. Für mich malte sie sich, wie auch heute bei unserem Telefonat, eine perfekte Bilderbuch-Zukunft aus. Für sich selbst sah sie schwarz und hatte dann auch tatsächlich eine Serie glückloser Beziehungen mit den seltsamsten Typen. Aus einer ihrer zahlreichen Affären resultierte mein Patensohn Lenny. Ich wusste bis heute nicht, aus welcher. Da Em sehr attraktiv war, mangelte es nie an interessierten Männern. Eine Blondine nach der sich jeder, egal ob Mann oder Frau, umdrehte. Früher war ich manchmal eifersüchtig gewesen, doch mittlerweile glaubte ich, dass ihre Attraktivität für sie eher ein Fluch und nicht gerade hilfreich für ihr verkorkstes Liebesleben war. Mit Erik zum Beispiel, ihrer jüngsten Eroberung, hatte sie sich wieder mal so einen typischen Blender angelacht. Das Schlimmste war, dass er meine Freundin nicht wertschätzte. Dabei war Emily ihm zuliebe sogar nach Überlingen gezogen, obwohl sie sich mit dem provinziellen Leben in der badischen Kleinstadt oft schwertat. Bei dem Gedanken an meine Besuche bei ihr in Süddeutschland musste ich unvermittelt grinsen. Zum Glück hatte sie sich bislang wenigstens noch nicht diesen gewöhnungsbedürftigen Dialekt angeeignet: „adele“ und „sodele“. Ich schmunzelte und hatte plötzlich große Lust, sie in ihrem „Lädele" zu besuchen und Weihnachten am Bodensee zu verbringen.

Halbwegs aufgeräumt machte ich mich gegen elf Uhr auf den Weg zu unserem Unternehmen. Ich setzte mich an meinem vertrauten Schreibtisch an den Computer und machte mich an die Arbeit. Alle paar Minuten erreichten mich per E-Mail mehr oder weniger originelle Sprüche von Em. Natürlich fehlte weder der von den anderen Müttern, die ebenfalls schöne Söhne haben, noch ein weiteres überflüssiges Zitat aus ihrer BB, ihrer heiligen Beziehungsbibel. Im Grunde genommen war meine Freundin trotz all ihrer Macken ein echter Schatz. Zu schade, dass sie schlappe 600 Kilometer von Bochum entfernt wohnte. Digitale Medien konnten zwar viel, aber Händchenhalten und eine Schulter zum Ausweinen gehörten nicht dazu.

Ich öffnete eine längere E-Mail von Em, in der sie mir in höchsten Tönen von Weihnachten vorschwärmte. Ich überflog ihre Zeilen: Schubkarren voller Schnee, kaum Touristen. Ein Weihnachtsbaum im Blumentopf geschmückt mit Lennys Bastelarbeiten. Kakao ohne Ende für meinen Patensohn und jede Menge Rotwein für uns. Wir würden es uns so richtig gemütlich machen, versprach sie. Es klang wirklich verlockend. Alles war besser, als während der Feiertage allein mit Liebeskummer herumzuhängen und Trübsal zu blasen. Ich hätte mich natürlich auch bei meinem Bruder Fred in Köln blicken lassen können, aber der war mit seiner ruhigen Art nicht gerade eine Stimmungskanone. Die wilde, chaotische Em würde da die bessere Medizin für mich und mein angeschlagenes Selbstbewusstsein sein. Und mein Patensohn Lenny erst recht. Der forderte hundert Prozent Aufmerksamkeit ein, ihm war es egal, ob das Schicksal mich gerade k.o. geschlagen hatte. Doch bevor ich meine Zelte im Ruhrpott abbrechen und die mit Erinnerungen übersättigten Orte für ein paar Tage hinter mir lassen konnte, musste ich in unserem Familienunternehmen erst noch einmal ordentlich ranklotzen. Das war ich meinem Onkel schuldig. Ich wollte Pièrre unter gar keinen Umständen hängen lassen. Schließlich war im Dezember in der Welt des Marketings Hochsaison: Friede, Freude, Kundenbindung hieß die Devise. Vor Weihnachten war es immer besonders anstrengend. Doch das kam mir nun gerade recht. In der Hektik vor den Feiertagen würde ich vielleicht ab und zu mein gebrochenes Herz vergessen können.

Kapitel drei: Pflichtbesuche

Das Problem: Er hat dich sitzengelassen.
Don't: Grübeln!
Do: Lenk dich ab, kümmere dich um deinen beruflichen Erfolg und zeig dich offen für Überraschungen! (Mehr dazu im ultimativen Beziehungsguide: So optimierst du dein Liebesleben, 17.50 Euro)

In den folgenden Tagen bemühte ich mich mit aller Kraft, unsere Kunden beim Warten auf das Christkind zu unterstützen. Meine Strategie funktionierte. Ich funktionierte. Durch meine vollgestopften Arbeitstage überlebte ich die erste Woche nach der Trennung erstaunlich gut. Als ich abends Ems Beziehungs-Bibelzitat, diesmal als E-Mail-Anhang, las, grinste ich. Ach nee! Auf den Trick, bei Liebeskummer härter zu arbeiten, war ich ganz von allein gekommen. Mir blieb auch nichts anderes übrig, denn unser Nikolaussack quoll vor Arbeit nur so über. Die Kunden wollten mit persönlichen Weihnachtskarten und kleinen Präsenten umworben werden. Großkunden forderten unsere beliebtesten Showacts für ihre Firmenfeiern an, die merkwürdigerweise alle auf dasselbe Datum zu fallen schienen.

Ein weiterer, allgemein verhasster Termin stand bereits für das kommende zweite Adventswochenende auf der Agenda: Der Förderverein des Bertolt-Brecht-Gymnasiums hatte zu seiner traditionellen Weihnachtsfeier im Brauhaus geladen. Da „Applaus" das fünfzigjährige Schuljubiläum inklusive Hüpfburg, Tombola und Schlager zum Mitgrölen organisierte, mussten wir uns bei der feuchtfröhlichen Feier selbstverständlich blicken lassen. Die Frage war nur, wer von uns verpflichtet werden würde, am Samstag den Kopf hinzuhalten. Natürlich würde mein Onkel Pièrre als Inhaber unseres Familienunternehmens hingehen und eigentlich wäre Moritz dieses Jahr an der Reihe gewesen, ihn zu begleiten – schließlich war er neben mir und unserer Sekretärin Judith der einzige Festangestellte in unserem kleinen Team. Doch leider hatte Moritz rechtzeitig vorgebaut und sich unter einem fadenscheinigen Vorwand vom Acker gemacht. Typisch! Die freien Mitarbeiter, erklärte mir mein Onkel am Freitagvormittag geduldig, wolle er mit solchen unangenehmen Zusatzaufgaben gar nicht erst behelligen. Ich war genervt, dass schon wieder Überstunden auf mich zukommen sollten. Erst vor zwei Monaten hatte ich meinen Ersten-Hilfe-Schein für die Agentur aufgefrischt. Ich ahnte Böses und sollte Recht behalten. Kurz vor Feierabend tauchte Pièrre erneut neben meinem Arbeitsplatz auf. „Béatrice, ich befürchte, dass es uns beide trifft. Judith kann uns auch nicht begleiten. Wir werden morgen Abend in der Brauerei die Fahne hochhalten müssen."

Ich drehte mich zu ihm um. Ich mochte Pièrre, nicht nur, weil der ältere Bruder meiner Mutter fast zu einem Vaterersatz für meinen Bruder und mich geworden war. Er war derjenige, der uns alle damals, nachdem unser leiblicher *papa* unsere kleine Familie in Marseille hatte sitzen lassen, kurzerhand mit sich nach Deutschland genommen hat. Ich war damals gerade fünf Jahre alt und wurde in Deutschland eingeschult, während Fred mit neun bereits in Frankreich zur Schule gegangen war. Eine Zeit, die er nicht vermisste.

Hätte Pièrre uns nicht unterstützt, wäre unsere ledige, alleinerziehende Mutter in Frankreich mit Sicherheit verzweifelt. Mein Bruder würde Pièrre für diese Entscheidung ewig dankbar sein. Frédéric hatte nie viel für sein französisches Erbe übrig gehabt und war in

Deutschland dann auch flugs zu „Fred“ mutiert. Ich selbst sah das alles etwas anders. Doch ganz abgesehen von unserer privaten Familiengeschichte, bewunderte ich meinen Onkel auch in seiner Funktion als Chef. Er war gerecht und verzichtete weitgehend auf Machtspielchen. Meistens jedenfalls.

„Sorry, Bea, aber du hast keine Wahl. Der Vorsitzende des Fördervereins, Herr Steinkötter, hat bereits deine erste Fassung des Bühnenprogramms gelesen und die Liederauswahl in höchsten Tönen gelobt. Er besteht darauf, auf dem Fest mit dir persönlich anzustoßen. Ich weiß, du hast es nicht so mit Smalltalk, aber ...“

Ganz besonders nicht, nachdem ich gerade von meinem Zukünftigen sitzen gelassen worden bin, fügte ich in Gedanken hinzu, widersprach Pièrre jedoch nicht.

„... aber du weißt ja: Übung macht den Meister. Oder wie die Amerikaner sagen: *Fake it till you make it.*“

So gut Pièrre auch Deutsch und Französisch sprach, sein Englisch hörte sich schauderhaft an und war wegen seines starken Akzents kaum zu verstehen. Das hielt ihn jedoch nicht davon ab, immer mal wieder ein paar englische Wörter einzuflechten.

„Jedenfalls“, nahm er den Faden wieder auf, „ist es ungeheuer wichtig, dass du deine gesellschaftlichen Umgangsformen erweiterst!“ Ich schaute ihn fragend an, doch mein Onkel vermied den Augenkontakt. Er schien sich unwohl zu fühlen. „Für die Zukunft, glaub mir. Sieh den Abend einfach als Training an! Du kannst jetzt übrigens auch Schluss machen.“ Und weg war er.

Kurz darauf, als ich das Büro ebenfalls verlassen wollte, nahm mich Judith, unsere elegante Sekretärin, etwa zehn Jahre jünger als mein Onkel, zur Seite. „Es tut mir leid, dass ich euch nicht begleiten kann“, entschuldigte sie sich. „Aber als eine Art Entschädigung könnte ich dir nächste Woche ein bisschen Gesangstraining anbieten. Erinnerst du dich, du hattest mich doch mal um eine Stunde gebeten?"

Ich schaute sie verwirrt an. Hatte ich das? Obwohl mir die Schlager, mit denen ich beruflich zu tun hatte, nicht gefielen, liebte ich Musik. Die französischen Chansons von Piaf, Kaas, Zaz ebenso wie die alten Jazzstandards, aber ... Dann fiel mir ein, warum Judith mich auf eine Gesangsstunde ansprach: Ich hatte meiner Mutter als Geburtstagsüberraschung kurz vor ihrem Tod einen ihrer Lieblingschansons vortragen wollen und Judith um ein paar Gesangstipps gebeten. Doch dann ging es mit *maman* schneller als erwartet bergab und mein Plan hatte sich zerschlagen. Mein Gott, das war schon ewig her!

Ich schüttelte den Kopf. „Aber nein, Judith. Danke für das Angebot. Deine Unterstützung wäre zwar schön gewesen, aber wir stemmen das auch ohne dich. Und natürlich bist du mir nichts schuldig. Weißt du, für Musik habe ich im Moment überhaupt keinen Sinn."

Judith musterte mich, als warte sie darauf, ob ich noch fortfahren wollte. Ich schwieg. Was gab es sonst noch dazu zu sagen? „Okay", setzte sie langsam an und wählte ihre Worte mit Bedacht. „Also, mir würde es schon Spaß machen, mal ein Stündchen zusammen mit dir zu singen. Unser kleiner Chorauftritt bei der Weihnachtsfeier letztes Jahr hat dir damals doch gut gefallen oder täusche ich mich?"

Ich konnte mich nicht mehr dran erinnern, denn ich hatte bei dem Fest, wie ich mir peinlicherweise eingestehen musste, ein paar Gläschen Sekt zu viel genossen. Eigentlich ein Fauxpas, der besser zu einer unerfahrenen Praktikantin gepasst hätte, aber ich war gerade liebestrunken von einem romantischen Kurztrip aus Berlin zurückgekommen, sodass ich meine guten Manieren während der Feier ausnahmsweise unter den Tisch hatte fallen lassen. Nichts, an das ich erinnert werden wollte. Und schon gar nicht, nachdem Phil mich hatte sitzen lassen. Schnell unterbrach ich Judith. „Das können wir gerne machen, vielleicht nächstes Jahr, nach den Feiertagen, wenn sich der Stress gelegt hat."

„Oh nein", widersprach sie mir sanft. „Gerade jetzt, in Stresszeiten, ist das Singen umso wichtiger. Komm doch einfach übermorgen vorbei und berichte mir haarklein alles über die Weihnachtsfeier mit den Paukern. Ich würde ja zu gerne Mäuschen spielen, um zu sehen, ob die eine Neuauflage der Feuerzangenbowle im Brauhaus feiern."

Pauker? Die Feuerzangenbowle mit Heinz Rühmann? Ab und zu merkte man Judith ihr Alter wirklich an.

„Du kannst meine neuste Plätzchenkreation ausprobieren, ich mache uns einen schönen starken Milchkaffee und zwischendurch schmettern wir ein Liedchen."

Das Telefon läutete. Judith legte die Hand auf den Hörer und sah mich fragend an. Mit einem Mal hatte ich Mitleid mit ihr. Vielleicht hatte unsere Sekretärin einfach Sehnsucht nach Gesellschaft. Bevor ich es mir anders überlegen konnte, nickte ich. Sie hob den Daumen nach oben und nahm das Gespräch an, während ich nach Hause ging.

Und so kam es, dass ich den Vorabend des zweiten Advents in einem Bochumer Brauhaus und den Adventssonntag bei unserer Sekretärin verbringen sollte. Dumm gelaufen!

Was soll's, sprach ich mir halblaut Mut zu, als ich pflichtbewusst am Samstagabend um Punkt zwanzig Uhr vor dem Brauhaus stand. Ich kämpfte tapfer meine Fluchtinstinkte nieder und trat ein. Die Bedienung war schlecht gelaunt und grüßte nicht zurück. Der Gerechtigkeit halber musste ich jedoch auch zugeben, dass ich für nichts in der Welt mit ihr hätte tauschen wollen, denn das Fachwerkhaus war vollständig mit Betriebsfeiern belegt.

Konnte es etwas Unangenehmeres geben als von der Chefetage aufgezwungene Geselligkeit? Unwillig betrat ich einen der reservierten Säle. Mir schlug eine Mischung aus Essensduft, vorwiegend Rotkohl, Nikotin und Schweiß entgegen. Der Lärmpegel war ähnlich wie auf einem Flughafen und das Gedränge fast noch schlimmer. Überall lange Tische und gekünsteltes Lachen – ich wäre am liebsten sofort wieder gegangen. Meine Partystrategie „Wo ist hier eigentlich das Klo?“ würde ich an diesem Abend auch nicht überstrapazieren dürfen. Denn selbst wenn es einen anderen Anschein hatte: Das hier war ein ernstzunehmender Geschäftstermin zum Zweck der Beziehungspflege. Ich schaute mich gründlich in Saal eins um. Kein einziges bekanntes Gesicht, ich konnte weder den Vorsitzenden des Fördervereins, Herrn Steinkötter, noch Pièrre ausmachen. Ich fing schon an, mich zu freuen, als mir der Wirt erbarmungslos mitteilte: „Oben gibt es auch noch eine Etage.“

Ich quälte mich die Treppen hinauf und dann sah ich auch schon die drei Tischreihen, die von der Bertolt-Brecht-Schule reserviert worden waren. Blitzschnell sondierte ich die Lage. Sollte ich mich neben die blutjunge magersüchtige Referendarin mit modischer Skinny Jeans setzen? Oder neben die in Würde ergraute Gemeinschaftskundelehrerin, die mindestens zehn Jahre mehr als ich auf dem Buckel hatte? Außerdem gab es noch einen freien Stuhl an der Seite eines vollbärtigen, dicken Mathelehrers, der schon demonstrativ gutmütig auf den Platz neben sich klopfte: „Grüß Gott!“

„Hallo“, flüstere ich höflich, während ich neben ihn rückte. Dann schob ich noch dynamisch ein: „Alles gut?“ nach. Ob man mir meinen Beruf auch so ansah? Eher nicht. Was man den Lehrern zu viel, sah man mir zu wenig an. Ich verhielt mich so unbeholfen, dass mir niemand zutrauen würde, dass ich Schlagersänger promoten und Events organisieren konnte. Doch das konnte ich. Und zwar gut! Egal, im Moment reichte es, überhaupt hier zu sein und gesehen zu werden. Schon das fiel mir schwer, schließlich hatte *maman* ihrem Töchterchen immer gepredigt, es solle sich stets im Hintergrund halten. Ihr im Befehlston geflüstertes „*tais-toi*", schweig still, hatte mich meine ganze Kindheit hindurch begleitet. Es klang für mich wie das gefährliche Zischeln einer Schlange. Doch spätestens seit der Grundschule wollte ich statt unsichtbar und still lieber so beliebt, unbefangen und natürlich wie Em sein. Diese Brauhaus-Situation etwa würde Emily zweifellos spielend bewältigen. Sie würde leicht wie ein Schmetterling von Tisch zu Tisch fliegen und den Abend in vollen Zügen genießen. Ich hingegen tat mich mit der ganzen angeschickerten Heiterkeit um mich herum fürchterlich schwer.

In diesem Augenblick erhob sich ein kleiner, dicklicher Mann mit beginnender Rundglatze und winkte mir stürmisch zu. Das war wohl der Vorsitzende des Fördervereins. Sein Fuchteln wurde immer hektischer. Sollte das heißen: „Hauen Sie bloß ab!" oder, was wahrscheinlicher war: „Bitte, setzen Sie sich doch neben mich"? Nichts lieber als das, signalisierte ich ihm mit einem schiefen Lächeln, ergab mich in mein Schicksal und wechselte den Platz.

„Herr Steinkötter! Ich bin Béatrice Dupont. Schön, dass wir uns jetzt persönlich kennenlernen." Pièrre zwinkerte mir zu. Er hatte sich strategisch geschickt einen Stuhl mit vielen offenen Fluchtwegen am Kopfende des Tisches gesichert. Wann konnte ich diesen Ort des Schreckens frühestens verlassen? Mein Geist fiel in eine Art Winterschlaf, meine *social skills* jedoch arbeiteten im Turbo-Modus, während die Stunden sich unerbittlich in die Länge zogen.

Das Gespräch verlief jedoch erträglich. Herr Steinkötter stellte die erwarteten Fragen zu den geplanten Jubiläumsvorbereitungen, ich gab ihm die erwarteten Antworten. Meine Nick- und Lachfrequenz war dabei so hoch, dass meine Gesichtsmuskulatur bereits Rheuma bekam. Doch mein Einsatz lohnte sich. *Sie haben Ihr Ziel erreicht,* lobte ich mich in Gedanken. Herr Steinkötter schien zufrieden zu sein und leitete endlich den amüsanten Teil des Abends ein.

Ich versuchte einen unauffälligen Blick auf Pièrres Armbanduhr zu erhaschen, als er aufstand – wahrscheinlich, um auf die Toilette zu gehen. Um ein Haar hätte ich mir bei diesem Manöver den Hals verrenkt! Ich wartete und wartete, aber Pièrre kam nicht mehr zurück. War eigentlich untypisch für ihn, dass er ging, ohne sich zu verabschieden. Wie sollte ich mich denn jetzt ohne ihn verdünnisieren? Dann war es endlich viertel nach zehn, falls ich die Digitalanzeige am Handgelenk des Kellners richtig entschlüsselt hatte. Was machten Schönheitsköniginnen in kritischen Situationen? Sie befreiten sich elegant, indem sie salbungsvoll einen universalen Segensspruch von sich gaben: „Ich liebe euch alle und wünsche mir Frieden auf Erden." Ich beschloss, es ihnen gleich zu tun, stand auf und rief etwas zu laut und fröhlich in die Runde: „Irgendwer muss ja den Anfang machen. Noch einen schönen Abend!" Und dann geschah das Unvermeidliche: Als ich mich schwungvoll umdrehte, riss ich meinen Stuhl mit, der polternd zu Boden fiel. Typisch! Mit hochrotem Gesicht verdrückte ich mich und bezahlte meine Getränke. Dabei sah ich, dass auch Pièrres Anteil an der Tischrechnung noch ausstand. Seltsam. Verwundert beglich ich auch seine Rechnung. Zu Hause schrieb ich Herrn Steinkötter eine Dankesmail, in der ich ihn wissen ließ, wie sehr mir der nette Abend im Brauhaus gefallen habe. Ich speicherte die Nachricht ab, um sie gleich am nächsten Morgen verschicken zu können.

Der zweite Pflichttermin, den ich wahrnahm, bevor ich mich nach Süddeutschland abseilte, war mein Besuch bei Judith. Zaghaft drückte ich am nächsten Tag auf ihre Klingel. Bis jetzt war ich noch nie bei ihr gewesen. Sie öffnete mir die Tür mit einem so strahlenden Lächeln, dass ich fast schon ein schlechtes Gewissen bekam, nicht schon früher einmal vorbeigekommen zu sein. Sie trat zur Seite und ich schob mich inklusive meiner Jacke und meinem aufwendig in Folie verpackten Christstern vorsichtig durch den schmalen Türrahmen. Ich erwartete, dass Judith mir alles abnehmen würde, um es dann tantchenmäßig der Garderobe anzuvertrauen. Doch anstatt mich höflich zu bedienen, ging Judith selbstbewusst ins Wohnzimmer voraus. Ich folgte ihr und wunderte mich über den modernen Einrichtungsstil. Ein paar Teelichter, ein wenig Adventsschmuck, aber alles sehr zurückhaltend. Apart. Unauffällig sah ich mich genauer um: Helles Holz, Grünpflanzen, nur in der Ecke stand ein altes Klavier aus braunem Holz. Neben dem Klavier lehnte ein Notenständer an einem Bücherregal. Wir machten etwas ge-zwungen Konversation, während Judith mir Kaffee einschenkte und Plätzchen anbot. Hauptsächlich um peinlichen Gesprächspausen vorzubeugen, erzählte ich ihr ausführlicher als geplant von den Lehrern im Brauhaus. Doch erstaunlicherweise erwies sich unsere Sekretärin als dankbare Zuhörerin. Sie lachte immer wieder herzhaft über meine Schilderungen, wodurch sich die anfangs recht förmliche Stimmung zwischen uns schnell entspannte.

„So“, schritt sie etwas später zielstrebig zur Tat. „Jetzt haben wir uns körperlich gestärkt und nun sollten wir auch etwas für die Seele tun.“ Ich hatte bis zuletzt gehofft, mein Schicksal noch abwenden zu können und suchte dringend nach einer glaubwürdigen Ausrede. „Tut mir leid, Judith, aber ...“

„Als Erstes wärmen wir die Stimme auf“, unterband sie meine Ausflüchte.

Schnell schaute ich demonstrativ auf ihre Wanduhr. „Meinetwegen, aber ich habe nur noch eine knappe halbe Stunde Zeit.“

„Kräusel die Lippen und sage mmmhhh!“

„Oh, das ist einfach“, ergab ich mich Judiths Hartnäckigkeit. „Da muss ich nur an deine leckeren Plätzchen denken.“

„Etwas leiser und genussvoller. Jaaa, genau, so ist es richtig.“ Judith machte mir Lockerungsübungen für die Gesichtsmuskulatur vor, die ich so gut ich konnte brav imitierte. Nach ein paar Minuten jedoch kam ich mir wie eine grasende Kuh vor und begann, meine Mimik zu übertreiben, um die absurde Lächerlichkeit der Übung zu unterstreichen.

„Wunderbar, genau so!“, ermutigte mich unsere Sekretärin und überging meine Clownereien. „Reiß die Augen weit auf, dadurch öffnest du die Resonanzräume im Kopf.“

Ich starrte Judith an. Ich suchte Anzeichen von Ironie in ihrem Blick, aber sie meinte es völlig ernst. Das perfekte Jurymitglied von „Deutschland sucht den Superstar“.

„Okay“, fragte sie mich. „Was wollen wir denn heute singen?“

„Alles außer Weihnachtslieder.“

„Keine *Jingle Bells* oder *Alle Jahre wieder*?“

„Nur, wenn du sichergehen willst, dass ich nie wieder einen Schritt in deine Wohnung setzen werde.“

Judith kicherte. „Heißt das, dass du nächste Woche wiederkommst?“

Ich ignorierte ihr Angebot. „Blues. Etwas Trauriges“, schlug ich stattdessen vor.

„Oh“, murmelte sie in neutralem Tonfall und wich meinem Blick diskret aus.

„Etwas über verlogene Männer, die Frauen sitzen lassen.“ Meine Stimme klang aggressiver als gewollt. Judith beugte sich unbeeindruckt über einen Stapel Noten, der auf dem Klavier lag. „Er will sich nicht binden und sie heult sich die Augen aus?“, vergewisserte sie sich mit sachlicher Stimme.

„Exakt!“

Dann schlug ich mir die Hand für den Mund. Meine Antwort war mir einfach so herausgerutscht. Wieso wusste Judith über Philip Bescheid? Ich hatte nur Pièrre kurz darüber informiert, dass meine Umzugspläne nicht länger aktuell wären. Hatte sie etwa bei einem meiner Telefonate mit Em gelauscht? Aber eingentlich konnte ich mir so ein verqueres Verhalten bei ihr nicht vorstellen. Judith merkte meinen skeptischen Blick, legte ihre Stirn in Falten, leckte sich über die Lippen und zog ein Blatt aus dem Noten-Turm.

„Kennst du *Cry Me A River*? “

„Das von Justin Timberlake?”

„Den kenne ich nicht. Warte, mein Song ist von ...“ Judith setzte sich ihre Lesebrille auf. „Words and Music by Arthur Hamilton.”

„Sagt mir nichts.”

„Ähm, mir ehrlich gesagt auch nicht, aber ich summ dir die Melodie einmal vor. Vielleicht hast du sie ja doch schon einmal gehört, von diesem Timberling oder so ...“

Eine helle, klare, aber dennoch zerbrechliche Stimme füllte den Raum. Ich konnte gar nicht glauben, dass sie aus Judiths Mund kam. Mittlerweile summte sie nicht mehr, sondern sang den Text. Ich verstand nicht viel, nur, dass die Sängerin einen Fluss Tränen für ihren

Liebsten geweint hatte. Das Bild gefiel mir. „Guter Song“, bestätigte ich Judith, als sie fertig war. „Du hast ja eine Wahnsinnsstimme. Leicht und elfenhaft. Für mich ist das viel zu hoch. War aber schön, dir zuzuhören.“

„Och.“ Judith gab sich unbeschwert und setzte sich ans Klavier. „Das kann man ändern.“

„Wie meinst du das? Willst du mich zum Eunuchen machen?“

„Komm doch mal her und leg dir den Text auf den Notenständer.“ Unsicher nahm ich das silbrige Gestell vor dem Buchregal in die Hand. Es erwies sich schwieriger als erwartet, das Monstrum aufzuklappen. Judith wartete geduldig, bis ich fertig war und sang mir dann noch einmal den Anfang vor. Ich krächzte ein paar Takte hinter ihr her. Judith zeigte kein Mitleid. Mein Hals tat schon jetzt weh. „Hmmm, versuchen wir es eine Terz tiefer.“ Judith spielte weiter unten auf dem Klavier und ich bekam zumindest den ersten Ton hin, ohne mir sofort eine Tüte Ricola einwerfen zu müssen.

„Schon besser“, merkte auch meine Lehrerin an. „Und so?“ Sie sang noch ein wenig tiefer, doch diesmal scheiterte ich am Ende von *Now you say you're lonely*. Jetzt konnte ich zwar das erste Wort mit Schmackes schmettern, landete bei *lonely* aber so tief im Keller, dass ich befürchtete, mir würde die Brustbehaarung eines Gorillas wachsen.

„Also, ich glaube, im Moment bleiben wir auf „fis“ als Ausgangston und dein zweiter Ton ist dann das „e“. Mir sagte das alles nicht viel, aber wenn sie meinte, dann sollte es so sein. Judiths Finger drückten auf schwarze und weiße Tasten und ich versuchte die Töne zu imitieren, die sie sang. Wir gingen das Lied dreimal durch, bis sie mich bat, es allein zu versuchen.

„Oh, nein, das kann ich nicht. Gib mir Grammatik oder Zahlen, aber sag nicht, dass ich irgendetwas nach

Gehör machen soll." Ich merkte, dass ich stark schwitzte. Mit einem Schlag war es mir sehr unangenehm, so nahe neben Judith zu stehen.

„Du kannst keine Noten lesen?"

„Ähm". Ich wurde rot und stotterte. „Meine letzte Begegnung mit Noten liegt schon etwas länger zurück. Blockflötespielen in der Grundschule? Jedenfalls habe ich keine Ahnung, wo welche Note liegt."

„Ach, das ist im Moment auch gar nicht so wichtig. Ich glaube, vorerst reicht die grobe Orientierung, ob die Melodie nach oben oder unten geht."

„Oder gleich bleibt", warf ich oberschlau ein.

Judith nickte unbeeindruckt. „Lass uns noch einmal den B-Teil versuchen: *Told me love was too plebeian, told me you were thru with me.*"

Während Judith die Stelle interpretierte, wurde mir erst so richtig bewusst, was sie da überhaupt sang. Das war nicht irgendein Lied. Es war unser Song! Es ging um Philip und mich! Darum, warum wir gescheitert waren. Er hatte mich verlassen, weil unsere Liebe zu plump, zu volksnah war, zu gewöhnlich. Ganz genau Philips Denke. Ich drehte mich voller Leidenschaft zu Judith um.

„Judith, du musst mir einfach beibringen, dieses Lied zu singen!"

Sie schien sich über meinen plötzlichen Gefühlsausbruch nicht weiter zu wundern.

„Aber sicher. Dachte ich mir doch, dass es dir gefallen würde. Ich gebe dir die Noten schon einmal über die Ferien mit, damit du den Text lernen kannst. Und auf YouTube findest du sicherlich die ein oder andere Sängerin, die es interpretiert. Mach dich noch ein wenig mehr mit der Melodie vertraut und im Januar machen wir Nägeln mit Köpfen."

„Solange nicht mein Kopf rollt, wenn sich herausstellt, dass ich kein Talent habe!"

„Ach Unsinn.“ Judith wischte meine Bedenken mit großer Geste weg. „Der Song ist bereits in dir drin, wir müssen ihn nur herausholen.“

Als ich mich für das nette Kaffeetrinken bedankte und mich von Judith verabschiedete, war ich tief in Gedanken versunken. Ich freute mich auf meinen Gesangsunterricht, den ich ihr natürlich bezahlen würde. Gleichzeitig machte er mir aber auch Angst. Meine Mutter hatte es nicht so mit dem Musischen. Hoffentlich würde ich mich nicht völlig zum Affen machen. Und dann hatte sich noch ein anderes Gefühl unbemerkt in meine hintersten Gehirnwendungen eingeschlichen. Ich konnte es noch nicht klar benennen. War es Trotz oder Rebellion? Der Song fühlte sich gut an, nicht so falsch und verlogen wie die Schlager, die wir tagein, tagaus verkauften. Dieses *Cry Me A River* wirkte jung, frisch und authentisch. Irgendwie gab es mir Kraft und neuen Mut. Himmel, was für Gedanken! Waren das vielleicht die ersten Anzeichen dafür, dass ich mich kurz vor dieser berühmt-berüchtigten Midlife-Crisis befand? Aber von der waren doch hauptsächlich Männer betroffen. Oder nicht?

Kapitel vier: Aufhübschen in Überlingen

<u>Das Problem:</u> Dir fehlt die Energie, dich auf die Pirsch zu begeben.
<u>Don't:</u> In der Opferrolle verharren!
<u>Do:</u> Motivier dich! Arbeite an deiner Optik und investiere in dein Äußeres! Wenn du es dir gut gehen lässt und dir selbst gefällst, wirst du das auch nach außen ausstrahlen.
(Mehr dazu im ultimativen Beziehungsguide: So optimierst du dein Liebesleben, 17,50 Euro)

Endlich war es so weit. Urlaub! Nichts wie weg aus dem hektischen, lauten Bochum, in dem mich so viel an Philipp erinnerte. Auf nach Überlingen! Im Zug machte ich es mir auf einem Fensterplatz bequem. Mir gegenüber saß ein Mädchen, das in Lichtgeschwindigkeit auf ihrem Smartphone tippte und wischte. Fasziniert beobachtete ich eine Zeitlang ihre Fingerfertigkeit, dann wandte ich mich ab und schaute stattdessen aus dem Fenster: Rheinschiffe, Burgen, die Lorelei. Während ich vor mich hinträumte, stellte ich mir vor, dass mich jeder Kilometer weiter von meinen Problemen weg und näher zu meiner Freundin führte. Das gleichmäßige Ruckeln machte mich müde, mein Schlafdefizit forderte seinen Tribut. Und so kam es, dass wir das nächste Mal, als ich nach draußen sah, schon in den Ulmer Hauptbahnhof einfuhren. Mein Umsteigebahnhof! Erschrocken starrte ich das Schild an, bis der Groschen fiel. Ich war offensichtlich eingedöst und hatte den Großteil der Fahrt bereits verschlafen.

Aufgeregt schnappte ich mir meinen Rucksack, stieg aus dem Zug und stolperte zum gegenüberliegenden Bahnsteig. Mir blieb gerade noch genug Zeit, mich an dem Büdchen notdürftig mit Kaffee und Käsebrötchen zu versorgen, da fuhr schon der Zug nach Friedrichshafen ein. Kurz darauf saß ich wieder ganz entspannt auf einem Fensterplatz. Die Landschaft sah diesmal anders aus als vorher. Felder, manche schneebedeckt, ein futuristisch aussehendes Umschlagwerk für Strom, dann wieder Seen, Wälder, Bauernhöfe, weites Land. Kurz bevor wir in Überlingen ankamen, stürmte ein Kegelclub das Abteil. Der erste Flachmann wurde herumgereicht, ein paar verhaltene Sprüche waren zu vernehmen. *Bis meine lieben Mitreisenden beim Lallen und Rülpsen angekommen sind,* beruhigte ich mich in Gedanken, *bin ich schon längst ausgestiegen.* In diesem Moment meldete sich Patricia Kaas. Irritiert fischte ich mein Handy aus der Tasche. Wer wollte mich sprechen? Unterdrückte Nummer. Komisch.

„Parteizentrale Berlin. Kriener am Apparat. Die Agentur ‚Applaus' hat mir netterweise Ihre Privatnummer gegeben."

Ich stutzte. Seltsam, bei uns wurden Privatnummern als Heiligtum angesehen. Vielleicht hatte sich einer der Freien weichklopfen lassen?

„Ich rufe im Namen von Herrn Schatta an."

Ich hätte auflegen, irgendetwas von falsch verbunden murmeln sollen. Stattdessen hechelte ich wie ein übereifriges, schwanzwedelndes Hündchen: „Ja, ich höre. Was gibt's?"

„Herr Schatta bittet noch um Ihr Design einer Weihnachtskarte. Sie sind schon sehr spät dran. Er hat wichtige Kontakte, die äußerst pikiert wären, wenn sie dieses Jahr keinen Weihnachtsgruß erhielten."

Ich riss den Mund auf. Mir fiel keine passende Replik ein.

„Ich nehme an, das geht klar. Für Rückfragen stehe ich gerne zur Verfügung."

Ohne meine Antwort abzuwarten, legte die Sekretärin auf. War das zu fassen? Das Telefonat hatte mich völlig überrumpelt. Damit hatte ich nicht gerechnet. Nie im Leben hätte ich geglaubt, dass Philip die Dreistigkeit besäße, weiterhin meine Dienste in Anspruch zu nehmen, nachdem er mich so herzlos abgesägt hatte.

„Alles okay?", fragte mein Sitznachbar, einer der Kegelbrüder, besorgt. Vermutlich sah ich aus wie ein Reh auf Panikattacke. „Aber ja doch", nickte ich hyperaktiv in seine Richtung und beschloss, das Telefonat schnellstmöglich wieder zu vergessen. Als der Zug etwas später in Überlingen hielt, befand ich mich zum Glück tatsächlich wieder in Urlaubsstimmung.

Sobald sich die Zugtüren öffneten, schlug mir eisige Luft entgegen. Ungläubig stieß ich Atemwölkchen aus. Endlich fühlte sich der Winter auch wie Winter an. Hastig zog ich den Reißverschluss meines Mantels hoch. Schon komisch, zum Jahresende in Überlingen zu sein. Ich hatte die Landungsbrücken noch nie im Schnee gesehen, um mich herum waberte dichter Nebel. Die Schweizer Alpen waren kaum auszumachen. Das verwunschene weiße Überlingen hatte durchaus Charme, musste ich zugeben, auch wenn ich als alte Frostbeule generell den Sommer bevorzugte. Doch jetzt war das mediterrane Straßenleben zum Stillstand gekommen, es gab nur noch wenige Besucher. Nur ein paar ganz Hartgesottene trotzten dem frostigen Wetter mit Heizstrahlern und Wolldecken. Ich lief an der großspurig als „ÜB on Ice" angekündigten Schlittschuhbahn vorbei, passierte die Zunfthäuser aus solidem Fachwerk und verlangsamte meine Schritte erst, als ich den Weihnachtsmarkt erreichte. Die Verkaufsstände befanden sich in der malerischen Altstadt und wurden vom Burggraben und der trutzigen Stadtmauer begrenzt. Sehr stimmungsvoll. Weniger einladend jedoch war die Steigung, die mich erwartete. Keuchend schleppten mein Rucksack und ich uns in die Neustadt hinauf. Die Tragegurte begannen, sich mir in die Schultern zu schneiden. Ganz anders als im letzten August. Damals war mein Gepäck noch wesentlich leichter gewesen.

Um mich abzulenken, gab ich mich meinen Sommererinnerungen hin. Em und ich hatten Lennys Buggy durch den fast schon tropisch anmutenden botanischen Garten mit den Kakteen und Bananenstauden geschoben, waren in dem Parkstück mit den alten Zedern kurz vor dem Strandbad-West in den türkisblauen Bodensee gesprungen. In der leider hoffnungslos überteuerten, aber absolut leckeren Eisdiele am Münster hatten wir zusammen einen Partner-Becher Obsteis verdrückt. Eine Hälfte frisch aufgeschnittenes Obst, die andere cremig schmelzendes Fruchteis, verfeinert mit einer dickflüssigen Schokosoße: Die ultimative Mischung aus gesunden Vitaminen und sündigem Genuss. *Hach!* Ich blieb stehen und schaute mich um. Jetzt war es nicht mehr weit. Kurze Zeit später erreichte ich den Treffpunkt, wo ich auf Em warten sollte, während sie Lenny als Übernachtungsgast bei einem seiner Kindergartenfreunde ablieferte.

Als ich vor Ems neuer Stammkneipe stand, war ich erst einmal erleichtert, dass es sich dabei nicht um ein Brauhaus handelte. Und in der Tat täuschte mich mein erster Eindruck nicht: Sobald ich das warme Lokal betrat, fühlte ich mich wohl und hatte das Gefühl, tatsächlich angekommen zu sein. Das lag nicht nur daran, dass ich den Rucksack endlich abstellen konnte, sondern auch an dem gedämpften Licht und der Musik aus den Neunzigern. Auf den ersten Blick wirkten die anderen Gäste sympathisch und der Bartender sah sogar recht attraktiv aus mit seinen kurzen schwarzen Haaren. Ich stand eindeutig auf den dämonisch-südländischen Männertyp. Aber irritierenderweise war ich dann in der Realität immer eher mit den fröhlichen, unbeschwerten Robert-Redford-Männern dieser Welt zusammen. Vermutlich sollte ich dieses Beuteschema einmal überdenken. Schließlich hatte Philip haargenau diesem verhängnisvollen Raster entsprochen. Da war es wieder, dieses Aufbegehren. Ich hatte bis jetzt *„comme il faut,“* gelebt, wie es sich schickte. Mit Philip, einem gestandenen Mann, eine Fernbeziehung geführt. Alles, wie es sollte, passend zu Ems Beziehungsbibel, passend zur spießigen Schlagermusik. Aber vielleicht nicht passend zu mir? Ich merkte, wie der Gedanke an Philips Anfrage wegen der Weihnachtskarte mich erneut in Rage brachte.

Em war noch nicht da und so bestellte ich mir schon einmal ein Glas Rotwein bei dem gutaussehenden Barkeeper. Dann holte ich mein Handy heraus und rief meinen Onkel an.

„Pièrre? Ich bin's Béatrice. Es geht um Philip, du weißt schon, meinen Ex.“ Ich räusperte mich. „Mit anderen Worten um unseren Kunden Philip Schatta. Eben hat mich die Sekretärin der Parteizentrale, Frau Kriener, angerufen und mich um eine Weihnachtskarte gebeten. Da ich im Urlaub bin, kann ich mich nicht darum kümmern ...“

Pièrre ließ mich gar nicht erst ausreden und versprach mir, sich persönlich darum zu kümmern. Ich wusste nicht, wie gut er sich zusammenreimen konnte, was genau zwischen mir und Phil vorgefallen war, aber das war letztendlich auch egal: Auf meinen Onkel war so oder so zu hundert Prozent Verlass.

„Also, danke schön. Und schöne Feiertage! Bis zum nächsten Jahr!“

Uff, das war die richtige Entscheidung gewesen. Ich atmete tief durch, spürte, wie ich mich entspannte und träumte vor mich hin. Hier könnte ich es stundenlang aushalten. Endlich frei, endlich weg. Em könnte sich meinetwegen so lange verspäten, wie sie wollte. Doch das würde sie natürlich nicht tun. Das war nicht ihre Art.

Der Wein machte mich sentimental. Ich nahm noch einen Schluck und beamte mich zurück in die Vergangenheit, erinnerte mich daran, wie Emily damals in der vierten Klasse, als es im Deutschunterricht um das Thema Werbung ging, zu meiner besten Freundin geworden waren. Der unvergessene Höhepunkt der Unterrichtsreihe waren nämlich kleine selbstausgedachte Werbespots, bei denen uns unsere Klassenlehrerin mit ihrer Urlaubskamera filmte. Emily und ich wussten sofort, dass wir unbedingt einen Werbespot für „Rollo“ machen wollten. Gab es diese Kaubonbons eigentlich noch immer?

Em war weiterhin nicht zu sehen. Ich bestellte noch ein Glas Wein und spürte, wie der Alkohol mir langsam zu Kopf stieg. Ich hatte während der Zugfahrt einfach zu wenig gegessen. Seit Philip mich hatte sitzen lassen, war mir buchstäblich der Appetit vergangen. Um nicht an Philip zu denken, kehrte ich zu unserem „Rollo“-Shooting zurück. Ich konnte mich noch an alle Details der Storyline erinnern, vor allem, wie wir zum Schluss einstimmig das Kaubonbon mit unserem selbstgetexteten Reim: »Ein Rollo macht dich froh-oh« anpriesen. Ein Riesenerfolg für unsere Deutschnote – und für unsere Freundschaft. Während ich noch in nostalgischen Gedanken schwelgte, ging die Tür auf. Der Filzvorhang, der die Kälte draußen hielt, öffnete sich und herein trat Ex-Rollo-Filmstar Em.

Plötzlich wurde mir bewusst, wie sehr ich mich gedanklich in den letzten Wochen um mich selbst gedreht hatte. Meine beste Freundin sah fantastisch aus, besser denn je. Von Birnenform und Mama-Zweckkleidung war nichts mehr zu sehen. Ganz im Gegenteil. Sie konnte glatt als Model durchgehen, eine moderne Brigitte Bardot. Große blaue Augen, voller sinnlicher Mund, das Ganze eingerahmt von ihren langen, welligen blonden Haaren. Obwohl es albern war, spürte ich einen kleinen Stich Eifersucht, als ich bemerkte, wie schwer es „meinem" Bartender fiel, seine Augen von meiner Freundin zu nehmen. Em sah sich suchend um, schaute dabei aber in die falsche Richtung. Ich erinnerte mich an die Brauhausstrategie von dem Fördervereinsvorsitzenden und winkte meiner Freundin stehend zu. Die ganze Kneipe starrte mich an. Alle bis auf Em. Okay, es führte kein Weg daran vorbei. Ich fügte noch eine Tonspur dazu.

„Hi Em. Hier bin ich". Endlich sah sie mich.

„Oh, du bist ja schon da. Wartest du schon lange?"

„Nicht wirklich." Der Bartender kam grinsend an unseren Tisch und sah Em fragend an. Ich trank noch ein Glas Rotwein, sie nahm eine Cola light. „Sorry, Lenny wollte mich nicht gehen lassen, als ich ihn zum Übernachten bei seinem besten Freund Niklas abgesetzt habe." Sie hängte ihre Daunenjacke über die Stuhllehne. Die Cola kam. Em nahm schnelle, kleine Schlucke.

„Aber jetzt genieße ich es, dass wir mal etwas Zeit nur für uns haben. Wie geht's dir?"

„Ein wenig besüppelt, müde, nostalgisch, verletzt und jetzt freue ich mich auf die zwei freien Wochen, die vor uns liegen."

„Kannst du auch. Für Montagvormittag habe ich schon einen Termin bei diesem neuen Frisör für dich vereinbart. Dann hast du zwei Tage frei, denn ich muss noch arbeiten, aber danach gehen wir zusammen shoppen und kleiden dich neu ein."

Ich lachte. „Das hört sich nicht gerade nach Urlaub an."

„Nee, du bist hier auch nicht zu deinem Vergnügen, sondern zur Kur. Zur Selbstbewusstseins-Aufmöbelungs-Kur. Schau, was in meiner Beziehungsbibel dazu steht!" Em kramte ein Buch aus ihrer Umhängetasche, blätterte hektisch darin herum, strich die betreffende Doppelseite glatt und präsentierte sie mir stolz. Ich schaute gar nicht hin, sondern zog das Ganze ins Lächerliche: „Mit anderen Worten: Ich bin nicht zu meinem, sondern zu deinem Vergnügen hier, Mrs Style-Coach."

So blödelten wir noch eine Weile herum, bis wir zwei Stunden später, meinen Rucksack immer abwechselnd schulternd, durch den Schnee zu Ems möblierter Drei-Zimmer-Wohnung stapften. Ihre Überlinger Einrichtung war das Gegenteil von ihrer Hippie-Deko im Ruhrgebiet. Statt Flowerpower im Pott hieß es jetzt eher Puppenhausstil made in Süddeutschland. In der Küche etwa gab es einen Vorhang vor den Häkchen für Hand- und Trockentuch, in der Diele hölzerne, mit Wolle umhäkelte Garderobenbügel, im Wohnzimmer viel dunkles Holz und Polsterkissen mit Blümchenbezügen. Doch trotz oder gerade wegen all dieser Spießigkeit, dem Geschmack von Heimat und Familie, schlief ich in der Nacht auf dem Ausziehsofa meiner Freundin besser als in all den letzten Bochumer Nächten zusammengenommen. Okay, okay, der Rotwein war daran vermutlich auch nicht ganz unschuldig.

Am nächsten Morgen frühstückten Em und ich ausgiebig. Sie schwärmte mir von Erik vor, der jedoch, so ein Zufall aber auch, leider über die Feiertage zu seinen Eltern nach Stuttgart fahren würde. Natürlich ohne sie, ohne Lenny. Mir wurde ganz schlecht, als mir Em Feuer und Flamme von diesem selbstverliebten Hallodri erzählte. Einen kleinen Sohn zu haben, so überlegte ich mir geistesabwesend, machte Emilys Suche nach Mr Right sicherlich auch nicht gerade einfacher. Es war einfach ungerecht. Auf der einen Seite gab es Frauen wie mich, denen keiner gut genug war, auf der anderen Seite Frauen wie Em, die immer Angst hatten, irgendetwas zu verpassen. Beides war nicht wirklich gesund. Eine Kreuzung zwischen uns ergäbe wahrscheinlich die unwiderstehliche Superfrau!

Wie angedroht schleppte Em mich am Montag zu dem angesagtesten Frisör in Überlingen. Ich musste schon lachen, als sich Ems großspurige Ankündigung eines „Top-Hot-Spots“ als ein kleines, üseliges Lokal mit jeder Menge Plastikblumen und der unglaublichen Menge von zwei Waschbecken entpuppte. In Berlin hatte ich mir einmal am Ku'damm in einem dreistöckigen *Beauty Parlour* die Haare für einen dreistelligen Betrag machen lassen. Auf Philips Kosten, schließlich hatte er darauf bestanden, dass ich meine kastanienbraunen Haare hellblond umfärbte. „Die leuchten dann wie ein Weizenfeld im Wind“, hatte er damals noch außergewöhnlich poetisch geschwärmt. Ich hätte ihm niemals nachgeben sollen, denn die Farbe stand mir überhaupt nicht. Und dann das Zupfen und Bleichen der Augenbrauen. Das tat scheißweh! Nach der exquisiten Prozedur hatte ich Augen wie ein Albinoferkel. Selbstredend wies Philip alle Schuld weit von sich. Auf einmal hatte er mit dem „Weiberkram“ nichts mehr am Hut.

„Em, aber ich lasse keinen an meine Augenbrauen ran!“, baute ich vorsichtshalber einem ähnlichen Katastrophenszenario vor.

„Natürlich nicht, lass mich nur machen.“ Doch dieses in Krankenschwestermanier vorgebrachte Statement verfehlte seine beruhigende Wirkung. Ich schloss die Augen, dachte an Philip und verkrampfte völlig, während Marek, dem das Studio gehörte, an meinen Haaren zupfte und schnitt. Emily bellte ihm immer wieder kurze Befehle zu. „Ja, nein, länger, kürzer". Und so erlebte ich meinen eigenen Frisörbesuch als Hörspiel in der dritten Person. Als Marek fertig mit Föhnen war und meine Ohren vor Hitze abzufallen drohten, kam der große Moment. Ich öffnete die Augen, starrte in den Spiegel.

Die Wahrheit war: Ich erkannte die fremde Frau im ovalen Glas vor mir nicht wieder. „Ich sehe toll aus!", musste ich zugeben. Das mit dem Glätteisen bearbeitete schulterlange Haar betonte die Kontur meiner Wangen ausgesprochen vorteilhaft. Mein widerspenstiger Pony war, O-Ton Marek: „beruhigt", oder anders gesagt: entgegen der natürlichen Lage meiner Wirbel mit viel Gel niedergedrückt worden.

„Sag ich doch! Marek ist ein Künstler!", triumphierte Em beim Hinausgehen so stolz, als hätte sie das Werk selbst vollbracht. Ich ließ ihr die Freude, dachte aber insgeheim, dass das wieder einmal eine der typischen Täuschfrisuren war. Eine Pseudofrisur, die man, wenn man wie ich mit zwei linken Händen auf die Welt gekommen war, niemals allein hinbekam und die für alle feinmotorisch Begabten einen mindestens einstündigen Arbeitseinsatz im Badezimmer bedeutete. Vor dem Frühstück, versteht sich. Egal, die Heldentat war vollbracht. Frisörbesuch erledigt, Em zufriedengestellt. Ich begleitete meine Freundin noch zu ihrer „Boutique", wie sie den besseren Souvenirladen in Münsternähe schönfärberisch nannte. Beim Abschiedskuss versprach ich ihr, Len um vier von der Kita abzuholen und später abends für uns alle zu kochen. In der Zwischenzeit wollte ich die Zeit für mich genießen, um mich von den Strapazen der Verschönerungsaktion zu erholen. Da hieß es *schnell entspannen*, denn ein Blick auf die Rathausuhr zeigte mir, dass die Zeiger schon auf kurz nach drei standen.

Um dreiviertel vier war es soweit. Ich machte mich auf den Weg zur Kita, zu Lennys Mäusegruppe. Eine Freundin von Em hatte ihr kurzfristig diesen Kindergartenplatz beschafft. Das Abholen erwies sich als unerwartet langwierig. Beim Hinbringen wollte Len seine Ma nicht gehen lassen, doch jetzt war es umgekehrt. Nun wollte Len sich auf gar keinen Fall von seinen Freunden trennen. In der Kita hatte der Kleine sich mal wieder total zugematscht. Unauffällig hatte ich die beiden fest zugeschnürten grauen Müllbeutel mit Pippiwäsche auf sein Fach gestellt. Seit Lennys drittem Geburtstag vor ein paar Wochen versuchte Em, ihn trocken zu kriegen. Ein mühsames Unterfangen sei das, hatte Em mir gebeichtet, ein buchstäbliches Fass ohne Boden: Die Waschmaschine im Keller stünde nicht mehr still.

Bei Edeka kaufte ich so schnell, wie das mit einem Kleinkind möglich war, ein. „Mehr zu trinken!“, forderte Lenny, als ich gerade bezahlen wollte. Um Konflikten aus dem Weg zu gehen, stellte ich noch schnell einen Sechserpack Apfelsaftschorle aufs Fließband. Mann, Len war wirklich ein durstiges Kind! Auf dem Rückweg hatte er schon fast eine der Flaschen geleert. Der Junge hatte einen ganz schönen Zug!

Erstaunlich, wie aufwendig die alltägliche Logistik mit einem Kleinkind war. Es dauerte Ewigkeiten, bis ich die Zutaten für die Pizza in den Kühlschrank räumen konnte. Merkwürdig, immer, wenn ich die Tür öffnete, nahm ich eine strenge Geruchsnote wahr. Nein, keine schlecht gewordenen Lebensmittel, eher Bahnhofsklo. Ich zwang mich, mich systematisch im Inneren des Kühlschranks auf die Suche zu machen. Und bingo, als ich das Gemüsefach öffnete, fand ich die Ursache für das Kloakeparfüm: Ein Pipischlüpfer von

Lenny. Als ich Emily diskret von meiner Entdeckung erzählte, lachte sie nur kurz auf und machte mir ein Zeichen, das heikle Thema erst später zu vertiefen.

Ich brachte Len ins Bett und las ihm die Geschichte vom „Egoistischen Riesen“ vor. Er kuschelte seinen kleinen, warmen Körper an mich, legte sein Köpfchen an meine Schulter und war mir auf einmal so nah, dass ich beim Vorlesen den Pfefferminzduft seiner Zahnpasta roch. Für einen kurzen Moment überkam mich der brennende Wunsch, sofort selbst ein Baby zu bekommen. Doch als ich Em im Wohnzimmer nebenan lautstark gähnen hörte, löste sich mein Verlangen schnell wieder in Luft auf. Kein Wunder: Meine Zeit in Überlingen führte mir eindrucksvoll vor Augen, wie anstrengend der Alltag mit einem Kind war. Ich las noch ein wenig weiter, bis ich Len tief und regelmäßig atmen hörte. Ich streichelte ihm über sein Gesicht und schlich leise aus seinem Kinderzimmer.

Im Wohnzimmer wartete Em schon mit einem Absacker auf mich. Sie brannte darauf, mir die ganze Wahrheit über die Pipihöschen meines Patensohns mitzuteilen. „Es ist nämlich so“, setzte sie an und trank einen Schluck Glühwein. „Manchmal verhält sich Lenny wie ein kleines Hündchen.“

„Klar, Idefix ist sein Idol“, feixte ich, während ich mir eine Handvoll Erdnüsse aus dem Schälchen vor mir nahm.

„Genauso ist es. Mein Sohn markiert sein Revier, sprich unsere Wohnung, mit seinen Pipihöschen. So kommt es mir zumindest vor.“ Em piddelte das Wachs von der Adventskranzkerze ab. „Also, er schafft es nicht trocken zu werden und versteckt dann die nassen Micky-Mouse-Schlüpfer mit plötzlich aufkommender Scham hinter Schränken, Tischen oder Regalbrettern, wo sie wochenlang im Geheimen vor sich hin modern. Gestern hat er seine pipifeuchten Höschen direkt in den Abfalleimer statt in den Wäschekorb geworfen. Das ist auch nicht wirklich besser!"

Ich beobachtete meine Freundin. Mir war schon klar, warum sie das Thema so langatmig vor mir ausbreitete. Sie wollte mich von meinem Katzenjammer ablenken. Wobei, was hieß schon Katzenjammer? Meine Sorge, in Zukunft unfreiwillig Single zu bleiben, war durchaus begründet. Mal ernsthaft: Wie hoch standen die Chancen, dass ich demnächst wieder liiert sein würde? Sagte die Statistik nicht, dass eine Frau über Dreißig eher von einem Auto überfahren wurde, als dass sie zufällig einem attraktiven Mann begegnete? Und ich war bald vierzig. Klar, es gab Frauen, denen sah man das Alter nicht an. Iris Berben war so eine oder auch diese Hippie-Ikone Uschi Obermaier. Em gehörte in dieselbe Kategorie. Sie würde immer attraktiv aussehen. Und dann noch ihre melodramatische Art: Männer standen durchaus auf Drama und Diven-Allüren, aber nur, wenn man wie Em lange blonde Haare hatte und Barbie-Proportionen sein Eigen nennen konnte. Aber rucksacktragende, zweite Klasse fahrende zurückhaltende Französinnen, die bei Stress so knittrig, mausartig aussahen, dass sie Stunden brauchten, um „das Beste aus ihrem Typ zu machen", konnten sich das nicht leisten. Frauen wie ich hatten in dem Spiel deutlich schlechtere Chancen. Und bei auf Geschäftsbeziehungen und Außenwirkung bedachten Arschlöchern wie Philip schon gar keine.

Em bemerkte meinen Stimmungswechsel. „Na, bist du in Gedanken wieder bei deinem Lieblingsthema?" Sie wartete meine Antwort erst gar nicht ab. „Und apropos Sitzen-gelassen-Werden. Auf dem Hintern sitzen bleiben und auf das Telefon starren, in der Hoffnung, dass sich Deutschlands zukünftiger Bundeskanzler doch noch an seine kleine Kohlefee erinnert, hilft dir nicht weiter. Wie ich dich kenne, hast du ihm schon drei Liebesbriefe geschrieben und fünfmal versucht, ihn telefonisch zu erreichen, um ihn anzuflehen, dich bitte ..." Sie gab ihrer Stimme einen larmoyanten Unterton: „bitte, bitte wieder zurückzunehmen."

„Unsinn", wehrte ich ihren Vorwurf erbost ab, beschloss dann aber, ihr lieber doch nichts von meinen Gesprächen mit der Sekretärin und meinen Interpretationen seines *Vielleichts* auf dem Anrufbeantworter verlauten zu lassen.

„Bea, du solltest echt aus den Puschen kommen, aktiv werden und dich wieder in der Szene blicken lassen."

„Du bist mir viel zu schnell, Em. Hab Mitleid mit mir! Es ist noch nicht einmal einen Monat her, dass ..."

„Kontaktsperre", unterbrach mich meine Freundin ohne auf meinen Einspruch einzugehen. „Du hast ihn hoffentlich von deiner Facebook-Seite geworfen und seine Nummer gelöscht. Zum Glück wohnt er wenigstens in einer anderen Stadt." Hatte ich nicht und würde ich auch nicht. Sollte sie das doch mit ihren eigenen Verflossenen so handhaben. Ich versuchte Ems nett gemeinten, aber gedankenlosen Aktionismus zu stoppen.

„Ich glaube, es lag an der Entfernung zwischen unseren Wohnorten. Irgendwo zwischen Bochum und Berlin ist unsere Liebe verloren gegangen."

Em wollte mir widersprechen, ich sah es ihr an, aber dann ließ sie mich einfach weiterreden und schenkte uns noch einen weiteren Becher duftenden Glühwein nach. Es fühlte sich wundervoll an, sich an der Tasse die Hände zu wärmen. Ich lehnte mich entspannt zurück und merkte, wie mir die Prozente die Zunge lösten.

„Das Ganze war manchmal so surreal. Letztens hat mir Philip einen zweiseitigen, tiefsinnigen und liebevollen Brief geschrieben. Ich bekam ihn an einem Samstagmorgen, wir frühstückten gerade und schwiegen uns an. Philip hatte schlechte Laune, er ist eh ein Morgenmuffel, und ließ die an mir aus. Während er die WAZ las, riss ich seinen Brief auf. Das war so verrückt. Er saß neben mir und mauerte, so dass ich keinen Zugang zu ihm fand, aber in dem Brief war er mir gleichzeitig so nah, so vertraut." Ich spürte, wie meine Augen schon wieder feucht wurden.

„Ich weiß nicht", Em schüttelte melodramatisch den Kopf. „Eigentlich fand ich Philip anfangs wie gemacht für dich. Ihr wart so ein schönes Paar. Du weißt schon, deine Mutter wäre begeistert gewesen. Der perfekte Schwiegersohn, der ihrer Kleinen einen sicheren Hafen bieten kann. Vielleicht hätte Lenny einen kleinen süßen Schwesterersatz zum Spielen bekommen. So habe ich damals gedacht. Doch allmählich sehe ich das anders. Je mehr ich darüber nachdenke, kommt es mir so vor, als habe Philip dich, deine Arbeit und eure gemeinsame Zukunftsplanung gar nicht richtig ernst genommen."

Dass sie von meiner Mutter gesprochen hatte, trieb mir ein Messer zwischen die Rippen. Noch immer tat es höllisch weh, wenn sie jemand ohne Vorankündigung erwähnte. Sie traf da einen Nerv, das spürte ich, sie hatte recht mit dem, was sie sagte. Im Grunde genommen war Philip wie meine Mutter. Beide lebten nach dem Leitsatz. „Das Leben ist ein Kampf: Siege!" Philip war vielleicht nicht unbedingt der selbstverliebte Spießer, als den Em ihn jetzt auf einmal darstellte, aber eigentlich hatten wir uns beide benutzt. Wie Em angedeutet hatte, wollte ich ganz in der Tradition meiner Mutter einen starken Mann, der mir Sicherheit bot. Und für Philip war ich die vorzeigbare Frau an seiner Seite, die seinen professionellen Ambitionen zugutekam. Unterm Strich hatte ich mich aber als *too plebeian* für ihn erwiesen, sodass er mich wie einen lästigen Krümel auf seinem Jackett abgewischt hat. Was für ein Chauvi! Und die Fantasie eines Töchterchens, die mir Em in den Kopf gesetzt hatte, hellte meine Stimmung auch nicht gerade auf. Im Gegenteil ... der Gedanke an Kinder verursachte mir Kopfschmerzen. Ich konnte es mir nicht wirklich vorstellen wie Em jeden Tag, jede Minute einem Kind zu widmen. Ich war mir nicht sicher, ob das mein Weg war. Aber ich wollte auch nicht länger darüber nachdenken, was sollte das auch? Es war ja nicht gerade so, dass mögliche Väter und Ehemänner vor der Tür Schlange standen ... Das Thema war rein akademisch. Erschöpft von meinen Grübeleien schlug ich Em vor, den Abend zu beenden.

„Ich denke, wir sollten mal die Wohnzimmercouch ausziehen. Ich fühle mich erschossen nach dem langen Tag, dem guten Essen und der vielen gesunden Seeluft."

Ich erhob mich ruckartig und mir wurde sofort schwindelig. Em lachte. Sie warf mir ein Sofakissen an den Kopf, das ich kaum noch zu fangen vermochte. Der Alkohol hatte meinem Körper schlimmer als erwartet zugesetzt.

„Dein Handtuch liegt neben dem Waschbecken. Und morgen schminke ich dich. Es ist wichtig, dass du dich stark und selbstbewusst fühlst. So berappelst du dich am schnellsten wieder."

Berappeln? Ich hatte Kopfschmerzen, mein Magen fühlte sich komisch an, ich hatte mich noch nicht entschieden, ob ich weinen oder um mich schlagen sollte und, Himmel, das Bauchgegrummel wurde immer schlimmer. Vielleicht sollte ich mich einfach im Bodensee ertränken.

„Em, Hilfe, ich glaube ich muss ... Mir ist ganz schlecht ..."

„Hand vor'n Mund!" Em sprang auf und legte ihren Arm um meine Schultern. Effizient bugsierte sie mich auf dem kürzesten Weg zum Klo. Ich kniete mich nieder, sie konnte gerade noch den Deckel öffnen, als es auch schon losging.

Die Zeit im Bad kam mir unendlich lang und ich mir unendlich schwach und hilfsbedürftig vor. Em tröstete mich, gab mir Halt und putzte, ohne Aufheben darum zu machen, hinter mir her: „Hier eine Zahnbürste mit Zahnpasta gegen den fiesen Geschmack im Mund."

Als ich die unappetitliche Angelegenheit hinter mich gebracht hatte, begleitete sie mich zurück zum Wohnzimmer. Ich zog mich bis auf Slip und T-Shirt aus, weitere Verrenkungen wollte ich meinem ermatteten Körper nicht mehr zumuten, und ließ mich auf die Couch plumpsen. Em deckte mich zu. Ich hörte nicht einmal mehr, wie sie die Tür hinter sich schloss.

Am nächsten Morgen konnten wir uns alle ausschlafen, denn Lennys Kita blieb während der Weihnachtsferien geschlossen. Außer man gehörte zu äußersten Notfallausnahmefällen und trug sich mit schlechtem Gewissen auf eine Extrabetreuungswunschliste ein. Das durfte man aber nur, erklärte mir Em, wenn man wirklich gewichtige Gründe für eine Ferienbetreuung vorzuweisen hatte: Den Ausbruch des dritten Weltkrieges, die eigene Beerdigung oder etwas ähnlich Dramatisches. Und so hielt Len uns in den nächsten Tagen auf Trab. Zum Glück schlief er morgens lang und wurde abends früh ins Bett gebracht. Diese Randzeiten des Tages standen somit für uns Freundinnen zur freien Verfügung. Nun ja, zur mehr oder weniger freien Verfügung. Morgens zwang Em mir ihr „Beauty-Management" auf. Ihrer Strategie nach würde eine freche neue Optik ein Push-Up für mein angeschlagenes Selbstbewusstsein garantieren. Ich selbst hatte mich noch nicht wirklich an meine neue Frisur gewöhnt. Meine zaghafte Anfrage, ob denn dieses morgendliche Glätteisengestriegel nicht meine Haare zerstören würde, tat sie lässig ab. „Ach, Quatsch. Vielleicht früher, zu Zeiten unserer Großeltern, aber heutzutage doch nicht mehr. Aber wenn du willst, dann besorge ich dir eine Haarkur."

Und so kam es, dass Lenny den Heiligabend mit den beiden aufgetakeltsten Miezen der Stadt verbrachte. Ihm war das ziemlich egal, Hauptsache es gab Nudeln mit Tomatensoße. Auch sein Interesse an den Weihnachtsgeschenken unter dem Nadelbaum im Blumentopf hielt sich in engen Grenzen. Das Geschenkpapier selbst jedoch machte ihn glücklich. Er gluckste regelrecht vor Freude, als er es zerriss und eifrig mit ihm raschelte.

„Toll", strahlte er uns an und war bis auf weiteres unter dem Esstisch verschwunden.

„Zu beneiden, mit so wenig so zufrieden zu sein", seufzte ich.

„Ich wünschte, mir würde das auch gelingen", stimmte Em mir zu.

„Okay, jetzt bist du dran. Kotz dich aus!" Dann bemerkte ich die Doppeldeutigkeit meiner Aufforderung. „Nein, das meine ich natürlich nicht wörtlich."

„Schon gut, ist schon richtig angekommen", beruhigte mich Em. „Also, eigentlich läuft es ganz okay mit Len und mir. Aber mir graut schon vor dem Tag, an dem er nach seinem Vater fragt. Was soll ich nur sagen?"

Dass sie von sich aus das Thema ansprach, war ein großer Vertrauensbeweis. Normalerweise war ihr rasanter Männerverschleiß genauso tabu wie ihre „dysfunktionale Kindheit", wie Emily ihre Erfahrungen als ungeliebtes Adoptivkind pseudowissenschaftlich-distanziert zusammenfasste.

„Vielleicht findest du bis dahin ja einen netten Ersatzvater", schlug ich optimistisch vor. Selbst in meinen Ohren klang es falsch. Dafür war Em zu sehr auf amouröse Selbstsabotage geeicht.

„Nicht wirklich wahrscheinlich“, sagte Em ruhig. „Als *Single Mom* trifft man viele Menschen. Auf dem Spielplatz, in der Kita und bei der Arbeit.“ Ich sah sie erwartungsvoll an. „Doch die sind fast ausschließlich Träger des Doppel-X-Chromosoms.“

Ich musste lachen. „Und Erik?“

Em dachte einen Moment lang nach. „Manchmal gibt es zwei Möglichkeiten im Leben: die leichte und die ehrliche. Erik ist erstere.“

„Hört sich so an, als stünde bereits ein Verfallsdatum auf seiner Stirn.“

„Vielleicht. Aber als alleinerziehende Mutter darf man nicht zu wählerisch sein. Du hast ja am eigenen Leib erfahren, wie schnell Männer Reißaus nehmen, wenn sie die zwei Ekelwörter, die mit „F“ und „K“ anfangen, hören.“

„Du meinst Fisch und Kartoffeln“, witzelte ich.

„Vielleicht bei euch da oben im hohen Norden“, konterte sie schlagfertig. „Bei uns steht es für Familie und Kinder.“

„Leider wahr“, stimmte ich ihr zu.

„Also, falls das mit Erik nicht klappen sollte, habe ich mir überlegt, es mit einem Paradigmenwechsel zu versuchen.“

„Paradigmenwechsel? Sprich kein Klingonisch mit mir!“

„Du weißt schon, mit einem anderen Männertyp. Besonnen, belastbar, respektvoll. Jemand, der mir guttut. Jemanden, den ich auch mal offiziell Lenny vorstellen könnte.“

„Hört sich vielversprechend an“, gab ich zu.

„Aber leider auch verdammt unsexy, oder?“

„Och, das will ich gar nicht mal sagen. Ein Gentleman kann durchaus erotisch sein, nur halt etwas ...“ Wie sollte ich es Em sagen, ohne, dass sie sich auf den Schlips getreten fühlte? „Ähm ...etwas subtiler vielleicht." Vor meinem inneren Auge tauchte Erik im Muskel-Shirt auf.

„Ach, Béatrice. Ich weiß selbst, dass mir der Kerl nicht guttut. Nach dem Unfall mit Len ist mein Leben aus dem Ruder gelaufen. Nein, Unfall hört sich so negativ an. Ich meine, Lenny ist das Schönste, was mir passiert ist. Du weißt schon, was ich sagen will."

Wusste ich das tatsächlich? Theoretisch vielleicht. Plötzlich fiel mir die Szene mit der Gutenachtgeschichte ein. Doch eigentlich fand ich den Alltag mit einem Kleinkind eher anstrengend als beglückend. Vielleicht lag es daran, dass es nicht meins war. Oder ich war tatsächlich zu alt für die Familienphase.

„Was mich an Erik fasziniert, ist seine Lebensfreude. Mit ihm ist das Leben einfach. Einfach und gleichzeitig so intensiv." Em machte eine Pause, vermied den Blickkontakt. „Weißt du", fuhr sie fort. „Für Erik gibt es keine Grenzen. Hört sich erst einmal gut an. Das ist es auch, aber nur für ihn. Sein Drang nach Freiheit, inklusive Fremdgehen, geht nämlich auf meine Kosten. Er nimmt alles, was er kriegen kann, Hauptsache es vergrößert sein, wie er es nennt, *Weltwissen*."

Emily saß kerzengerade dem Sofa. Oh Mann, das hörte sich noch schlimmer als befürchtet an. „Ich würde mit Erik ja zusammenbleiben wollen. Wenn er erwachsen werden würde, seine Kindergarten-Egozentrik ablegen und Verantwortung für sein Tun übernehmen würde." Gierig leerte Em eine weitere Schale Milchkaffee.

„Ui, das sind aber ziemlich viele *Würdes*!"

„Wenn er doch nur das Leben planen würde, nicht alles dem Zufall überließe. Aber dann wäre er nicht mehr Erik. Mit anderen Worten: Ich muss das Paradigma wechseln, mich für andere Männer interessieren. Ja, so spießig, so langweilig."

Als hätte sie mir bereits zu viel verraten, stand Em auf und räumte mit lautem Getöse unser Frühstücksgeschirr in die Spülmaschine. Das war Em durch und durch, immer intensiv, immer mit voller Kraft voraus. Sie liebte Extreme und konnte vermutlich auch gar nicht anders. Und dafür liebte ich sie, gerade auch, weil mir diese Wesensart fremd war.

„So, meine Liebe, weiter geht's. Jetzt mache ich dir die Haare und schminke dich und danach gehen wir shoppen." Plötzlich bekam ich Mitleid mit Erik. Versuchte Em ihn auch so zu optimieren, wie sie es mit mir tat?

„Jetzt stillhalten." Nachdem sie mir ein aufdringlich duftendes Gel ins Haar einmassiert hatte, zeichnete sie mir mit einer bewundernswert ruhigen Hand einen Lidstrich. Stolz begutachtete sie das Ergebnis.

„Sehr schön. Orientalisch steht dir. Okay, und jetzt auf in die Boutiquen. Welche Kleidergröße trägst du? 38?"

„Keine Ahnung. Bin nicht zum Essen gekommen, viel Stress bei der Arbeit. Und überhaupt wenig Appetit", verteidigte ich mich.

„Ich glaube, du bist die einzige Frau, die ich kenne, die in der Zeit vor Weihnachten ab- statt zunimmt. Im Ernst, du bist zu beneiden. Du hast eine tolle Figur."

„Danke", sagte ich höflich. Ich selber fand, dass mir das nicht gut stand. Seitdem mein Gewicht in den Keller gerutscht war, sah ich hager aus. Hager und verhärmt.

Es war fast unmöglich, Em in ihrem Kaufrausch zu bremsen. Ich bat sie, mit den preiswerten Kaufhäusern vorlieb zu nehmen, musste ihr aber recht geben, dass dort für eine Frau in unserem Alter nichts zu holen war. Das Angebot war auf zupackende Einheimische ausgerichtet, die sich beim Feuerwehrball auch einmal einen gewagten blauen Blazer mit goldenen Knöpfen überwarfen. Nichts, was uns Großstadtfrauen vom

Hocker haute. Dann gab es noch eine überteuerte Abteilung für den reiferen Kurgast. Frustriert drängte ich Em in den Fahrstuhl und fuhr mit ihr in die Teenie-Etage in den Keller. Sie sagte nichts, musste sie auch nicht. Bauchfreie Tops von so hoher Qualität, dass sie nicht gewaschen werden mussten, sondern nach einmaligen Tragen à la Lenny direkt im Mülleimer landeten. Mir drehte sich der Magen um, wenn ich dran dachte, dass die Dumpingpreise durch unmenschliche Fertigungsbedingungen teuer erkauft waren. In die Skinny Jeans im Used Look musste ich mich erst gar nicht zwängen, die sahen nur bei Mädels mit vorpubertärer Knabenfigur gut aus. Em sah mich spöttisch an. Ihre erhobene Augenbraue fragte mich ironisch: „Na, fündig geworden?“ Ich deutete ein Kopfschütteln an und gab auf. „Los, zeig mir die hottesten *Fashion Spots* dieser sagenhaft *fancy* Stadt am Bodensee!“ Doch Em ließ sich nicht provozieren. Stattdessen gab sie mir eine Nachhilfestunde in Psychologie.

„Es ist wichtig, die Opferrolle zu verlassen“, betonte sie. „Auf gar keinen Fall darfst du Philip hinterherlaufen. Jetzt geht es darum, deine Attraktivität zu steigern, ihm die kalte Schulter zu zeigen, den Kopf hoch zu tragen.“ Und schon schob sie mich in die erste Boutique. Um diesem unwürdigen An- und Ausziehen bei gnadenlosem Neonlicht ein schnelles Ende zu setzen und auch aus einem diffusen Gefühl moralischer Verpflichtung heraus, ließ ich mich zu dem Kauf von drei elendig teuren, aber überaus angesagten Kombinationen breitschlagen. Als ich mit zwei fetten, angeblich umweltfreundlichen Tüten den Modeschuppen wieder verließ, hatte ich so viel Geld zum Fenster hinausgeworfen, dass mein Dispokredit angewachsen war wie ein Schwein vor dem Schlachtfest.

So stressig auch Ems unsägliche Versuche, mein Liebesleben wieder auf Vordermann zu bringen, waren, so unerwartet entspannt verbrachten wir Silvester. Statt groß einen auf Party, Feuerwerk und Neujahrsvorsätze zu machen, hingen wir gemütlich ab. Wir spielten mit Len und zogen uns dann zwei trübsinnige finnische Videos rein. In einem schneite es durchgehend und am Ende beging der Held Selbstmord, das andere war eine Art bizarres Roadmovie über einen Desperado, der sich auf die Suche nach einem Elch machte, so ganz habe ich die Handlung nicht begriffen. Aber darum ging es auch gar nicht. Es ging darum, dass Em und ich mit einer Synthetikwolldecke auf ihrem durchgesessenen Ausziehsofa saßen, Lenny auf der Spieldecke neben uns schnarchte, wir abwechselnd Chips und Nachos aßen und immer wieder neue Rotweinflaschen aus der Speisekammer holten. Eine Stunde vor Mitternacht brieten wir uns ein Spiegelei und dann schliefen wir vor der Glotze ein. Irgendwie waren wir ins Neue Jahr hinübergerutscht: Einfach so, ohne Feuerwerk, ohne Böller und vor allem ohne zu erfahren, ob der Cowboy aus Helsinki seinen Elch oder was auch immer gefunden hatte.

Kapitel fünf: Magical Mystery Tour

<u>Das Problem</u>: Wo finde ich ihn?
<u>Don't:</u> Dich zu schnell auf Fremde einlassen! Das Risiko ist zu hoch, dass du auf einen groben Klotz triffst, oder noch schlimmer, auf einen gefährlichen Irren.
<u>Do:</u> Die meisten Paare lernen sich in gewohnter Umgebung kennen: Am Arbeitsplatz, im Freundeskreis oder durch sorgfältig gematchte Profile auf einer seriösen Datingplattform im Internet.
(Mehr dazu im ultimativen Beziehungsguide: So optimierst du dein Liebesleben, 17,50 Euro)

Als ich am ersten Januar von Überlingen nach Bochum zurückfuhr, ging es mir schon viel besser. Ich litt zwar immer noch ein wenig an gebrochenem Herzen, aber irgendwie hatte der Abstand, die Gespräche und Ems Fürsorge meinen Liebeskummer gelindert, meine emotionalen Akkus wieder aufgeladen. Leider konnte es Em sich nicht verkneifen, mir am überfüllten Bahnsteig kurz vor der Abfahrt noch ihre Beziehungsbibel mit dem peinlichen Titel „So optimierst du dein Liebesleben" in die Hand zu drücken. Mir fielen auf Anhieb viel bessere Alternativtitel ein: „Liebe nach Schablone", „Liebe für angepasste Idiotinnen" oder „Liebe zum Verramschen". Bevor ich etwas sagen konnte, fuhr mein Zug ein.

Apropos zum Verramschen, ich verfluchte mich, dass ich zu geizig gewesen war, einen Sitzplatz zu reservieren. War doch klar, dass die Schwarzwaldbahn nach Karlsruhe nach den Feiertagen völlig überfüllt sein würde. Ich atmete tief durch und drängte mich stoisch zur nächsten Zugtür durch. Eine Wand abgestandener Luft empfing mich, die Reisenden begannen sich bereits zu stapeln. „Aua“, entfuhr es mir, als mir ein zielbewusster Drängler auf der Pirsch nach einem Sitzplatz seinen Rollkoffer in die Waden rammte. „Entschuldigen Sie bitte“, sagte er und verpasste mir dabei mit seinem rechten Ellbogen noch einen weiteren Stoß Richtung Magen, während er sich weiter ins Zuginnere durchkämpfte.

Als der Zug ruckartig anfuhr und uns Stehende gegeneinander fallen ließ, wurde mir bewusst, dass ich die Letzte war, die sich in das Abteil hineingequetscht hatte. Adieu Sitzplätze. Halt, dort hinten gab es auf einer Viererbank noch einen Platz, der war allerdings schon von Gepäckstücken zweckentfremdet worden. Leider fehlte mir die Kraft, den aggressiv blickenden Besitzer um eine Räumungsaktion zu bitten. Die einzige Alternative, die ich erspähte, war ein Platz auf einer Treppe, die in die erste Klasse hinaufführte. Die obere Stufe war besetzt, aber die untere noch frei. Toll, dort, zu Füßen eines langhaarigen Studenten, würde ich also die nächsten Stunden verbringen müssen. Reizende Aussichten! In diesem Moment bemerkte ich ein Flackern in den Augen des Wadenremplers. Er schaute in dieselbe Richtung, ich sah ihm an, dass er meinen Platz stehlen wollte. Entschlossen hielt ich mit meinem Rucksack so schnell ich konnte auf den Langhaarigen zu.

„Sorry, ist hier noch frei?“, sprach ich ihn an und zeigte auf das schmierige Resopal unter ihm. Der Student reagierte nicht. Ich wollte gerade trotzig die Stufe okkupieren, als mein Gesprächspartner Lebenszeichen zeigte. Er stellte sein Handy auf Pause und nahm die Ohrstöpsel heraus. Dabei musterte er mich kritisch. Ihm schien zu gefallen, was er sah, denn er schenkte mir ein angenehm offenes Lächeln: „Bitte nehmen Sie doch Platz!“ Von Nahem sah er wesentlich älter als vermutet aus. Mindestens *Post Graduate.* Ich korrigierte meine Alterseinschätzung nach oben. Normalerweise hatte ich mit solchen Typen nicht viel zu tun. Als ich noch angestrengt überlegte, ob ich ihn siezen sollte, bemerkte ich, dass ich mir darüber keine Gedanken mehr zu machen brauchte. Der Dunkelhaarige war erneut im Spotify-Universum abgetaucht. Ich machte es mir so bequem wie möglich, indem ich meinen Rucksack als improvisiertes Kopfkissen in meinen Nacken drückte und mich mit der linken Schulter an die Außenwand lehnte. Wenn Phil mich jetzt sehen könnte! „Bei allem Respekt, wie kannst du nur mit einem lächerlichen Rucksack auf dreckigen Treppenstufen sitzen?“ Doch ich fand das nicht so schlimm. Von meinem sicheren Posten schaute ich mich im Großraumabteil um. Aus dem Augenwinkel konnte ich dabei noch schadenfroh wahrnehmen, wie der Rollkoffer-Rambo frustriert ins nächste Abteil von dannen zog.

In meinem Bemühen mich von der unbequemen Fahrt, die noch vor mir lag, abzulenken, fiel mein Blick auf den unsympathischen Mann, der mit seinen beiden Kindern samt Gepäck einen Viererplatz okkupiert hielt. Der Fiesling zog gerade mit grimmiger Miene eine Zeitschrift aus der Vordertasche seines Koffers. Ihm gegenüber saßen seine zwei Jungs und gaben sich voller Begeisterung ihren Spielkonsolen hin. Ich schloss die Augen und versuchte mich zu entspannen. Als ich die Augen wieder aufschlug, hatte der Vater sein Magazin gegen ein rotes Schweizer Taschenmesser ausgetauscht und pulte in aller Seelenruhe die schwarzen Ränder unter seinen Fingernägeln hervor, betrachtete sie stolz und ließ sie dann auf den Fußboden rieseln. Ich schaute schnell woanders hin, bevor er Ansätze machte, seinem Ohrenschmalz den Garaus zu machen oder gar seine Zahnseide zu zücken.

Mittlerweile empfand ich meinen Nichtmehr-Studenten auf der Treppe über mir doch nicht mehr als die unbedingt schlechteste Sitznachbarwahl. Ich verlagerte mein Gewicht ein wenig auf die rechte Pobacke, um das Ruckeln abzufedern, drückte meine teure neue Frisur achtlos gegen die Wand und versuchte, so in Ems Ratgeber zu lesen, dass der Titel verdeckt blieb. Mann, war das unbequem! Außerdem war Ems Buch einfach grässlich, dieser auf salopp gemachte Ton machte mich regelrecht aggressiv. Die Botschaft triefte auch nicht gerade vor Originalität: Sprich nicht mit Fremden!

„Ich will aber Schokolade!" Der Aufschrei kam aus der Richtung des Vierersitzes mit dem Vater, der auf öffentliche Körperpflege setzte. Obwohl ich die Lust der Jungs auf Zucker verstehen konnte, empörte mich das abstoßende Verhalten dieser Kleinfamilie. Ich empfand das Trio als Zumutung, doch den direkten Sitznachbarn schien ihr Verhalten nichts auszumachen. Die alte Dame direkt hinter ihnen las unbeeindruckt in ihrem Buch. Vielleicht war sie schwerhörig? Oder ihre Lektüre war einfach nur ausgesprochen fesselnd. Neugierig warf ich einen Blick auf den Titel: „Live to Tell". Klang spannend. Mehr aus Langeweile schrieb ich die drei Worte auf meine Fahrkarte. Wer weiß, vielleicht würde ich sie später im Job einmal verbraten können. Ich wollte Fahrschein und Stift gerade wieder in die Tasche meiner Jeanshose versenken, als die wippenden Haare des Nichtmehr-Studenten meine Aufmerksamkeit auf ihn lenkten. Er schien sich ebenfalls Notizen zu machen. Ein Seelenverwandter! Ich überlegte, ob ich ihn auf seine Aufzeichnungen ansprechen sollte, als mir einfiel, dass er mich eh nicht hören konnte. Ich lauschte und vermeinte eine vertraute Melodie wahrzunehmen. Was war das? *Mr Mojo risin'*.

Rising, rising. Ich dachte scharf nach, doch kam weder auf den Songtitel noch auf den Namen der Band. Irgendetwas Altes. Sechziger Jahre. Classic Rock.

„Darf ich mal durch?" Ein eleganter Herr aus der ersten Klasse sah mich erwartungsvoll an. Ich rückte etwas näher zur Wand und schaute auf die frisch polierten italienischen Lederschuhe auf der Treppenstufe neben mir. Der Zug wurde langsamer. Die teuren Treter näherten sich zielstrebig der nächsten Wagontür. Tür? Tür! Das war's.

„Doors", fiel mir ein. Jim Morrison. Ich grinste meinen Kompagnon an. Der entfernte seine Ohrstöpsel. „Ist was?"

„Cooler Song."

Er schaute mich verwirrt an.

„Ach so, die Doors."

„Was schreibst du denn da so eifrig auf?", fragte ich ihn neugierig. Ohne groß drüber nachzudenken hatte ich ihn nun doch geduzt.

„Zeig ich dir, wenn du mir zeigst, was du auf den Fahrschein gekritzelt hast."

Siegessicher blickte mir Mr Mojo in die Augen. Ich lachte. Konnte er haben.

„Klar, kein Problem." Ich streckte meine Hand in die Jeans und reichte ihm meine beschriftete Fahrkarte.

Eine Minute später hörte ich: „Ähm? Und was soll das?"

Ich ignorierte seine Frage. „Du bist dran."

Widerwillig gab er mir sein Notizbuch. Von der Doppelseite aus grinste mich der Familienvater mit einer riesengroßen Nagelfeile in der Hand dümmlich an. Neben ihm starrten seine Kinder mit hypnotisierten Spiralaugen wie die Schlange Kaa aus dem Dschungelbuch auf ihre Konsolen.

„Wow, psychodelisch." Meine Stimme war ironisch, obwohl ich insgeheim zugeben musste, dass die Karikatur unerwartet gekonnt aussah. Kurz vor Karlsruhe kam Unruhe auf. Mojo stand auf. „Sorry, die Nächste muss ich raus." Wen wundert`s? War schließlich die Endstation. Für alle. Ich verabschiedete mich mit einem Doorszitat von ihm: „*This is the end, my friend*". Doch er hörte mich schon nicht mehr. Er hatte bereits wieder seine Stöpsel in den Ohren.

Plötzlich bremste der Zug mit einem Ruck. Und dann herrschte ein unglaubliches Durcheinander: Ich rutschte von der Treppe und landete unsanft weiter unten auf meinem Hintern. Gleichzeitig sah ich, wie einige Gepäckstücke aus den Netzen fielen. Irgendwo fing ein Baby wie wild an zu brüllen. „Notbremse" stellte jemand hinter mir in neutralem Tonfall fest. Kurz darauf ertönte knisternd eine hektisch gesprochene Durchsage.

„Meine Damen und Herren, aufgrund eines unvorhergesehenen Vorfalls sind wir gezwungen einen Nothalt auf offener Strecke durchzuführen. Bitte verlassen Sie alle den Zug. In circa einer halben Stunde wird die Fahrt voraussichtlich fortgesetzt. Befolgen Sie die Anweisungen des Zugpersonals!"

Ich hörte ein aufgeregtes Murmeln um mich herum, Vermutungen wie „Selbstmordversuch" und „Bombendrohung". Wenige Minuten später stand ich mit den anderen Passagieren mitten in der Botanik. Ein Schaffner, der es geschafft hatte, die aufkommende Panik durch seine ruhige Art im Keim zu ersticken, leitete uns seelenruhig über einen Trampelpfad zu einer Hochhaussiedlung. Dort gab es einen heruntergekommenen schneefreien Spielplatz, auf dem wir uns alle versammelten. Len wäre begeistert.

„Und, Lust auf ein bisschen Wippen?"

Ich blickte hoch. Mein Sitznachbar stand grinsend neben mir. Ich war mir nicht ganz sicher, ob sein Vorschlag ernst gemeint war, aber ehrlich gesagt fand ich ihn nach der Enge und der Aufregung gar nicht so übel. Der Himmel war blau, ein Hauch von Frühling im Januar. Sitzen ist bequemer als Stehen, dachte ich, und nickte. Und so schlenderten wir zu dem alten Holzgestell und wippten auf und ab. Gut, dass mich keiner der ‚Applaus'-Kunden so sah! Die ganze Aktion hatte etwas Kafkaeskes.

„Bist du bereit für ein kleines Fragespiel?", riss mich mein Gegenüber aus meinen Gedanken.

„Sonst lässt du mich nicht wieder runter?", antwortete ich ohne nachzudenken. Solche Erpressungsspiele hatten mein Bruder Fred und ich früher zuhauf veranstaltet.

„Ganz genau!", bestätigte Mojo, der sich auf seinem Sitz in eine königliche Pose warf, und die Füße auf dem Boden hielt. Mein Blick blieb an seiner rechten Hand hängen, mit der er sich elegant an dem viel zu kleinen Haltegriff festhielt. Der Typ hatte ausgesprochen schöne, feingliedrige Finger. Ob das mit seinem Zeichentalent zusammenhing? Nein, beantwortete ich mir die Frage selbst, denn Moritz, mein Kollege, der bei Bedarf auch designte und sich um Layout-Fragen kümmerte, besaß all seiner Kreativität zum Trotz eher ziemlich aufgequollene Wurstfinger.

„Okay. Was willst du wissen?"

„Name!"

„Dupont. Béatrice Dupont. Am liebsten Rotwein, weder geschüttelt noch gerührt. Aber ‚Drecksack' geht auch. Und wer bist du?"

„Lars", lachte er und ließ mich nach unten sausen.

„Alter!", kommandierte ich.

„39."

Was, so alt? Ob das stimmte? Ich zögerte einen Moment, doch dann stieß ich mich gnädig ab. Er sah mich von unten auffordernd an.

„Auch 39".

Er ließ mich oben zappeln. „Familienstand?“, fragte er. Ich schluckte und zögerte kurz, bevor ich antwortete.

„Single.“

Er nahm Schwung und meine Füße bekamen wieder Boden unter den Füßen. „Und du?“

„Vogelfrei.“

„Ich mag nicht mehr“, sagte ich und stand gleichzeitig auf, sodass er abrupt nach unten knallte.

„Hättest mich ruhig vorwarnen können“, maulte er.

Stimmt, dachte ich. Das war nicht gerade nett gewesen, aber irgendetwas an ihm machte, dass ich mich in seiner Gegenwart anders als sonst verhielt. Ich wusste nicht, warum, aber es reizte mich, ihn ein wenig zu provozieren, ihn zu necken - mit ihm zu spielen. Und so fragte ich divenhaft blasiert: „Wie lange dauert das denn noch?“

„Zeit genug für einen romantischen Gang um den Spielplatz.“

„Okay“, erwiderte ich scheinbar gelangweilt.

„Du bist nicht gerade gesprächig, oder?“

„Kommt drauf an.“ Ich musterte ihn, versuchte ihn einzuschätzen.

„Naja, besser als diese Leute, die einen ewig zulabern.“

„Oder zutelefonieren“, grinste ich und gab mein *Femme-fatale*-Gehabe auf, während ich unauffällig in Richtung des telefonsüchtigen Geschäftsmannes aus unserem Abteil nickte, der wütend im Tigergang auf und ab lief, das Handy dicht ans Ohr gedrückt. Eine Windböe kam auf und wirbelte das, was die Zugfahrt noch von meinem Sleek-Look übriggelassen hatte, durcheinander. Ich lachte.

Lars lächelte ebenfalls. Dabei sah ich, dass seine obere Zahnreihe etwas vorstand.

„Du bist also Zeichner?“

„Karikaturist, schwarzer Humor und so.“

„Die Stimmungskanone auf jeder Feier."

„Nee, das denken die Leute immer, dabei ist das Gegenteil der Fall. Ich achte eher auf das Schlechte, das Außergewöhnliche, etwas, worüber ich mich lustig machen kann. Dadurch mache ich mich ziemlich schnell unbeliebt."

„Wie meinst du das?"

Er blieb stehen und schaute mich forschend an. „Darf ich?" Und noch bevor ich verstand, was er vorhatte, war er schon auf mich zu gekommen und hatte mir frech eine Strähne aus meinem Gesicht gestrichen.

„Hallo?", sagte ich vorwurfsvoll, obwohl ich mir eingestehen musste, dass mir seine sanfte Berührung alles andere als unangenehm gewesen war.

„Also, ein normaler Mensch würde dich als zurückhaltende, hübsche Brünette mit guter Figur charakterisieren."

Ich merkte, wie ich rot wurde.

„Aber als Karikaturist würde ich dich mit einer steilen Nase im Barbara-Streisand-Stil zeichnen und deine sanft gekräuselte, skeptische Stirn würde ich wie den Grand Canyon aussehen lassen."

Ich starrte ihn fassungslos an. „Sehr charmant", krächzte ich. Ich war wütend. Was bildete er sich ein?

„Hast du sie noch alle? Wenn ich mich recht erinnere, warst du derjenige, der unbedingt noch eine Runde mit mir drehen wollte." Ich wollte ihm gerade à la Philip „Ein schönes Leben noch" wünschen und in die Gegenrichtung abmarschieren, als er mich am Ellbogen festhielt.

„Hey, so habe ich das gar nicht gemeint. Das war doch nur ein Beispiel. Ich wollte dir nicht zu nahetreten." Er hatte mädchenhaft lange schwarze Wimpern, die von seinen schon recht tiefen Augenringen ablenkten. Insgesamt eine schöne Augenpartie, ausdrucksstark. Um den Mund herum war er ziemlich nachlässig rasiert, *bohémien*. Wenn man genau hinschaute, zeigten sich in dem schwarzen Stoppelfeld bereits hier und da kleine weiß-graue Inseln.

„Komm, sei mir nicht böse. Es ist eine Berufskrankheit. Vergiss Karikatur und Co, halten wir uns lieber an Fakten wie Name, Alter und Familienstand." Wir gingen ein paar Schritte. Ich hatte mich mittlerweile wieder ein wenig beruhigt. „Da du jetzt weißt, was ich beruflich mache, ist es nur fair, dass ich erfahre, wie das bei dir aussieht. Womit verdienst du deine Brötchen?"

Ich überlegte. Ins Alter gekommene Stimmungskanonen vermitteln, indem ich ihr Talent anpries. Das konnte ich natürlich nicht sagen. Trotzig antwortete ich: „Das Gute im Menschen sehen."

Er hob die Augenbrauen. „Krankenschwester oder Pfarrerin?"

In dem Moment ertönte die Zughupe.

„Ich glaub, wir müssen wieder." Schnell machte ich mich zur Tür auf. Diesmal war ich eine der ersten und bekam sogar einen Sitzplatz direkt am Fenster. Mein Sandkastenfreund setzte sich neben mich.

„Was kann ich tun, damit du mir verzeihst?"

Plötzlich hatte ich eine Idee.

„Mir eine Weihnachtskarte zeichnen. Aber so richtig ätzend geschmacklos. Selbstverliebter Gartenzwerg im Berliner Reichstag, etwas in der Richtung."

Lars stellte zum Glück keine Fragen, kritzelte nur mit markantem Strich in seinem Skizzenbuch herum.

„Die Deutsche Bahn AG entschuldigt sich für Unannehmlichkeiten, aber aufgrund eines nicht identifizierbaren Koffers musste die Bahn geräumt werden. Mittlerweile ist der Koffer geöffnet und der Besitzer ausfindig gemacht worden. Wir freuen uns, Ihnen mitteilen zu können, dass es sich um einen Fehlalarm handelte. Wir bitten um Ihr Verständnis."

Die Mitfahrenden um mich herum atmeten erleichtert auf. Etwas später erreichten wir Karlsruhe. Bevor Lars den Zug verließ, warf er mir einen eindringlichen Blick zu, während er mir eine Seite aus seinem Skizzenbuch in die Hand drückte.

„Hoffe, das ist geschmacklos genug. Frohes Neues!“

Kapitel sechs: Zurück im Hamsterrad

Das Problem: Du kriegst deinen Ex nicht aus dem Kopf.
Don't: Sex mit dem Ex. Denk nicht mal dran!
Do: Ausmisten! Wirf alle Erinnerungsstücke weg oder räume sie zumindest in den Keller.
Sei gründlich. Lösche alle Fotos auf deinem Computer und blocke ihn auf allen Social-Media-Kanälen. Heute ist der erste Tag deines neuen Lebens ohne ihn.
(Mehr dazu im ultimativen Beziehungsguide: So optimierst du dein Liebesleben, 17,50 Euro)

Grinsend hüpfte Lars aus dem Zug. Ich faltete das Blatt auf: Ein ekliger Gartenzwerg mit heruntergelassener Hose, der ein eingelaufenes Deutschland T-Shirt als BH trug. Voilà, meine Weihnachtskarte für Phil. Zufrieden steckte ich das Blatt in meine Jeans und stieg als eine der letzten aus. Egal, meinen Anschlusszug nach Bochum hatte ich eh verpasst. Ich schlenderte zum Gleis gegenüber und hielt auf dem Bahnsteig nach Mojo Ausschau. Doch leider machte er seinem Namenspatron alle Ehre und war spurlos verschwunden. Ich blieb mit dem Gefühl zurück, dass dieser Unbekannte irgendetwas mit meiner sonst so zuverlässig funktionierenden Wahrnehmung gemacht hatte. Meine Umwelt wirkte merkwürdig leicht, hell und freundlich.

Nach einer Weile verpuffte die Magie. Mir wurde langweilig und deswegen beschloss ich, noch einmal in Ems Buch zu schmökern. Vielleicht offenbarte sich mir der Reiz des Bestsellers auf den zweiten Blick.

Als eine Art Freundschaftsdienst versuchte ich diesem Schund so unvoreingenommen wie möglich zu begegnen. Wirklich, ich gab dem Ratgeber eine echte Chance, doch nachdem im zweiten Kapitel behauptet wurde, dass die Welt voller Männer sei, die alle meine Liebhaber werden wollten, verabschiedete sich mein guter Willen mit jedem weiteren Satz ein wenig mehr, bis ich zehn Minuten später die Selbsthilfebibel ganz zuklappte. Zugegeben, nicht ohne vorher nach Tipps zu suchen, wie ich eine Zufallsbekanntschaft aus dem Zug zu mir nach Hause hätte locken können. Wie zu erwarten ging die Ausbeute, abgesehen von zwei völlig absurden Vorschlägen, gegen Null.

Eine halbe Stunde später saß ich endlich im IC nach Bochum. Auf der Weiterfahrt erfand ich eine passende Bildunterschrift zu Mojos Karikatur, knipste das Kunstwerk mit dem Handy ab und stellte mir vor, das giftige Bildchen in Philips Parteizentrale zu mailen. Doch das war natürlich völlig unprofessionell und gänzlich unakzeptabel. Schade eigentlich! Ich dachte lächelnd an die seltsam unwirkliche Begegnung mit Mr Mojo und verstaute seine Karikatur vorsichtig in meinem Handgepäck. Als wir in den Bochumer Hauptbahnhof einfuhren, waren sowohl der Fremde als auch der Rest der Winterferien gedanklich bereits in weite Ferne gerückt.

Am nächsten Morgen saß ich wieder in meinem Büro, starrte aus dem Fenster und hoffte auf Inspiration für das fünfzigjährige Schulfest der Bert-Brecht-Schule. Ich wartete auf eine geniale Eingebung, um einen kurzen, griffigen und dennoch geistreichen Slogan für die Jubiläumsbecher zu verfassen. Natürlich wollte mir partout nichts einfallen. Warum hatte ich mich nur von Pièrre dazu überreden lassen, neben dem Bühnenprogramm auch ein praktisches ‚Goodie' zum Anfassen mit in das Angebot zu schreiben? Als ich mich bei meinem Onkel darüber beschwerte, bestand er darauf, dass die Tasse den Unterschied gemacht hätte. Der alberne Becher hatte angeblich den Ausschlag gegeben. Nur seinetwegen hätte unsere Firma den Auftrag eingeheimst. Vielleicht, vielleicht auch nicht. Fakt war, dass sich dieser Schriftzug nicht um den Becher, sondern mir wie eine Schlinge um den Hals legte.

Pièrre hatte mir direkt nach dem Bodenseeurlaub eine Deadline vor den Bug geknallt. Natürlich nicht von sich aus, sondern im Namen des Vorsitzenden des Fördervereins. Als nächstes erinnerte mich dann auch noch Judith zur Begrüßung erneut daran, dass bis zum ersten März der Druck sämtlicher Merchandising-Produkte, Banner und Gefäße inklusive, abgeschlossen sein müsste. Meine Erholung war auf einen Schlag verflogen, denn die Ansage hieß im Klartext, dass mir weniger als sechs Wochen blieben, um mir diesen umwerfenden Slogan auszudenken. Bei dem Gedanken daran wurde mir flau im Magen.

Seit meiner Rückkehr aus Überlingen hatte Judith es sich zur Gewohnheit gemacht, mich täglich mit der Frage, wie weit ich wäre, zu piesacken. Natürlich auf ihre nette, verbindliche Art: „Weißt du, Bea, je schneller du bist, desto mehr Vorlauf haben wir. Umso weniger Stress gibt es dann in der heißen Phase gegen Ende."

Ja, ja, Judith hatte ja recht. Natürlich durfte und musste sie mir Druck machen. Da sie die Einzige war, die Buchhaltung auf der Höheren Handelsschule von der Pike auf gelernt hatte, hörte ich auf sie. Wir alle taten das, denn ohne sie wären wir wegen irgendeines Formfehlers schon längst hinter Gittern oder in der Insolvenz gelandet. Dennoch nervte ihre Fragerei. Bei ihr blieb ich immerhin höflich, Kollegen wie Moritz hingegen fingen sich jedoch nur noch patzige Antworten ein.

Am dritten Tag nach meinem Urlaub empfing Judith mich wieder einmal mit ihrer Inquisitionsmasche. „Und Bea, wie schaut's aus? Alles im grünen Bereich?"

„Bis jetzt steht noch nicht viel“, gab ich offen zu. „Aber keine Sorge. Ich leg’ sofort los und verbuddele mich bis zum Feierabend hinter meinem Schreibtisch. Bitte nicht stören!“ Judith ignorierte meinen ironischen Unterton.

„Super!“, lobte sie mich und schenkte mir dabei einen warmen Blick. „Aber du weißt ja, nie die Work-Life-Balance aus den Augen verlieren! Kommst du morgen Abend vorbei? Abschalten und ein bisschen singen?“

„Hört sich gut an. Wann passt es dir denn?“ Wir vereinbarten eine Uhrzeit und dann hörte ich, wie Patricia Kaas den Blues sang. Erfreut nahm ich mein Handy zur Hand. Sich mit Judith verabreden, lange telefonieren ... egal was, mir kam jede Ablenkung wie gerufen. Alles war besser als der Brecht-Slogan.

„Ich bin’s, Em. Gut angekommen?“ Das war eine Überraschung. Em benutzte ihr Handy tatsächlich zum Telefonieren.

„Ja, danke, hör mal, ich bin gerade bei ‚Applaus.‘“

„Hast du das Buch gelesen?“

„Ja.“ Mir fiel noch ein Alternativtitel ein: „Konsumieren, optimieren, strangulieren.“ Meine destruktiven Ideen sprudelten nur so. Warum fiel mir zu Bert Brecht nicht ebensoviel ein?

„Und, hast du Phils Fotos alle gelöscht?“

„Entschuldige, Em. Ich habe jetzt keine Zeit. Wir reden später.“

Was hatte Em sich dabei denn gedacht? Kontrollanrufe waren unserer Freundschaft nicht würdig. Was war in meine Freundin gefahren? Da sie mich nicht mehr in ihrer eigenen Wohnung pflegen konnte, versuchte sie sich nun in Fernfürsorge und drehte dabei so richtig auf. Vermutlich war das lieb gemeint, aber es fühlte sich falsch an. Ich war ihre Freundin und kein hilfsbedürftiges Patchwork-Geschwisterkind für Lenny.

Am nächsten Tag ging ich mit einer Flasche Rotwein bewaffnet zu Judith. Nach all dem Stress bei der Arbeit freute ich mich auf den Gesangsunterricht.

„Und?“, begrüßte mich Judith. „Zeit zum Üben gefunden?“

Ich antwortete ihr ausweichend. In Wirklichkeit hatte ich das Youtube-Video von Julie London am Bodensee, wenn ich allein war, täglich mehrmals angeklickt und dazu mitgesungen. Und auch die Fassung von Ella Fitzgerald gefiel mir sehr, noch besser als der Song von Timberlake, der zwar denselben Titel trug, aber einen anderen Songtext hatte. Ob das was genützt hatte, müsste sich erst noch zeigen.

Nach einigen Aufwärmübungen, in denen mich Judith wie ein Pferd schnauben und unsinnige Silben wie *blublublu* und *mamemimomu* in allen möglichen Tonlagen wiederholen ließ, durfte ich endlich meinen Song vortragen. Ich hatte immer als Zweitstimme von Julie London fungiert und dabei, wie ich fand, keinen allzu schlechten Job gemacht... Doch in dem großen Wohnzimmer, nur vom Klavier begleitet, bekam ich die Melodie allein plötzlich nicht mehr hin. Ich versuchte, meine Unsicherheit durch Lautstärke wettzumachen. Endlich waren wir durch.

„Und, wie war ich?“, fragte ich kleinlaut.

„Weniger wütend als im Dezember.“

„Ach ja?“ Damit hatte ich nicht gerechnet. War das ein Kompliment? Ich spürte, wie sich meine Schultern lockerten.

„Komm, gleich nochmal.“

Diesmal ging es besser, denn Judith spielte, um mir zu helfen, immer wieder Teile der Melodie mit.

„Du hörst dich sehr angespannt an, versuche das Ganze doch einmal so zu singen, als, wenn der Typ dich zurückhaben wollte, du ihm aber die kalte Schulter zeigst.“

Ich verstand nicht, auf was sie hinauswollte. Sie machte es mir vor und sang den Song unterkühlt und arrogant. Er hörte sich wie ein ganz anderes Lied an.

Ich versuchte es ihr nachzumachen, aber es fühlte sich aufgesetzt an. Bis auf die Stelle *just to prove that you do, cry me a river.* In dieser Zeile konnte ich meinem Hass auf Phils Politikergelaber Luft machen: Gefühle auf Knopfdruck mit großem Drama vorspielen, nur um den anderen zu manipulieren. Einen mit großen, vielversprechenden Worten blenden. Ja, das konnte Phil! Dieser Vers umfasste für mich die ganze glatte Jackett-Parkett-Welt inklusive aller Pseudodiskussionen, die zwischen uns gestanden hatte. Und dann Phils Zwang, immer recht behalten zu müssen! Ich spürte, wie die Wut mich übermannte.

„Genau richtig. Leg Verachtung in deinen Blick, aber nicht in deine Stimme! Die kontrollierst du nach wie vor ganz souverän. Du weißt schon: Wenn du ihn eiskalt abblitzen lässt, setzt du ihm mehr zu, als wenn du dich aufregst."

Später auf dem Heimweg wurde ich das Gefühl nicht los, dass Judith mir in dieser Stunde etwas Bedeutsames klar gemacht hatte, auch wenn ich nicht benennen konnte, was. Jedenfalls spürte ich, dass dieses Etwas nach Freiheit schmeckte.

Doch meine Freiheit hielt nicht lange an. Leider war Emilys übergriffiger Fürsorgeanfall keine Eintagsfliege gewesen. Nach der Gesangsstunde rief sie mich schon wieder an, um erneut mit mir über die hochnotpeinliche Zwangslektüre im Zug zu sprechen. Diesmal wimmelte ich sie ziemlich aggressiv ab. Anschließend nahm ich mir mit schlechtem Gewissen vor, demnächst das Gespräch mit ihr zu suchen und offen und ehrlich mit ihr zu reden.

Am Freitagabend kam sie mir zuvor. Freitagabend. Ich freute mich wie verrückt aufs Wochenende, da die erste Woche alles andere als entspannt gewesen war und ich ein wenig Ruhe dringend nötig hatte. Doch gerade, als ich die Wohnungstür aufschloss, ging schon wieder das Telefon.

„Hey Em."

„Hey Süße, wie geht's?"

„Bin müde, hungrig und muss aufs Klo."

Sie lachte und zeigte sich verständnisvoll.

„Ich wollte nur sagen, dass du am kommenden Dienstag mal in eure kleine Szenezeitschrift, den ‚Bochumer', schauen solltest."

„Was? Meinst du das Stadtmagazin, das wir als Schülerinnen immer gelesen haben?"

„Genau das meine ich. Mehr wollte ich gar nicht. Tschüüüss, noch einen schönen Abend."

„Tschüssele. Drück Len von mir!"

Und schon hatte sie aufgelegt. Sehr merkwürdig. Den ‚Bochumer' hatte ich mir schon seit Ewigkeiten nicht mehr gekauft. Für den Veranstaltungskalender fehlte mir eh die Zeit. Schien so, als ob Em auf dem Nostalgietrip war. Ich seufzte. Einerseits war es anstrengend, wieder zurück in Bochum bei der Arbeit zu sein, andererseits genoss ich den räumlichen Abstand zwischen mir und Em. Ich wusste die Intimsphäre in meinen eigenen vier Wänden durchaus zu schätzen. Das Wochenende hing ich auf der Couch ab und tat nichts anderes, als die barmherzige Ruhe zu genießen.

Kapitel sieben: Der Sand auf Mallorca

<u>Dein Problem</u>: Du suchst per Anzeige oder Partnerbörse nach Mr Perfect.
<u>Don't</u>: Einfach drauf los schreiben! Wie bei Firmenzeugnissen gibt es auch hier bestimmte Codes.
<u>Do</u>: Vermeide Formulierungen wie „romantisch" und „aufrichtig", denn sie turnen Männer ab. Sie lesen sie so, als seist du eine frustrierte, bedürftige Frau, die zum Klammern neigt. Erfinde besser eine humorvoll formulierte Selbstpräsentation.
(Mehr dazu im ultimativen Beziehungsguide: So optimierst du dein Liebesleben, 17,50 Euro)

Montag und Dienstag versank ich erneut in Arbeit, da über Weihnachten viel liegen geblieben war. Aber insgesamt machte mir mein Job Spaß. Ich kam gut voran, nur mit dem Slogan tat sich nichts. Mir wollte einfach kein griffiger Spruch einfallen. Mir kam es fast so vor, als spielten die guten Ideen wie kleine, ungezogene Kinder Verstecken mit mir.

Am Dienstag kam ich wieder nicht dazu, mir den ‚Bochumer' zu kaufen. Aber am Mittwoch sah ich ihn auf dem Weg zur Arbeit. Er lächelte mich von dem Drehständer einer Trinkhalle aus an und flüsterte mir zu: „Nimm mich mit!" Also erbarmte ich mich seiner, bezahlte ihn und steckte ihn ein, um in der Mittagspause kurz darin herumzublättern. Dazu kam ich aber nicht, da uns das „Malle-Duo" seine neuste Demo hatte zukommen lassen und auf ein schnelles Feedback drängte. Ich ergab mich, olé, olé, meinem Schicksal, zog mir drei Marsriegel rein und verbrachte eine zuckerhaltige Mittagspause vor der Musikanlage.

Easy listening für gute Laune nonstop. Gnadenlos altbacken. Ewiges Glück und permanente Harmonie.

Nein, nicht nur. Die Lieder waren auch witzig. Das Malle-Tandem war nicht blöde, sie mischten bieder und frech auf ihre ganz eigene Art. Die Erfolgsformel des Duos bestand aus achtzig Prozent vorhersagbaren Klischees und zwanzig Prozent frivolen Wortspielen. Ich lauschte gerade ebenso fasziniert wie abgestoßen dem holprigen Mitgröl-Refrain von Track drei: „Mit Maria am Strand, die Hose birst vor Sand“, als es an der Tür klopfte und Judith mir eine Tasse Kaffee brachte. Was für ein Schatz!

„Und, wie sind unsere Mallorca-Spatzen?“

„Erinnern mich an den Blauen Bock aus den achtziger Jahren gekreuzt mit etwas David-Hamilton-Erotik bei spanischem Gitarrengezupfe.“

„Echte spanische Gitarre?“, horchte Judith interessiert auf. „Wohl kaum“, sagte ich nüchtern. „Vermutlich eher am Keyboard produzierte synthetische Gitarrensounds.“

„Bin beeindruckt, dass die das können. Sie scheinen technisch durchaus versiert zu sein“, kommentierte Judith bissig.

Ich kicherte. „Jaja, die haben es drauf, gehen mit der Zeit.“ Ich fand es sehr erfrischend, dass Judith kein Blatt vor den Mund nahm. Anders als Pièrre würde sie in ihrer Freizeit niemals Schlagermucke an ihre Ohren lassen.

„Und“, fragte sie mich mit einer erhobenen Augenbraue, „funktioniert es?“

„Aber ja, die beiden verstehen es, ihr Publikum zu begeistern. Jede Wette, dass ihre Fans auch die neuen Songs so wild wie den letzten WM-Sieg abfeiern werden.“

„Du hast ein gutes Näschen."

Ich schaute sie nachdenklich an und stellte die Musik lauter. Plötzlich fiel mir Lars, der Karikaturist aus dem Zug, ein. Er hatte Judiths Meinung von meinem ‚guten Näschen' nicht geteilt. Ich erinnerte mich noch genau an die unvorteilhafte Adlernase, die er mir verpassen wollte.

„Schade, dass die Musik so vorhersagbar ist. Umpa, umpa." Judith deutete ein brachiales Mitstampfen an.

„Ich denke, gerade das macht den Reiz aus."

„Also, letztens habe ich eine Combo gehört, die war richtig pfiffig, so in Richtung der Comedian Harmonists. Die hätte ich zu gerne für uns unter Vertrag genommen. Aber leider ist dein Onkel nicht für Experimente zu haben. Okay, Bea, ich muss dann mal wieder, will nicht weiter stören."

Einige Stunden später verabschiedeten sich erst Moritz und Judith und schließlich Pièrre von mir. Ich dachte an Judiths Kommentar, dass mein Onkel keine moderneren Künstler unter Vertrag nehmen wollte. Und auch jetzt bei der Verabschiedung kam er mir älter als sonst vor. Es schien mir, als hätte er Schmerzen. Als ich ihn darauf ansprach, wiegelte er ab. Mit einem Mal überkam mich ein ungutes Gefühl. Ich hatte Angst um ihn. Was wäre, wenn er eines Tages nicht mehr wäre?

Ich war mir selbst fremd. Schon wieder diese seltsame Überempfindlichkeit. Vermutlich war ich das Opfer außer Rand und Band geratener Hormone. Oder noch einfacher: wahrscheinlich arbeitete ich zu viel und litt unter Schlafmangel. Um neunzehn Uhr ging ich ebenfalls nach Hause.

Erst als ich in meiner Umhängetasche nach dem Wohnungsschlüssel suchte, fiel mir der ‚Bochumer' wieder in die Hände. Mechanisch schloss ich auf, warf den Mantel über den Stuhl und die Zeitschrift auf den Küchentresen, schmierte mir ein Brot und betrachtete dabei die Titelseite, auf der ein großes Foto vom Kulturbahnhof Langendreer prangte. Ein paar Minuten später setzte ich mich mit der Illustrierten, meinem Teller und einer Flasche Bier aus dem Kühlschrank aufs Sofa und arbeitete mich durch den Kulturteil, während ich hungrig meine Käsestulle verzehrte.

Der Aufbau der Zeitschrift war derselbe wie früher. Nach den einleitenden Artikeln folgte das Monatsprogramm mit Veranstaltungstipps. Ich legte es ungelesen zur Seite, spülte den letzten Bissen Gouda mit dem Bier hinunter. Was hatte Em nur mit ihrem Anruf gemeint? Ich blätterte das Heft noch einmal von hinten nach vorne durch, überflog die Schlagzeilen, fand aber nichts, das auch nur im Entferntesten mit Überlingen zu tun hatte. Zu blöd, wenn man nach etwas suchte, ohne die geringste Ahnung davon zu haben, was das überhaupt sein könnte! Ich wollte das Magazin schon im Altpapier entsorgen, als mir ein Geistesblitz kam: Anzeigen. Vielleicht hatte Em eine Annonce für mich geschaltet. Das ging sicherlich auch von Überlingen aus. Aber in welcher Rubrik? Wozu? Kurz darauf fand ich die Antwort in der Spalte „Sie sucht Ihn".

Béatrice (39), Pottgewächs: brünett, schweigsam, old-fashioned und oft knapp bei Kasse sucht männlichen Gegenpart, der ihre Mankos ausgleicht. BmB an: pottgewächs@gmail.com

War das zu glauben? Em hatte sich noch nicht einmal die Mühe gemacht, ein Pseudonym für mich zu erfinden. Wahnsinnig witzig. Ich wollte sie umbringen. Wütend griff ich zum Hörer.

„Wie konntest du nur?"

Sie lachte. „Ach Béatrice, nimm's locker! Sei doch keine Spaßbremse!"

„Bist du jetzt total durchgedreht?"

„Mach mal halblang. Ist doch witzig. Ich helfe dir nur, deinen süßen Hintern hochzukriegen."

„Em, das geht gar nicht. Das ist völlig drüber. Was denkst du dir dabei?"

„Sei nicht so verklemmt! Erst wollte ich dich bei einer Partnerbörse anmelden, ein nettes Profil für dich erstellen, dachte mir aber schon, dass du dafür etwas zu Old School bist. Da fiel mir der gute alte ‚Bochumer' ein. Weißt du noch, wie wir uns früher immer auf die ‚Möchte dich wiedersehen'-Anzeigen gestürzt haben?"

„Em, du machst mich sprachlos. Und dann diese peinliche Aufforderung, ein Bild mitzuschicken. Ich weiß nicht, was ich dazu sagen soll."

Ich beendete das Gespräch. Als ich den Hörer auf die Station legte, blickte ich direkt in die garstigen Augen von Mojos Giftzwergkarikatur, die ich beim Auspacken meines Reisegepäcks mit einer Reißzwecke an die Wand gepinnt hatte. Mittlerweile kam ich mir wie der letzte verbleibende Gutmensch auf dieser Welt vor. Armes, kleines Dummerchen, naiv bis unter die Zehennägel! Wie hieß es so schön? Wer solche Freunde hat, braucht keine Feinde mehr.

Kapitel acht: Ohne Worte

Den Rest der Woche verabschiedete ich mich nach Dienstschluss so schnell es ging von meinen Kollegen. Ich wollte von keinem gesehen werden. Zu Hause vergrub ich mich in meiner Wohnung, lebte aus der Tiefkühltruhe, ging nicht ans Telefon und rief keine privaten Mails ab.

Ich schämte mich. Für mich. Für Emily. Nach der Arbeit blieb ich am liebsten allein. Die Einzige, deren Gesellschaft ich auch privat ertragen konnte, war Judith. Mein Glück, schließlich drängte sie schon seit Tagen auf einen neuen Termin für eine Gesangsstunde. „Das Wichtigste, liebe Bea, ist es, am Ball zu bleiben und ganz regelmäßig zu üben." Mir sollte es recht sein. Die Stunden mit Judith waren ungefährlich, denn wir sprachen nie direkt über etwas Persönliches. Judith war diesbezüglich sehr diskret. Gerade die Tatsache, dass wir uns fremd blieben, gab mir Halt in diesen Tagen, in denen ich an allem zweifelte: An der Liebe, an der Freundschaft und vor allem an mir selbst. Ich ging hauptsächlich zu Judith, um nicht an Ems Anzeige zu denken.

Allerdings musste ich zugeben, dass bei mir, was das Singen anging, irgendwie das Feuer erloschen war. Mit meiner piepsigen flachen Stimme würde ich niemals eine Soul- oder Bluesröhre werden. Ich machte mir nichts vor: Eigentlich reichte sie noch nicht einmal zur drittklassigen akustischen Chanson- oder Folksängerin. Zu eigentlich gar nichts.

Vor Judiths Haustür erreichte ich den Tiefpunkt: Ich fragte mich, ob ich nicht einfach umdrehen und wieder gehen sollte. Als Judith mir öffnete, erkannte ich an ihrem Gesichtsausdruck, dass sie die Lage sofort richtig einordnete. Zwischen uns stand eine schier unüberwindbare Mauer aus Frust und Unmut. Das hielt sie jedoch nicht davon ab, mich so freundlich wie immer zu begrüßen. Sie beobachtete, wie ich meine Noten unausgepackt in der Garderobe deponierte und dann ohne Material direkt ins Wohnzimmer marschierte. Sie folgte mir, schenkte mir einen langen Blick und fragte: „Zeit für etwas Neues?"

Ich nickte.

„Und, hast du schon eine Idee? Einen Song, der dich reizt?"

Ich zuckte mit den Schultern. Nein. Das war es ja eben. Ich war durch und durch demotiviert. Ems skurrile Anzeige hatte mir den Rest gegeben.

Judith beobachtete mich aufmerksam, während sie mir ungefragt Tee einschenkte.

„Diesmal hatte ich leider keine Zeit zu backen, aber ich habe etwas Gebäck vom Bäcker um die Ecke geholt."

„Hm", kommentierte ich unbeteiligt, ohne eines der liebevoll drapierten Teilchen anzurühren.

„Nun", Judith lehnte sich zurück und schlug die Beine übereinander. Bevor sie weitersprach, nahm sie einen Schluck Tee.

„Es gibt viele sehnsüchtige Lieder. Zum Beispiel *Autumn Leaves*, auch wenn das jahreszeitlich nicht unbedingt passt. Oder *Lover, come back to me*. Es gibt im Englischen sogar einen Namen für diese Art von Lied."

„Ach ja?" Unsere Sekretärin verwunderte mich immer wieder. Offensichtlich besaß sie profunde Insiderkenntnisse, was englische Songtexte anging.

„Torch Songs."

Ich dachte einen Moment nach. „Taschenlampen-Lieder?"

„Genau."

„Lieder, die im Dunkeln Mut machen?", spekulierte ich.

„Das wohl weniger. Unsere Chorleiterin meinte, es gäbe eine Redewendung: *To carry a torch for somebody.*"

Diese Info machte mich nicht gerade klüger. Ich fühlte mich unangenehm an meinen Schulunterricht erinnert. In sämtlichen Englischklausuren in der Oberstufe wurden prinzipiell nur die Wörter annotiert, die man eh verstand. Die anderen, die, auf die es ankam, wurden nicht erklärt. Oder sie wurden als sadistische Krönung schon erläutert, aber nicht auf Deutsch, sondern mit einem englischen Synonym, das man ebenso wenig wie das Ursprungswort verstand. Anders als mein alter Englischlehrer erbarmte sich Judith meiner und lieferte mir endlich eine brauchbare Übersetzung.

„Das heißt, noch eine Flamme für jemanden zu tragen, seiner großen Liebe hinterher zu weinen, auch, wenn er oder sie die Unverschämtheit besitzt, einen nicht zu erhören."

Ich merkte, wie ich errötete. Zum Glück war Judith einfühlsam genug, mir bei ihren Ausführungen nicht direkt ins Gesicht zu schauen. Ich dachte an Phil, an das Leid, das er mir zugefügt hatte, stellte mir vor, wie er eine andere anlächelte, küsste, seine Arme um sie schlang ... okay, weiter wollte ich nicht gehen. Dennoch, stellte ich erfreut fest, war der Schmerz erträglicher geworden. Anscheinend hatte Ems Rosskur doch geholfen. Ich schaute noch einen Moment auf den sauber gesaugten dunkelblauen Teppichboden, um mich zu sammeln. Dann blickte ich Judith gefasst in die Augen.

„Nein, ich will nicht zurücksehen. Was vorbei ist, ist vorbei."

Sie hielt meinem Blick stand, was mich um ein Haar schon wieder erröten ließ. Ich schluckte und fragte mich einmal mehr, was genau sie von meinen emotionalen Turbulenzen mitbekommen hatte.

„Eher etwas leise Optimistisches?", schlug sie nach einer kleinen Pause vor.

„Um Himmels willen." Ich schüttelte energisch den Kopf und lud mir gleich zwei Stücke Kuchen auf einmal auf meinen Teller.

„Eher so etwas Allgemeines, dass auf Männer kein Verlass ist und auf die Liebe schon überhaupt nicht. Hast du noch etwas anderes als Tee? Wasser oder so? Ich bin gerade hinter der Bahn hergerannt und habe jetzt richtig Durst."

Judith stand auf und kam kurz darauf mit einer kleinen Flasche Wasser und einem Strohhalm zurück.

Ich öffnete den Drehverschluss, ignorierte den Strohhalm und setzte die Flasche gierig an. Nachdem ich das Wasser fast bis zur Hälfte geleert hatte, erwachten meine Lebensgeister.

„Okay", schmunzelte Judith. „Machen wir doch einmal eine andere Art von Aufwärmtraining."

„Och, nö", murmelte ich. „Ich sitz gerade so gut."

„Du kannst auch ruhig sitzen bleiben!", beruhigte mich Judith. „Und dann steck doch deinen Strohhalm zu etwa einem Drittel ins Wasser."

„So?"

„Genau! Und jetzt blubberst du bitte die Silbe ‚du'!"

„*Duuuuuuuuuuuuuuuuuuuuuuuuuuuuuuuuuuu uuuuuuu.*"

„Wow, was für einen langen Atem du hast."

Judith gab mir noch mehr Blubber-Aufträge. Am Anfang fand ich die Aktion peinlich, doch allmählich gewann ich Spaß daran. Ich fühlte mich um mehrere Dekaden zurück in meine Kindheit versetzt.

„Okay, jetzt zähle bis zehn!"

„Eins, zwei, drei ...“
„Und, hörst du es auch?“
„Meine Stimme hört sich toll an. Viel runder und wärmer.“
Fasziniert zählte ich weiter, berauschte mich an dem femininen Klang, an dem lasziven Timbre, das ich sonst noch nie vorher bei mir wahrgenommen hatte. Als ich anschließend eine kleine Melodie, die Judith mir vorgab, nachsang, klang meine Stimme hell und klar.
„Wie hast du das gemacht?“
„Lax-Vox“, lautete ihre Antwort. Nicht, dass mir das irgendwie weitergeholfen hätte.
„Hör mal“, wechselte sie das Thema. „Mir ist auch eine Idee für ein passendes Lied gekommen. Kennst du *Love for Sale?*“
Judith sah mich mit einem so bohrenden Blick an, als ob sie mir direkt ins Herz schauen könnte. Ihr Einfühlungsvermögen erschien mir geradezu unheimlich. Ich kannte den Titel zwar nicht, aber die Botschaft schien eins zu eins auf mich zuzutreffen. Dabei konnte Judith doch gar nicht über Ems armselige Verkupplungsaktion Bescheid wissen. Dennoch hörte ich mich kurz darauf intonieren:

Old love, new love
Every love but true love, love for sale ...

Und während ich diese mir bis dahin unbekannten Zeilen sang, sah ich alle meine Ex-Freunde, nicht dass es aufregend viele gewesen wären, genau vor mir. Als ob der Autor den Song über mich und meine schlechten Erfahrungen gedichtet hatte. Ganz schön creepy!

Kapitel neun: Drei Männer im Schnee

<u>Das Problem:</u> Hilfe, worüber spricht man beim ersten Date?
<u>Don't:</u> Zu viel reden und mit der Tür ins Haus fallen. Männer wollen erst nach einer anstrengenden, langen Jagd Beute machen.
<u>Do:</u> Kerle unterhalten sich am liebsten über Fußball, Autos, Baumärkte und über Grillgut. Mach dich schlau! (Mehr dazu im ultimativen Beziehungsguide: So optimierst du dein Liebesleben, 17,50 Euro)

Zum Glück sprach mich niemand auf die Annonce an. Typisch Em, dachte ich, sie war so verpeilt, dass sie überhaupt nicht mitbekommen hatte, dass heutzutage niemand unter sechzig mehr eine Bekanntschaftsanzeige in den Printmedien schaltete. Das taten nur *rüstige, junggebliebene* Rentner und *anschmiegsame, vorzeigbare* Hausfrauen. Zumindest bei uns tief im Westen pflegten sich smarte Elite-Gentlemen und kokette Parship-Ladys nicht per Druckerschwärze, sondern per Internet zu kontaktieren. Gut möglich, dass im Bodenseekreis verkupplungstechnisch noch andere Gepflogenheiten vorherrschten.

Doch wie dem auch sei, jeder, der mich auch nur flüchtig kannte, wusste von meiner Ablehnung sämtlicher Verkupplungs-Versuche, egal ob on- oder offline. Ich hatte keinerlei Interesse daran, mich in irgendwelche Liebesbeziehungen zu stürzen. Meine Ziele waren, im Gegenteil, durch und durch bescheiden: Es reichte mir im Moment schon, nicht mehr täglich an Phil zu denken und mir dabei als komplette Versagerin vorzukommen. Die Kraft, mich wieder auf den Single-Markt zu begeben und Fleischvergleich zu betreiben, besaß ich jedoch noch lange nicht.

Ehrlich gesagt genoss ich mein Einsiedlerleben dafür viel zu sehr. Was für ein Luxus es wäre, mich eine Zeit lang aus allen Beziehungen zurückzuziehen! Im Frühjahr oder Sommer würde ich dann meinen Kokon an Leib und Seele geheilt wieder verlassen. Natürlich könnte ich mich nicht komplett abkapseln, aber ein entspanntes Privatleben ohne Männer sollte doch durchaus im Bereich des Machbaren sein.

Rückblickend hätten mich schon Ems Verschönerungsexperimente stutzig machen sollen. Doch das war noch gar nichts gewesen im Vergleich zu ihrer jetzigen Heldentat. Ich beschloss, mich der Welt und vor allem Em gegenüber eine Weile lang tot zu stellen. Patricia Kaas konnte mich so oft sie wollte anflehen, ans Handy zu gehen, ich reagierte nicht auf ihr Bitten. Ebenso ignorierte ich Thunderbird und schob Em so einen medialen Riegel vor. Allerdings war meine Freundin gewitzt genug, dennoch Mittel und Wege zu finden, mich zu kontaktieren.

Fünf Tage später betrat Pièrre mit den Worten, dass mich eine neue potentielle Kundin sprechen möchte, mein Büro.

„Willkommen bei ‚Applaus'. Béatrice Dupont am Apparat, was kann ich für Sie tun?"

„Ich bin's Béatrice. Wie ..."

„Du Psycho, leg sofort auf!"

„Nein, nein, warte mal. Ich muss dir was Wichtiges sagen."

Und schon tappte ich in die Falle. „Was denn? Eine Entschuldigung? So einfach kommst du mir ..."

„Béatrice, die Annonce ist voll eingeschlagen. Ganz offensichtlich hat sie irgendeinen Nerv getroffen. Du hast ungelogen einen Wäschekorb voller Zuschriften bekommen."

„Ist ja toll." Meine Stimme triefte vor Ironie.

„Nein, im Ernst. Bitte schau dir wenigstens den Anhang meiner letzten Mail an!"

„Warum sollte ich?"

„Mach einfach!"

In dem Moment trat Pièrre neben mich. Pantomimisch fragte er, ob alles in Ordnung sei. Ich lächelte und nickte ähnlich übereifrig wie die goldenen Winke-Kätzchen im China-Shop um die Ecke. Als mein Onkel das Büro wieder verlassen hatte, öffnete ich gottergeben Ems Anhang, wohl wissend, dass sich meine Freundin vorher sowieso nicht abwimmeln lassen würde. Außerdem war ich dankbar, dass sie angerufen hatte. Trotz allem hatte ich Em vermisst. Ich wollte unsere langjährige Freundschaft nicht an einer blöden Schnapsidee zugrunde gehen lassen. Und so beschloss ich ihr zuliebe so zu tun, als ginge ich auf ihre verrückte Idee ein.

„Und, was sagst du? Da sind doch wohl einige Sahneschnitten dabei, oder?", fragte sie Beifall heischend.

Ich scrollte die von Em zusammengestellte Liste der zehn attraktivsten Bildzuschriften hinunter. Einige Herren sahen in der Tat erstaunlich appetitlich aus, andere Kandidaten entsprachen eins zu eins Ems Geschmack: Wilde Kerle, bei denen ich sofort beide Beine in die Hand nehmen würde. Ich ertappte mich bei dem Gedanken, dass jemand wie der Karikaturist aus der Schwarzwaldbahn leider in Ems Vorauswahl fehlte. Was natürlich für ihn sprach.

„Genug gegeifert. Sag schon, wer kommt in die engere Wahl? Welchen Kavalier findest du so attraktiv, dass du seinen Brief lesen willst?"

Kavalier? Ich dachte an Selma Lagerlöf. Die Fotomänner waren alles andere als Kavaliere. Dazu würde eher dieser Lars, meine Zugbekanntschaft, gehören. Der würde sich mit Sicherheit lieber als leidenschaftlicher Gösta Berling auf der Kanzel outen als sich auf so einen feigen Zeitschriftenanzeigenschwachsinn einlassen!

„Em, wie kannst du nur so unfassbar oberflächlich sein?“ Ich spürte, dass meine Wut verflog und ich lachen musste. „Liest man denn nicht erst die großen Seelenergüsse, bevor man sich das Foto anschaut?“

Am anderen Ende hörte ich Em albern kichern. „Ach, komm schon, etwas selektiver Pragmatismus hat noch keiner Frau geschadet.“

Ich schluckte meine Bedenken herunter. Alles für die Freundschaft!

„Okay, dann mail mir das Anschreiben von dem Bärtigen auf Foto zwei, das von dem mit den Kulleraugen, Bild sieben, fünf, neun und zum *Grande Finale* auch noch den Schrieb von diesem Schnuckel von Bild acht.“

„Wird gemacht, ich muss die Mails nur weiterleiten. Spätestens in einer Stunde liegen sie Madame dann vor. Béatrice, du bist mir nicht mehr böse, oder?“

„Es wird besser, aber mach das nie wieder! Diesmal bist du echt zu weit gegangen! Ich muss Schluss machen.“

„Komm, stell dich doch nicht so an. Ein bisschen Spaß muss sein. Außerdem hast du schon seit geraumer Zeit nichts mehr von Philip erzählt. Es ist doch nur zu deinem eigenen Wohl.“

„Oh Em, du hörst dich wie meine Mutter an. Erinnerst du dich noch an den alten Spontispruch: Sie wollen unser Bestes ...“

„... doch das geben wir ihnen nicht.“ Plötzlich bekam Ems Stimme einen versöhnlichen Klang.

„Mach’s gut, Liebes.“

„Du auch.“

Nachdenklich beendete ich das Telefonat. Vielleicht hatte Em recht und ich sollte mein Leben weniger verbissen, dafür ein wenig risikofreudiger angehen. Ich dachte an dieses surreale Gespräch auf der Wippe beim Notfallstopp. Vielleicht war das die Botschaft, die mir *maman* durch den Fremden im Zug hatte zukommen lassen wollen.

Ohne anzuklopfen war Moritz hereingekommen, zweifelsohne, um ein wenig herumzuschnüffeln.

„Was willst du?"

„Ähm, Pièrre möchte wissen, wie das Telefonat mit der Neukundin gelaufen ist?"

„Sag ihm, sie hat sich gegen uns entscheiden. Zu wenig Diskretion."

„Äh, soll ich wirklich?" Moritz zog laut die Nase hoch, eine hässliche Marotte von ihm, die er selbst gar nicht mehr wahrnahm.

Ich ging an ihm vorbei und ließ ihn mit dieser schwerwiegenden Frage allein, während ich einen Kostenvoranschlag mit Judith besprach.

Am Abend fuhr ich erwartungsvoll nach Hause. Natürlich war das albern, aber irgendwie war die ganze Aktion so absurd, dass sie mir schon wieder Spaß machte. Ich war erleichtert, dass Em und ich endlich wieder miteinander sprachen, ganz egal wie und worüber.

Meine Freundin hatte Wort gehalten und mir die Anschreiben gemailt. Letztendlich machten die Gentlemen von Bild zwei, fünf und acht das Rennen. Ich rief Em an.

„Gute Wahl", lobte sie mich. „Der Bärtige, Mr Kullerauge und der Traummann schlechthin haben den Jackpot gewonnen. Jetzt ist es offiziell. Diese drei Kandidaten stellen den *Inner Circle*."

Nachdem wir noch ein wenig hin und her gewitzelt hatten, drängte Em darauf, die Verabredungen dingfest zu machen.

„Hast du das kommende Wochenende Zeit?"

„Weiß nicht, habe eigentlich viel zu tun.“ Mir ging das schon wieder viel zu schnell.

„Ach, Quatsch, dann hast du es hinter dir, alles in einem Aufwasch.“

„Mach mal halblang! Das ist ein Scherz unter Freundinnen, mehr nicht. Wir müssen es doch nicht auf die Spitze treiben.“

„Angsthase!“

„Okay, diese drei Dates, aber dann gibst du Ruhe und hältst dich aus meinem Liebesleben raus!“

Em antwortete mir ausweichend mit einer Gegenfrage. „Ist ein Date im Bermuda-Dreieck akzeptabel?“

„Warum fragst du?“

„Ich checke, wann die Herren Zeit haben und vereinbare dann ein Treffen in der ‚Nachtwache‘ für euch.“

Ich überlegte.

„Die ‚Nachtwache‘ ist ganz okay als Location. Nicht zu gemütlich, aber auch nicht zu steril.“

Zwei Tage später bekam ich die Terminliste: Am Freitagabend um neunzehn Uhr würde ich das Vergnügen mit dem Bärtigen haben, Samstag um zwanzig Uhr war der Schnuckel dran und Sonntag ebenfalls um zwanzig Uhr würde dieser aberwitzige Spießrutenlauf mit Monsieur Kullerauge sein vermutlich hart verdientes Ende nehmen.

Freitagabend. Ich hetzte wegen eines Missverständnisses mit meinem Onkel viel zu spät von ‚Applaus‘ nach Hause. Pièrre fing an, ein wenig nachlässig zu werden. Ihm unterliefen Fehler, die vor einiger Zeit noch undenkbar gewesen waren. Dazu kam, dass sich seine Handschrift neuerdings oft nur schwer entziffern ließ. Erst gestern hatte er uns alle damit aufgehalten, dass seine Sechs wie eine Neun aussah. Das Ergebnis war fatal: Wir hatten alles für den offenen Samstag in einem Küchenmöbelgeschäft vorbereitet. Unser Wolfgang-Petry-Double hatte sich die bekanntesten Hits seines Vorbilds angeeignet. Das Programm stand. Und zwar für den neunundzwanzigsten Januar. Leider hatte mein Onkel uns unabsichtlich durch seine unleserliche Schrift an der Nase herumgeführt. In Wirklichkeit sollte der ganze Trubel unterhalb der Woche, also vier Tage früher am Mittwoch, den sechsundzwanzigsten Januar, über die Bühne gehen. Wir rotierten ohne Ende beim Versuch, die Präsentation sechsundneunzig Stunden vorzuverlegen. Eine nervenaufreibende Aktion, für die wir von Pièrre lediglich ein Schulterzucken ernteten. Merkwürdig, denn diese Schlampigkeit entsprach weder unserem noch seinem eigenen Arbeitsethos. Doch das Wichtigste war, dass wir das Unheil hatten aufhalten können. Am kommenden Mittwoch würde alles nach Plan laufen.

Immerhin hatte die Aufregung im Büro auch einen positiven Nebeneffekt: Ich verschwendete keinen Gedanken an mein erstes Date. Ich nahm diese ganze Geschichte ohnehin auf die leichte Schulter. Hauptsächlich hatte ich mich Em zuliebe darauf eingelassen, damit wir etwas zu lachen bekamen. Insofern versuchte ich auch nicht, mich ernsthaft auf meine neuen Männerbekanntschaften vorzubereiten. Am Freitag, dem Premierenabend des Datingmarathons, gelang es mir lediglich, mich schnell zu duschen und mir dann im Hauruckverfahren mein lila Strickminikleid überzustreifen. Zu mehr reichte die Zeit nicht. Es war gar nicht daran zu denken, auch noch den Computer hochzufahren, um das Anschreiben des Bärtigen ein letztes Mal zu überfliegen. Ich meinte mich zu erinnern, dass er Jasper hieß. Konnte aber auch sein, dass das der Name vom Kullerauge war. Em und ich nannten letzteren unter uns sowieso nur ‚Paul' wegen seiner Ähnlichkeit mit dem Ex-Beatle. Und überhaupt: Die Typen hatten alle wirklich verwirrend ähnliche

Namen, hießen Kasper, Jasper, Mirko, Marco, Jurek. Wer sollte das auseinanderhalten können?

Auf den letzten Drücker flitzte ich auf dem Fahrrad zum Bermudadreieck. *Atemlos durch die Nacht*, grinste ich mit einem stillen Gruß an Helene in mich hinein. Als ich vor der ‚Nachtwache' anhielt, war von meinem frisch geduschten Status nichts mehr übrig. Noch lag ein duftneutraler Schweißfilm auf meiner Haut, aber nach etwa zehn Minuten in der Heizungsluft der Kneipe würde ich unweigerlich zu müffeln anfangen. Wäre ich Em, hätte ich mein kleines Kosmetiktäschchen als Notfallpaket bei mir. Da ich jedoch Béatrice hieß, erfüllte es mich schon mit Stolz, als meine kramende Hand einen Fettstift für die Lippen in meiner Manteltasche ausfindig machte. Die ‚Wache' war noch leer, als ich hineinstürzte. Lediglich Miles, Iggy Pop und James Cagney begrüßten mich von den Wänden. Freie Platzwahl, auch nicht schlecht. Ich ging nach ganz hinten durch und nahm auf der weinroten Kunstlederbank neben dem Fenster unter Miles Platz. Von dort aus hatte ich alles gut im Blick.

Ich mochte die ‚Wache', sie war intimer als das ‚N8' und nicht so spießig wie der ‚Steiger'. Das Bier schmeckte, die Musik war gut und die Öffnungszeiten ein Traum für diejenigen, die wie ich gerne die Nacht zum Tag machten. Ich hatte Ems Vorschlag, alle meine Dates hier stattfinden zu lassen nur unter der Bedingung angenommen, dass die Termine vor zweiundzwanzig Uhr liegen würden. Vor zehn würde sich niemand von meinen Bekannten hierhin verirren, wodurch ich mich vor bösen Überraschungen gefeit fühlte. Die Kneipengänger, mit denen ich normalerweise ausging, hielten es wie Dracula und kamen frühstens um zehn, aber eigentlich eher erst nach Mitternacht.

Während der ‚Steiger' die Hochburg der Yuppies, der blonden Dauerwellen und der rosa Polohemden war, zeichnete sich die Kundschaft der ‚Wache' dadurch aus, dass sie sich nicht auszeichnete. Der Installateur auf Montage verkehrte hier ebenso ungezwungen wie die Schauspieler vom Schauspielhaus. Die frustrierte Grundschullehrerin stieß mit prolligen VfL-Fans an. Und zu guter Letzt nutzten auch viele Studis die ‚Nachtwache' gerne als ausgelagertes WG-Zimmer. Ich hatte sie schon oft stolz von dem zweifelhaft morbiden Charme der Ruhruni Bochum erzählen hören. Angeblich hatte die RUB lange Zeit eine der höchsten Selbstmordraten aller Unis in Deutschland vorzuweisen gehabt.

Allmählich erholte ich mich von meiner Hektik, bestellte mir einen ‚Drecksack' und wippte mit dem Fuß zu *Bring on the Night*. Die Kellnerin las eine Boulevardzeitung und spielte auf ihrem Handy herum. Sie hatte noch eine lange Nacht vor sich und lief um die Uhrzeit anscheinend noch auf Energiesparmodus. Der Bärtige schien ein entspanntes Zeitgefühl zu haben, das machte ihn mir schon einmal sympathisch. Keine Ahnung, wie spät es war, aber ich schätzte mal, dass er bereits zwanzig Minuten zu spät war, immerhin waren schon sechs Songs gelaufen.

Ich lehnte mich zurück und machte mir einen Plan für die Abendgestaltung. Mal sehen, wie der Typ mich grüßen würde. Handschlag wäre mies, Küsschen zu gewollt, ein nettes „Hi" vermutlich die beste Wahl. Worüber sollten wir reden? Höchstwahrscheinlich galten die Passe-Partout Regeln der Kommunikation auch für Treffen per Bekanntschaftsanzeige: Keine Politik, *keine* Religion, auf gar keinen Fall Finanzen oder Körperbeschwerden.

Nach fünf weiteren Songs und einem weiteren ‚Drecksack' wurde ich auf einen Schlag müde. Weit und breit noch immer kein Verehrer in Sicht, stattdessen waren zwei Rucksacktouristen mit heftig amerikanischem Zungenschlag eingetrudelt und ein Geschäftsmann, der irgendwelche Papiere in seinem Köfferchen ordnete. Ich gab Kaspar Querstrich Mirko Querstrich Jurek mit dem kräftigen Bartwuchs noch zwei Songs. Passend zu *Shake it off* zahlte ich, schwang mich auf mein Rad und eierte nach Hause, wo ich fast sofort einschlief. Mein letzter Gedanke galt der Becheraufschrift für das Brecht-Gymnasium.

Am Samstag schlief ich genüsslich aus, warf als erstes den Anzeigenteil der WAZ in den Mülleimer und blätterte mich anschließend durch den Rest der erheblich schmaler gewordenen Wochenendzeitung. An diesem Abend hätte ich durchaus die Zeit gehabt, mich aufwendig zurechtzumachen, aber nach dem Desaster vom Vortag fehlte mir dazu die Motivation.

Die kam jedoch mit einem Blick auf das Foto von dem Typ, der mich diesmal erwarten würde, blitzschnell zurück. Der Kerl sah wirklich unverschämt gut aus. Schon Phil war ein attraktiver Mann gewesen, aber dieser Schnuckel spielte in einer anderen Liga. Also kam das Glätteisen, das Em mir aufgezwungen hatte, doch noch zum Einsatz. Das lila Kleid blieb, aber die flachen Schuhe wurden gegen ein Paar enger, hoher Stiefel ausgetauscht. Und ab!

Diesmal war die ‚Wache' schon recht gut gefüllt, immerhin war es Samstag und eine Stunde später als am Vortag. Die Bedienung war dieselbe. Sie kam kaugummikauend auf mich zugelaufen. Der Mensch ist ein Gewohnheitstier. Ich hatte wieder meinen Platz unter Miles eingenommen.

„Alles klar?", begrüßte sie mich freundlich. Ob sie mich wiedererkannt hatte? Und, wenn ja, wäre das ein gutes oder schlechtes Zeichen? Betrachtete sie mich mitleidsvoll als einsame Jägerin oder gefiel ich ihr als ausgehfreudige Großstadtfrau?

„‚Drecksack' wie immer?", fragte sie verbindlich. Ich nickte. Sie hatte sich also definitiv an mich erinnert. Ich freute mich darüber, obwohl es mir eigentlich egal sein sollte, was irgendeine Kneipenkellnerin von mir hielt. Außerdem war es mir ein wenig peinlich, schon wieder hier abzuhängen. Ich grinste. Vermutlich würde ich spätestens morgen mit einer Medaille um den Hals als treuste Stammkundin ausgezeichnet werden.

Hoffentlich ließ mich Mr Attractive nicht auch hängen. Ich nahm noch einen Schluck. Immer positiv denken, wer weiß, vielleicht würde heute Nacht wenigstens ein unverbindliches Sexabenteuer für mich herausspringen. In weiser Voraussicht hatte ich Kondome eingepackt und mir meine Spitzenunterwäsche angezogen. Die Veilchenblaue, die ich mir für Phils Geburtstag gekauft hatte. Nicht, dass er sie überhaupt eines zweiten Blickes gewürdigt hätte. Meine Überlegungen wurden durch einen Fremden unterbrochen.

„Du bist brünett und Ende dreißig. Bist du Béatrice?"

Ich starrte den Neuankömmling an. Wer war dieser 0815-Typ? Er sah aus wie jeder dritte Mann im Pott: mittelgroß, normale Figur, unauffälliges Gesicht. Wo war der Beau, der Herzensbrecher? Etwas irritiert antwortete ich: „Wer will das wissen?" Ich hoffte, es könnte eine Verwechslung vorliegen. Vielleicht war das der Freund von dem Schnuckel und wollte ihn entschuldigen, da der Beau verhindert war. Oder, noch besser, er sollte mich zu einer exotischen anderen Location begleiten, wo mein echter Tischherr bereits auf mich wartete. Ein exklusives Restaurant, das gerade erst neu eröffnet hatte, ein Opernball oder es ging direkt im Privatjet zu einem Maharadscha-Palast.

„Hallo Béatrice, ich bin Marco."

Mirko, Marco, Besenstiel. Das war mein Date.

„Setz dich doch!“, erinnerte ich mich an meine guten Manieren. Während Marco Mustermann sich mit der linken Hand einen Stuhl unter seinen Hintern zog, reichte er mir die rechte zum Gruß und zerquetschte mir dabei fast meine zarten Künstlervermittler-Knöchelchen. Kaum saß er, drehte er sich um und schrie der Kellnerin durch das ganze Lokal zu, er wolle eine Margarita. Als die Kellnerin ihn abschätzend musterte, wurde ich puterrot vor lauter Fremdscham. Erstens waren wir nicht in einem Brauhaus, wo man den Wirten die Bestellung durch den Saal hinterherrief. Zweitens hatten wir Januar und da war ein Cocktail nicht unbedingt passend. Überhaupt fand ich, dass es den meisten deutschen Männern ihren Nimbus nahm, wenn sie sich außerhalb von Spanien und Me-xiko eine Margarita bestellten. Drittens, der Typ hatte nicht bemerkt, dass mein Glas ebenfalls leer war. *Nichts als Vorurteile*, schalt ich mich. *Gib dem Typen eine Chance!* Die Kellnerin kam mit der Margarita und ich konnte es nur schlecht ertragen, ihm dabei zuzusehen, wie er das Salz abschleckte. Wo hatte dieser ungehobelte Kerl nur den Schnuckel vom Foto gelassen?

Die Antwort sollte ich schnell genug erfahren. Marco war zwar gebürtiger Bochumer, studierte aber Maschinenbau in Aachen. In seiner Freizeit machte er Fotos, die er dann ausgiebig mit Photoshop bearbeitete. Nach einem neunzigminütigen Monolog über die Möglichkeiten der digitalen Bildbearbeitung breitete sich ein pochender Schmerz zwischen meinen Ohren aus. Höflich verabschiedete ich mich unter einem Vorwand und bezahlte bei der Kellnerin, die mir verständnisvoll einen schönen Abend wünschte. Die Kellnerin gefiel mir immer besser. Ein bisschen Frauensolidarität tat so gut. Und was Marco anging, so hatte er mein Verschwinden vermutlich gar nicht mitbekommen. Vermutlich würde er noch nächste Woche in der ‚Nachtwache' sitzen und Miles einen Vortrag über die neusten Errungenschaften der Kameratechnik halten.

Am Sonntag hatte ich von Marcos Schwafelattacken noch immer Kopfschmerzen und keinerlei Ambitionen, mir zum dritten Mal in Folge meinen schwerverdienten Feierabend von irgendeinem soziophoben Anzeigenmann ruinieren zu lassen. Ich schob mir den ersten Teil der zweiten Staffel von „Friends" rein, obwohl ich meine eigene beste Freundin wegen der Zwangsdates am liebsten auf den Mond geschossen hätte.

Gegen neunzehn Uhr raffte ich mich widerwillig dazu auf, mich erneut ausgehfertig zu stylen. Genervt zupfte ich wieder einmal das lila Kleid über der dicken schwarzen Wollstrumpfhose zurecht, diesmal ohne insgeheim die Hoffnung zu hegen, dass andere Hände als meine eigenen es mir später am Abend vom Leib reißen würden. Ich hatte nur noch einen Wunsch: Rendezvous Nummer drei hinter mich zu bringen.

In der ‚Nachtwache' kämpfte ein überforderter Student mit einem Tablett voller Gläser und einem Grillteller. Obwohl es Sonntag war, brummte der Laden. Mein Miles-Davis-Stammplatz war vergeben und der einzig freie Platz, der mir blieb, war ein Hocker an der Theke. Plötzlich kam mir der Karikaturist aus der Schwarzwaldbahn in den Sinn. Wie der wohl die Kneipenbesucher zeichnen würde?

Von meiner Lieblingskellnerin keine Spur. Ich bestellte erst einmal nichts, denn auch der Bartender hatte bei dem ungewohnten Andrang schon längst den Überblick verloren. Ich wandte den Blick von der Theke ab und schaute in Iggy Pops lebenserfahrene Augen. „Halt durch!" schienen sie mir signalisieren zu wollen.

Dann war es soweit. Kandidat Nummer drei rempelte sich durch die ‚Wache'. Er trug eine Sonnenbrille aus Spiegelglas und sprach wahllos alle Frauen auf dem Weg zum Tresen an. Da das nicht den gewünschten Erfolg zu bringen schien, wechselte er die Strategie. Mr Partylöwe fabrizierte mithilfe eines ihm unwillig ausgeliehenen Kugelschreibers eine Nachricht auf einem Bierdeckel. Diesen Aufruf hängte er sich mit einem irgendwo aufgegabelten roten Geschenkband um den Hals. Als die Stimmungskanone an mir vorbei stolperte (unser Mallorca-Duo wäre begeistert gewesen) konnte ich den Text auf dem Bierdeckel lesen: „Béatrice, wo bist du?" Unter viel Gelächter lief er in der Kneipe auf und ab. Ich überlegte, ob ich die ‚Wache' der Einfachheit halber inkognito wieder verlassen sollte, doch Iggy Pops flehender Blick forderte mich auf, fair zu bleiben. Okay, okay.

„Hey Kumpel, du brauchst dich nicht weiter zum Affen zu machen. Ich bin Béatrice."

„Oho. Ich habe Béatrice gefunden", tat er im dröhnenden Bass dem ganzen Laden kund. Es fehlte nicht viel und er hätte mit seinen Pranken auf seine Brust getrommelt. Die ersten Kneipengänger klatschten schon begeistert in die Hände, ich wäre am liebsten im Boden versunken. Hätte ich mich doch nur nicht zu erkennen gegeben!

„Danke. Hier kann ich mich jetzt die nächsten Wochen nicht mehr blicken lassen", zischte ich ihm zu. Was für ein Trottel! Das einzig Gute war, dass er die Aufmerksamkeit des Bartenders auf uns gezogen hatte.

„Na ihr beiden Turteltauben, was soll es für euch sein?"

Okay, den Gedanken an einen weiteren Besuch in der Nachtwache konnte ich nicht nur in den nächsten Wochen vergessen, sondern für die nächsten fünf Jahre auf Eis legen.

Nachdem wir uns mit einem Pils zugeprustet hatten („Für ein Pottgewächs bist du doch eigentlich ganz süß"), schaffte mein Galan es, seine Stimme so weit zu drosseln, dass auch die anderen Kneipenbesucher wieder eine Chance bekamen, sich miteinander zu unterhalten. Nach ein paar Minuten nahm Mr Kullerauge auch endlich seine alberne Sonnenbrille ab. Lag es an dem Dämmerlicht, dass das, was hinter den Gläsern verborgen gewesen war, sich als ein schlammfarbenes auffallend schmal geschnittenes Augenpaar entpuppte?

„Sorry, aber du hast nicht gerade viel Ähnlichkeit mit deiner Bildzuschrift", konnte ich mir nicht verkneifen zu sagen. Der Typ konnte sich glücklich schätzen, dass ich das nicht noch schärfer formuliert hatte: *Du bist einer der seltenen Exemplare, die auf ihrem Passfoto trotz weit aufgerissener Augen deutlich besser als in Wirklichkeit aussehen!* Die Antwort des selbsternannten Comedians gab mir dann endgültig den Rest.

„Kein Wunder, das auf dem Foto bin ich nämlich auch gar nicht."

Seine Gesichtszüge verrieten mir, dass er sich für sehr komisch hielt.

Ich stand etwas auf der Leitung. „Wie? Das bist du nicht?" War ich unfreiwillig zum Auffangbecken für Photoshopfreaks geworden?

„Hab dir einfach das Foto eines Bekannten zugeschickt. Und bevor du nachfragst, sorry, Lady, mein Bekannter ist ein stockschwuler Warmduscher, bei dem selbst du mit Französisch keine Chance hast." Mit röhrendem Gelächter wandte er sich an den Barkeeper und hob sein leeres Glas.

„Noch zwei Pils".

Zwischen seinen in rasanter Frequenz abgesonderten Pilsbestellungen überschüttete mich der Schwachkopf mit einem Potpourri von abwechselnd schwulen-, frauenfeindlichen und rassistischen Sprüchen. Ich war regelrecht gelähmt vor so viel Dreistigkeit und vermochte lange Zeit nicht zum Gegenangriff auszuholen. *Oh, Em, was hast du mir mit deiner „spaßigen" Anzeige nur angetan?* Bei einer weiteren Pointe schlug mir der Widerling schon ziemlich lallend mit seiner schwitzigen Hand auf die Schulter.

„Boah, Lady, du gefällscht mir. Ich finde es geil, dasse so viel Humor hass. Ich hasse diese politisch korrekten Schpießer."

Ich sprach langsam und deutlich. „Das siehst du ganz falsch", sagte ich betont. Doch mein Gegenüber bekam nichts von der Präambel meines politischen Manifestos gegen Stammtischparolen mit. Stattdessen gestand er mir mit glasigen Augen, dass er meine beiden „Susies" gerne mal anfassen würde.

„Um zu testen, opse escht sind ..."

Diese Drohung rüttelte mich zum Glück endlich wach. Ich warf einen Schein auf den Tresen und stürzte auf die Straße. Eins hatte ich an diesem Wochenende in der ‚Nachtwache' gelernt: Auf Liebe im Sonderangebot konnte ich verzichten. Hände weg von Sahneschnitten und Kulleraugen! Bis auf weiteres war die Männerwelt für mich gestorben.

Kapitel zehn: Romantic Freezing

<u>Das Problem:</u> Du ziehst nur merkwürdige Typen an, kannst aber bei dem heißen Kerl mit dem Ausnahmekörper nicht landen.
<u>Don't:</u> Zu schnell aufgeben! Sieh die Hindernisse nicht als Motivationskiller, sondern als Herausforderung!
<u>Do:</u> Verändere dein Beuteschema und du wirst den Pizzajungen mit anderen Augen sehen!
(Mehr dazu im ultimativen Beziehungsguide: So optimierst du dein Liebesleben, 17,50 Euro)

Ich ging zu Judith. Irgendwie musste ich diese demütigenden Erlebnisse verarbeiten. Schon auf dem Hinweg sang ich *Love for Sale* in meinem Kopf. Ich wusste, dass es in dem Lied strenggenommen um käufliche körperliche Liebe ging, dennoch fand ich, dass der Song meinen aktuellen Gefühlszustand bestens beschrieb. Ich kam mir in der gierigen Dating Szene von Bochum tatsächlich ein bisschen wie eine Prostituierte vor. Keiner der Herren hatte sich auch nur im Geringsten für meine Persönlichkeit interessiert. Hinzu kam, dass es anscheinend die allgemein akzeptierte Vereinbarung gab, Tricksen und Lügen zur besseren Selbstvermarktung stillschweigend hinzunehmen.

„Hallo, Bea. Komm rein! Alles okay mit dir?“, vergewisserte Judith sich.

„Hm“, erwiderte ich unbestimmt.

„Sollen wir singen?“

„Ja bitte, *Love for Sale* geht mir die ganze Zeit schon durch den Kopf.“ *Liebe im Sonderangebot* – auch ein guter Alternativtitel für Ems Beziehungsbibel.

„Ja, von mir aus gerne. Witzig, dass dir der alte Song so gefällt."

Ich musste gegen meinen Willen lachen. Das war Judith, stilvoll wie immer.

„*Fishing for compliments*? Ist es denn nicht gerade die Tatsache, dass es immer gültig bleibt, die ein Lied zu einem Klassiker macht?"

„Ja, da magst du recht haben", stimmte mir Judith zu, während sie eine halb gefüllte Wasserflasche mit einem schwarzen Cocktail-Strohhalm ausrüstete.

„Judith, was ich dich schon immer fragen wollte ..."

„Ja", antwortete sie höflich, ohne jedoch aufzublicken. Sie erinnerte mich an eine englische Lady, die, komme, was wolle, kühl und distanziert blieb, Contenance bewahrte.

„Warum kannst du so gut singen und Lieder mal eben in eine andere Tonart umändern?"

„Transponieren", berichtigte sie mich.

„Ich meine, das ist ja schon ungewöhnlich, dass ..."

„Dass eine Sekretärin ein wenig Ahnung von Musik hat?"

„Jemand in seinem Hobby so professionell wirkt."

„Jazzgesang war nicht immer nur ein Freizeitvergnügen für mich, meine Mutter verdiente dadurch ihr Geld. Ein schweres Leben."

Ich holte tief Luft und wagte kaum noch auszuatmen. Es war so ruhig in Judiths Wohnung, gleichzeitig war sie bis zum Bersten mit meiner Erwartung angefüllt. Ich hatte Angst, durch ein unbedachtes Geräusch diese neue, fragile Vertrauensatmosphäre zwischen uns zu zerstören. Ich spürte, dass Judith kurz davor war, sich mir gegenüber ein wenig weiter zu öffnen.

„Als ich jung war", setzte sie zaghaft an, „brachte sie mir bei, sie mit ein paar einfachen Akkorden auf dem Klavier zu begleiten."

Gespannt wartete ich darauf, was sie mir noch von sich preisgeben würde. Judith lehnte sich zurück und starrte vor sich hin.

„Aber seine Brötchen als Musiker zu verdienen, ist eine undankbare Angelegenheit. Die Konkurrenz ist wahnsinnig groß. Mutter übte täglich sechs Stunden, trank Unmengen von Kräutertee, lutschte Halspastillen. Durch sie lernte ich, dass es manchmal besser ist, seine Leidenschaft nicht zum Beruf zu machen." Sie hielt einen Moment inne. Dann fuhr sie fort:

„Ich wusste schnell, dass ich nicht denselben Fehler machen wollte. Und so besuchte ich die Höhere Handelsschule und lernte tippen. Durch meine Musikkenntnisse nahm mich dein Onkel mit Kusshand. Und mir gefällt es hier. Ein sicherer Beruf mit einem soliden Einkommen und einem netten Arbeitsklima. Eine perfekte Wahl, das finde ich bis heute."

Sie schaute mich ängstlich an. Irgendwas war da im Busch, aber ich konnte nicht den Finger darauflegen. Offensichtlich erwartete sie irgendeine Reaktion von mir. Unbehaglich äußerte ich das Erstbeste, das mir in den Sinn kam und harmlos genug war, um Judith nicht zu verletzen.

„Und Pièrre, der ist wohl auch mehr als zufrieden mit deiner Wahl?"

Ich sah ein nervöses Flackern in ihren Augen.

„Jaja, wie man's nimmt. Er ist ein anderer Typ, ein Geschäftsmann durch und durch. Verständlich bei seiner Geschichte. Er kann auch sehr stolz auf sich sein, auf das, was er aufgebaut hat. Aber, nein, verstehen oder gar akzeptieren kann er mein Lebensmodell nicht. Leider nicht."

Ich hatte das Gefühl, in ein Wespennest gestochen zu haben. Judith stand auf und strich sich ihren Rock glatt.

„Na, dann wollen wir mal wieder!"

Ich versuchte schuldbewusst, wieder eine unbefangene Atmosphäre herzustellen, indem ich vor mich hin plapperte.

„Ich habe den Song gegoogelt“, wechselte ich plump das Thema. „Kennst du die Sängerin Sade?“

„So eine exotisch aussehende Schönheit mit samtiger Nachtclubstimme?“

„Genau die. Die hat einen Song komponiert, der heißt *Smooth Operator.*“

„Der ist schon etwas älter, oder? Ich glaube, den kenne sogar ich. Kommt da nicht der Vers *coast to coast* vor?“

„Genau, der ist es“, wiederholte ich mich. „Jedenfalls hat Sade den Song auf der Kadenz von *Love for Sale* basieren lassen. Du merkst, der Song ist topaktuell.“

Judith schwieg und nickte. Natürlich wusste sie, was eine Kadenz war. Ich hatte ziemlich lang gebraucht, bis ich herausgefunden habe, dass eine festgelegte Abfolge von Akkorden Kadenz genannt wird. Oder so ähnlich. Nach ein paar Aufwärmübungen bat Judith mich, den A-Teil zu singen.

„Du öffnest deinen Mund viel zu weit, dadurch wirkt deine Stimme sehr angestrengt.“

„Aber ich habe gelesen, dass man sich vorstellen soll, eine Kartoffel in der Kehle zu haben.“

„Mag sein, aber du hörst dich nicht natürlich an. Sing mal den Anfang, aber so wie eine Sirene, lass die Töne ineinander gleiten!“

Ich ahmte sie nach und nach mehrfachen Wiederholungen hörte sich meine Stimme, ähnlich wie damals mit dem Strohhalm in der Wasserflasche, tatsächlich anders an. Besser. Nein, ich klang natürlich nicht wie Sade, aber auch nicht wie Béatrice Dupont, die Lachnummer aus der ‚Nachtwache.‘ Ich klang wie eine traurige, enttäuschte Frau. Aber auch wie eine starke Frau, jemand, der sich nicht unterkriegen lässt. Wie eine Frau, die keine Männer braucht.

Als ich nach Hause fuhr, ging es mir deutlich besser als vor der Gesangsstunde. Ich rief Em an und informierte sie knapp über den Reinfall mit den Dates. Sie schien zu spüren, dass ich Zeit für mich brauchte, um das Wochenende zu verarbeiten und ließ mich weitgehend in Ruhe. Nach weiteren Staffeln „Friends" und dem tröstlichen Genuss ungezählter leerer Kalorien in flüssiger und fester Form, war ich soweit, das Selbstmitleid wegzusperren und mich wieder dem Leben zu stellen. Nach der Mußezeit platzte ich regelrecht vor Eifer, mein Leben neu zu starten und besser zu machen. Und so begann ich als Konsequenz der drei verunglückten Rendezvous im Bermuda-Dreieck, tatsächlich die letzten Spuren von Phil aus meiner Wohnung zu tilgen. Die Fotos von ihm und mir aus glücklicheren Zeiten wurden aus den Bilderrahmen entfernt und durch Postkarten von Jazzsängerinnen ersetzt. Berlin-Souvenirs und Ferienmitbringsel verpackte ich in einen Karton und verstaute sie im Keller. Klar, das war nicht die von Em geforderte radikale Tiefenreinigung, aber die wollte ich auch nicht. Phil gehörte zu meinem Leben, wir hatten auch durchaus schöne Momente zusammen erlebt. Ich wollte nicht alles vergessen. Es war ja nicht so, dass er mich missbraucht und gefoltert hätte. Er hatte sich nur ‚entliebt', ich war Ballast für ihn geworden. Das tat höllisch weh, machte ihn aber nicht zum Unmenschen. Ich schloss gleich einen Wohnungsputz an, brachte Altglas und Papiermüll zum Container und hätte meinen Schmerz am liebsten gleich mit entsorgt.

Als ich mich nach getaner Arbeit duschte, stand mein Entschluss felsenfest. Wie ein Alkoholiker verordnete ich mir Abstinenz. Keine Männer mehr für mich, bis ich völlig über Phil hinweg war. Und das konnte dauern. Ich hatte von Hochrechnungen gelesen, die behaupteten, dass die Anzahl der Monate, die man brauchte, um jemanden zu vergessen, der Anzahl von Monaten entspräche, die man mit jemandem zusammen gewesen war. Also würde ich etwa einundzwanzig Monate die eiserne Jungfrau geben. Alles besser, als sich noch einmal so demütigen Dates auszusetzen. Insbesondere der Busengrabscher hatte mir die Sehnsucht nach der Männerwelt gründlich ausgetrieben.

Am nächsten Wochenende setzte ich einen weiteren Schritt meines Plans in die Tat um. Am späten Vormittag machte ich mich auf zum Flohmarkt neben dem Bochumer Rathaus. Er befand sich dort schon seit Ems und meiner Schulzeit.

Zielsicher ging ich zu einem Stand mit antikem Schmuck. Als Teenager hatten wir Freundinnen uns dort zusammen ein Paar Ohrringe gekauft und uns die beiden Hänger geteilt. Em trug ihren im linken Ohrläppchen, ich meinen rechts. Und tatsächlich fand ich dort die Lösung für mein Männerproblem: Eine mit schwarzem Samt ausgelegte Schublade randvoll mit gebrauchten Eheringen. Für fünfzehn Euro erstand ich ein auffallend großes Exemplar im Rotgold-Look. Im Inneren stand „Für immer dein“. Das fand ich ebenso romantisch wie praktisch. Kein Name, kein Datum und auch sonst kein verräterisches Indiz.

Ich kam mir wie befreit vor. Ich hatte das Korsett des lieben netten Weibchens abgestreift, das von einem Mann zum nächsten wandert. Auf Wiedersehen festgelegte, starre Konventionen. Auf Wiedersehen Beziehungsbibel. Jetzt war ich bereit dazu, so zu leben, wie ich es wollte. Kein romantischer Stress mit Männern, dafür viel Zeit für mich selbst.

Tage später, nach einem Telefonat mit Em, die meine Strategie des *Romantic Freezings* weder nachvollziehen noch gutheißen konnte, setzte ich mich abends mit einem Glas Rotwein auf den Sessel vor der Mojo-Karikatur und ließ meinen Gedanken freien Lauf. Mit einem Mal kamen mir Bedenken. Was sollte das, mich als verheiratet auszugeben? Jeder, der mich kannte, würde mich für total bescheuert halten. Panisch versuchte ich den Ring von meinem Finger zu lösen. Doch leider hatte ich nach meiner weihnachtlichen Liebeskummerdiät mittlerweile schon wieder meinen gesegneten gesunden Appetit zurückerlangt und bekam den Ring nicht mehr über meine Knöchel. Selbst der Trick mit der Margarine als Gleitmittel half nicht. Es kam mir fast vor wie ein Fluch, eine Art poetische Gerechtigkeit der Verstorbenen.

Sei nicht so melodramatisch!, rief ich mich zur Räson. Eigentlich hatte die Ringgeschichte nichts zu bedeuten. Sie war egal. *Lass die ganze kindische, abergläubische Phase hinter dir und wende dich dem wirklich Wichtigen im Leben zu: Deiner Arbeit!* Ein guter Ratschlag, fand ich. Denn Herzgebreche hin und her, mit irgendetwas musste ich schließlich meine – wie hatte das Judith so schön genannt? – ‚Brötchen' verdienen. In meinem Fall noch Lippenstifte, Handygebühren, Fressattackenproviant und Boutiquekleidung obendrauf.

Kapitel elf: Karneval in Köln

<u>Das Problem:</u> Dir ist die Paarungswelt ein einziges Rätsel.
<u>Don't:</u> Dich zu sehr an deine Clique binden. Es besteht sonst die Gefahr, dass ihr eine Art Single-Getto bildet.
<u>Do:</u> Öffne dich für soziale Experimente. Vielleicht steckt in dir eine aufregende Powerfrau, ein Superweib oder gar ein Lolitavamp.
(Mehr dazu im ultimativen Beziehungsguide: So optimierst du dein Liebesleben, 17,50 Euro)

Pièrre hatte mit der Gründung von ‚Applaus' wirklich Großes geleistet. Meistens gefiel mir meine Planungstätigkeit als Künstlervermittlerin hinter den Kulissen ebenso sehr wie Judith ihre Arbeit als Sekretärin. Dennoch hätte ich im Februar am liebsten vorzeitig meine sofortige Rente beantragt. Diese Bertolt-Brecht-Schulfeier trieb mich in den Wahnsinn. Ich knabberte nervös auf meinen mit teurem, angeblich unzerstörbaren Shelllack versehenen Fingernägeln und wrang meine Hirnwindungen wie nasse Wäsche aus auf der Suche nach einem guten Spruch. Die kleinen Kleckse von Kreativität, die dabei herauskamen, hielt ich gleich schriftlich fest:

„Prost. Glück auf."

„Besser Glück-Auf als Schluck-Auf"

Vor meinem geistigen Auge sah ich, wie Herr Steinkötter mir seine Meinung zu verstehen gab, indem er sich den Zeigefinger an die Kehle legte.

„Bochum, ich komm aus dir, Bochum ich lernte hier."

Ich stöhnte laut auf, stützte meine heiße Stirn auf meiner Handfläche ab, steckte mir mit der anderen Hand eine Haarsträhne hinter das Ohr. Nichts. Zeit,

Herrn Google zu Rate zu ziehen. Vielleicht hatte der Namensgeber der Schule irgendwann selbst einmal etwas Brauchbares gesagt. Ich gab „Zitate Brecht“ in die Suchmaske ein und fantasierte bereits von einer erlösenden Sentenz mit einer ins Ohr gehenden Alliteration. Endlich war ich auf einer ansprechenden Website gelandet.

„Alle großen Ideen scheitern an den Leuten.“ Guter Spruch, aber nichts für ein Jubiläumstreffen. Ich scrollte weiter. „Ändere die Welt. Sie braucht es.“ Das stimmt, Berti, ist aber zu revolutionär für die heutige Zeit. Ich schaute auf ein Foto von Fred und mir zusammen vor dem Eiffelturm im Phantasialand Brühl, das ich auf meinem Schreibtisch platziert hatte. Mein Bruder hielt mich stolz und strahlend im Arm. Ein schönes Bild. Es bedeutete mir viel, denn es zeigte eine Unbeschwertheit und Nähe zwischen Fred und mir, die uns nach dem Tod von *maman* irgendwie abhanden gekommen war. Um mich daran zu erinnern und als Symbol der Hoffnung für die Zukunft, hatte ich mir das selbe Foto auch in den Geldbeutel gelegt. Doch heute schwappte der Optimismus nicht auf mich über. Nervös trommelte ich mit den Fingern auf der Schreibtischplatte, als Patricia Kaas zu singen anfing.

„Béatrice, hast du einen Moment Zeit?“ Em schrie durch den Hörer ins Ohr, drauf und dran, mir das Trommelfell zu zerstören. Ein sicheres Zeichen dafür, dass es ihr richtig schlecht ging.

„Ja, wenn du mir ein kurzes Brecht-Zitat sagst.“

Em kicherte wild hysterisch. Die Arme, das hörte sich mehr als besorgniserregend an.

„Warte! Was ist mit „Wer kämpft, kann verlieren. Wer nicht kämpft, hat schon verloren.“

„Hübsch, aber zu lang für einen Kaffeebecher.“

„Kaffeebecher?“

„Vergiss es! Und, wie geht es meiner Freundin am Bodensee?"

„Moment." Ich hörte, wie Em das Handy zur Seite legte. Dann putzte sie sich geräuschvoll die Nase.

„Nicht so gut", meldete sie sich zurück. Ich hatte es geahnt.

„Erik?", vermutete ich.

Keine Reaktion.

„Hmmm, Em, bist du noch dran?"

„Ja, ich habe genickt", seufzte sie. Und dann legte sie los: „Erik ist so ein Arsch! Er hat mich betrogen und vor die Tür gesetzt. Das war unfassbar erniedrigend!"

„Oh nein, du Arme!"

Ich schaute auf die große Wanduhr, deren Zeiger sich unbarmherzig weiter bewegten. Egal, es gab Dringenderes als die Arbeit.

„Erzähl, was ist passiert?"

„Heute Nachmittag konnte ich die Boutique etwas früher als sonst schließen, um nebenan für Erik und mich etwas beim Chinesen zu holen. Du weißt schon, bei ihm geht nichts über gebratener Ente mit möglichst dicker Kruste."

„Hm", stimmte ich diplomatisch zu. Liebe ging schließlich durch den Magen. „Du hattest einen kleinen Überraschungsbesuch im Sinn."

„Genau, nur dass die Überraschung auf meiner Seite lag. Er vergnügte sich gerade mit einer schwarzhaarigen Schönheit im Bett ... Sie lag auf ihm ... Viel mehr als ihre Haare und ihren nackten Po konnte ich nicht sehen."

„Was für ein Horror!" Ich war schockiert. Zwar hatte der Typ meine Freundin wohl schon vorher betrogen, aber diskreter. Es mit den eigenen Augen zu sehen war nochmal eine ganz andere Nummer.

„Als Erik mich sah, schob er die Tussi von sich runter." Em machte eine Pause. „Langsam und liebevoll." Ich hörte den Schmerz in ihrer Stimme.

„Dann kam er zu mir auf den Flur, schloss die Zimmertür hinter sich und sagte seelenruhig: ‚Tut mir leid, es dir so mitteilen zu müssen, aber das mit uns ist vorbei. Du und ich sind Geschichte.' Mit diesen Worten ließ er mich stehen, ging ins Schlafzimmer und ich hörte ihn dort weitermachen, wo er gerade aufgehört hatte."

„Krass", entfuhr es mir, während ich mir die Schwarzhaarige mit wippendem Hintern auf Erik vorstellte.

„Ja", schluchzte Em. „Der übertrifft sogar noch deinen Phil an Kaltblütigkeit."

Am liebsten hätte ich meine Freundin in den Arm genommen und wie ein kleines Kind hin- und hergewiegt. Ich versuchte dasselbe in Worten auszudrücken.

„Oh Mann, so eine Scheiße."

Wörter haben enge Grenzen.

„Béatrice, mir fällt die Decke auf den Kopf. Ich kann das Karussell in meinem Kopf einfach nicht stoppen."

War Eriks Verhalten zu entschuldigen? Immerhin hatte er Em nie falsche Hoffnungen gemacht. Es war von Anfang an klar gewesen, dass er über Leichen ging, um sein Ding durchzuziehen. Nicht gerade die Art von Mann, die man zu ehelichen wünscht. Ich versuchte praktisch zu denken.

„Süße, wie kann ich dir helfen?"

„Ich muss hier raus!"

Mit einem Mal hatten sich unsere Rollen umgedreht. Em war am Boden zerstört und es lag an mir, sie wieder aufzupäppeln.

Ich überlegte, blätterte durch meinen Terminplan, der auf dem Schreibtisch vor mir stand. Alles voll mit dieser Festakt-Planung. Bis auf die Wochenenden. Ganz klein stand da etwas fürs übernächste Wochenende.

Etwas, das ich bereits mit einem Rotstift durchgestrichen hatte.

„Was hältst du von einem Wochenende in Köln? In zwei Wochen ..."

„Köln?"

„Genau. Mein Bruder Fred hat mich für Samstag in vierzehn Tagen zu dieser Karnevalsgala für Ärzte eingeladen. Ich wollte ihm eigentlich absagen, aber zusammen mit dir könnte das ja vielleicht Spaß machen."

„Du und Karneval?"

Em kannte mich. Die Rettungsaktion für sie war ein Kamikazeflug für mich.

„Vielleicht fällt mir ja in der karnevalistischen Luft etwas Originelles ein."

Ein echter Freundschaftsbeweis.

Ich hasste diese selbstverliebte Selbstdarstellung der rheinischen Frohnatur noch viel mehr als meine Freundin es sich überhaupt nur vorstellen konnte. Dennoch wollte ich Em nicht spüren lassen, was für ein Opfer das Angebot für mich war, zumal es in die heiße Phase der Jubiläumsfeiervorbereitungen ging. Ich ignorierte standhaft die zahlreichen Ausrufezeichen auf meiner Agenda, die mich ermahnten, mir endlich einen Slogan einfallen zu lassen.

„Also, wenn ich mir das so überlege, gefällt mir dein Vorschlag. Das heißt, wenn ich jemanden finde, dem ich meinen Sohn von Samstag bis Sonntag aufs Auge drücken kann."

Für einen Moment machte ich mir Hoffnung, sie würde meine spontane Einladung ablehnen.

„Doch, doch. Das müsste gehen", freute sich Em. „Ein Ausflug nach Köln wäre richtig cool!"

Gut, dass wir nicht skypten und sie nicht sehen konnten, wie meine Mundwinkel sich widerstandslos der Erdanziehungskraft hingaben.

„Ja, prima.“ Ich klang selbst in meinen eigenen Ohren noch falscher als Heidi Klum. Gleichzeitig fühlte ich mich mies. Was war ich doch egoistisch! Im Vergleich zu einer alleinerziehenden Mutter wie Em brauchte ich mich nun über Terminprobleme wirklich nicht zu beklagen.

„Also, natürlich kenne ich hier unsere Überlinger Fasnet mit Hänsele Juck, dem Schmutzigem Dunschdig in Konstanz, dem Narrenbaumsetzen in Meersburg ...“, sinnierte sie mit vorsichtiger Begeisterung in der Stimme. Zehn Punkte für mich. Em war dabei, ihr Stimmungstief zumindest für ein paar Minuten zu verlassen. „Aber Kölle helau ist neu für mich.“

„Alaaf.“

„Wie bitte?“

„Alaaf sagen die Kölner. Helau ist der Kampfruf der Düsseldorfer. Verwechsele das bloß nicht, sonst wirst du im Handumdrehen im Rhein versenkt.“

„Echt?“

Ich grinste. Das war typisch Em. Überschwänglich und bisweilen unglaublich unbedarft. Ziemlich erstaunlich, wenn man bedachte, was sie schon alles in ihrem Leben hatte mitmachen müssen.

„Frag Fred. Als Zugezogener übertreibt er es meiner Meinung nach mit dem sowieso schon üblichen kölschen Lokalpatriotismus.“

„Stimmt. Ich habe letztens gelesen, dass Köln die einzige deutsche Stadt ist, in der die Einheimischen die besten Stammkunden ihrer eigenen Souvenirshops sind.“

Faszinierend, wie schnell Em den Schalter umlegen, reibungslos vom Klage- in den Plaudermodus wechseln konnte. Gerade als ich mir innerlich selbst ein High Five geben wollte, fiel mein Blick auf die Uhr und holte mich auf einen Schlag in die Realität zurück.

„Em, ich muss leider auflegen.“

Ein weiterer Grund für meinen plötzlichen Telefonstopp war mein Kollege Moritz, der lässig im Türrahmen stand und interessiert meinen Redebeiträgen zuhörte. Mist, wie lange er da wohl schon stand? Em ihrerseits hatte Blut geleckt und ließ sich leider nicht so schnell abwürgen. Begeistert begann sie, die letzten Details zu planen.

„Ja, klar. Ich überlege auch schon, in welchem Kostüm ich zum Ball gehe. Ich glaube ich habe da noch einen Stoff, den ich als Hexenumhang umnähen kann."

Oh, bitte nicht auch noch das. Leider hatte sie da durchaus recht. Karneval bedeutete Verkleidung. Wie ich das verabscheute! Schon etwas anderes als eine Jeans zu tragen kostete mich Überwindung. Das unglückselige lila Strickkleid hatte ich zum Glück per Internet verkauft bekommen. Moritz stand noch immer in der Tür und grinste. *Mir doch egal*, dachte ich trotzig. Ich weigerte mich, mich von ihm unter Druck setzen zu lassen. Wo waren wir stehen geblieben? Richtig: Verkleidung war das Thema. Wie sollte ich damit umgehen? Am besten würde ich einfach Fred fragen, ob es nicht möglich war, auch ganz normal zu erscheinen. Okay, notfalls mit einem Lippenstiftherz auf der Wange. Wenn's unbedingt sein musste, sogar ein Herz mit zwei Domspitzen. Schnell notierte ich „Kostümzwang?" neben der eigentlich schon abgesagten Veranstaltung.

„Okay, dann hätten wir also soweit alles geklärt", ließ ich Em wissen. Es war unser Codespruch dafür, dass wir ungewollte Mithörer hatten. Sie verstand sofort und verabschiedete sich endlich.

„Danke, Béatrice. Ich wusste, dass du mir helfen würdest."

„Und, was gibt's?", wandte ich mich Moritz zu.

Er schlenderte unverschämt selbstgefällig auf mich zu, versuchte unauffällig, einen Blick auf meinen Bildschirm zu werfen, was ich ihm aber durch eine schnelle Drehung meines Oberkörper vereitelte.

„Ich wollte nur sehen, wie weit du mit dem Schulfest bist.“ Er stellte sich hinter mich, aber ich hatte die Arbeitsdatei bereits geschlossen, sodass er nur meinen Bildschirmschoner sah, einen sanft im Wind schaukelnden Bambuswald

„Ich meine, kommst du mit dem Auftrag allein klar? Brauchst du Hilfe? Ich meine, ich könnte ...“ Er fuhr sich mit der Hand durchs Haar, um seine aufwendige Föhnfrisur zu richten.

„Natürlich nicht“, fiel ich dem Gockel ins Wort. „Alles im grünen Bereich!“

„Das heißt, ich kann den Druckauftrag für die Becher bestätigen.“

„Selbstverständlich“, antwortete ich lässig. „Text kommt später.“ Da dieser Charmebolzen noch immer keine Anzeichen zeigte, meinen Computer und mich in Ruhe unseren Job tun zu lassen, probierte ich es entgegen meiner Gewohnheiten mal mit einer direkten Aufforderung.

„Wenn ich dann bitte weiterarbeiten dürfte!“

„Bitte, mach dir meinetwegen keine Umstände, ich wollte jetzt sowieso erst mal zum Boss rein.“ Mit diesen Worten verließ er endlich das Büro. Dieser Idiot! Niemand von uns nannte Pièrre *Boss*, Pièrre selbst legte großen Wert auf Teamwork. Warum hatte er diesen Klugscheißer überhaupt eingestellt? Bis jetzt waren wir auch mit unseren beiden freien Mitarbeitern immer ganz gut gefahren. Leider halfen mir solche Überlegungen im Augenblick auch nicht weiter. Ich öffnete die Datei erneut und überflog unwillig die noch übriggebliebenen Brecht’schen Originalzitate.

„Erst kommt das Fressen, dann die Moral.“

An den Spruch erinnerte ich mich sogar noch aus meinem eigenen Deutschunterricht. Drei-Groschen-

Oper, hatten wir im Deutschleistungskurs gelesen. Kam diese Weisheit denn eigentlich wirklich von Brecht? Mir schwante, dass vielleicht Kurt Weill der wahre Urheber sein könnte. Doch von wem auch immer dieser Satz stammen mochte, ich konnte ihm nur zustimmen.

Mit einem selbstironischen Lächeln ging ich zum Kühlschrank und entnahm ihm einen großen Becher Schokocreme. Danach zog ich mir zusätzlich noch einen Marsriegel. Ich brauchte Energie. Schließlich hatte ich noch einiges vor: Den Spruch finden, mit Fred telefonieren und abends erwartete mich Judith. Bevor ich nach Hause ging, schaute ich noch ein letztes Mal bei Pièrre, dem *Boss*, vorbei. Es war zwar schon ziemlich spät, aber wir hatten in der Hektik der letzten Zeit nur wenig miteinander gesprochen. Ohne ein paar private Worte mit meinem Onkel gewechselt zu haben, wollte ich die Agentur nicht verlassen. Also klopfte ich pro forma kurz an und öffnete gleichzeitig die Tür zu seinem Büro, ohne sein „Herein“ abzuwarten. Mein Onkel stand mit einem Gesicht weiß wie Zahnpasta hinter seinem Bürostuhl und stützte sich schwer atmend auf dessen Lehne ab.

„Pièrre, ça va?“, stürzte ich ihm zur Hilfe.

„Laisse-moi!“, befahl er mir wütend und hob die freie Handfläche wie ein Stoppschild in meine Richtung. Ich hielt erschrocken in der Bewegung inne, blieb stehen und machte eine beschwichtigende Geste. Unbeholfen drehte er seinen Stuhl zu sich und ließ sich matt auf ihn plumpsen.

„Alles gut, alles gut“, sagte er matt. „Morgens und abends wird mir einfach manchmal ein wenig schwindelig.“ Er stockte einen Moment. „Außerdem habe ich Kopfschmerzen. Ich glaube, wir alle arbeiten ein wenig zu viel. Also los, lass uns Feierabend machen!“

Er stand auf, zog sich seine Jacke über und schob mich betont jovial in Richtung Haustür vor sich her. An der frischen Luft schien es ihm wirklich wieder besser zu gehen. Er war wohl einfach nicht mehr der Jüngste und das brachte offensichtlich Malaisen wie diese Kreislaufschwäche, bei der ich ihn ertappt hatte, mit sich. Plaudernd gingen wir noch ein Stück gemeinsam. Als er bei seinem Auto ankam, wirkte er zwar müde, aber ansonsten wieder gesund und fit.

Wir umarmten uns und eine halbe Stunde später stand ich vor Judiths Tür. Auf dem Weg zu ihr war Pièrres kurzer Schwächeanfall in meinen Gedanken schon ziemlich weit nach hinten gerückt. Die Aussicht auf Ems Besuch und die ungeliebten Karnevalsfeierlichkeiten hatte sich in den Vordergrund gedrängt und mich nervös werden lassen. Aufgeregt versuchte ich alle meine Vorhaben logistisch auf die Reihe zu bekommen. Nachdem ich Judith begrüßt hatte, fiel ich auch schon mit der Tür ins Haus.

„Hast du heute vielleicht ein Karnevalslied für mich?“, fragte ich sie, noch bevor sie sich ans Klavier gesetzt hatte. Ich bemerkte jetzt erst, wie wütend ich war. Ich musste unbedingt Dampf ablassen. Ich ärgerte mich, dass ich mich und Em zu diesem fragwürdigen Ärzteball zwangseingeladen hatte. Natürlich ließ sich meine Gesangslehrerin nicht im Geringsten aus der Ruhe bringen. Sie schlug eine Notensammlung auf und fragte mich, ob ich brasilianische Musik möge.

„*Girl from Ipanema*?“, antwortete ich und schob noch ein leicht gelangweiltes „Bossa Nova?“ nach.

„Ich dachte eher an Karnevalsmusik“, beharrte Judith. Und da begriff ich. Nicht nur Köln war eine Karnevalshochburg. „Ähm, stimmt, in Rio feiern sie ja auch Karneval.“

„Carnawau ...oder so ähnlich nennen sie es da“, kicherte Judith. „Wenn mich dein Onkel mal in Rente gehen lässt, dann werde ich portugiesisch lernen. Es ist eine wunderschöne Sprache. Aber bis dahin, bleibt uns zum Glück noch die englische Übersetzung: *Manha de Carnival ... A Day in the Life of a Fool.*“

„Oh, das hört sich genau nach mir an!“, scherzte ich. Doch plötzlich war Judith nicht mehr nach Späßen zumute.

„Kennst du diesen unglaublichen Film namens ‚Orfeu Negro‘?“

Ich schüttelte den Kopf und verbiss mir anzumerken, dass sie ein anderer Jahrgang war als ich.

„Musst du sehen, sehr ergreifend. Im Wesentlichen nimmt das Drehbuch den antiken Mythos von Orfeus und Euridice auf und verlegt ihn nach Rio während der Karnevalszeit. Die Titelmelodie wird ursprünglich von einem Mann, nämlich dem schwarzen Orfeu, gesungen. Er lebt in einer Favela auf einem Berg. Später zieht sich das Lied durch den ganzen Film und wird von ihm und seiner Geliebten immer wieder gesungen oder gesummt. Das klingt dann so ...“ Judith griff in die Tasten und stimmte mit ihrer hellen klaren Stimme eine zartbittere Melodie an, die mir tatsächlich vage bekannt vorkam.

„Wunderschön“, gestand ich. „Wie heißt das Lied nochmal?“

„Es hat viele Namen: *Orfeu Negro, Black Orpheus, Carnival Morning,* ich glaube es gibt sogar eine deutsche Schlagerfassung ...“ Judith wandte den Blick an die Decke und schien scharf nachzudenken. „Richtig, der deutsche Titel ist *Das Glück kam zu mir wie ein Traum,* aber am besten vergisst du das gleich wieder. Trotz des Einsatzes von vielen Rumbarasseln klingt die deutsche Version entsetzlich hölzern. Nein, nein, das ist nichts für uns. Aber die englische Fassung ist recht brauchbar. Sie heißt so wie der erste Vers des Songs: *A Day in the Life of a Fool.*

Judith spielte den Anfang der Melodie noch einmal langsam auf dem Klavier vor.

„Hm, für dich setzen wir das Ganze etwas tiefer."

„Gute Idee", stimmte ich ihr zu.

Ehrfurchtsvoll wollte ich mich gleich an das Lied machen, doch ich durfte nicht. Stattdessen musste ich die Melodie immer und immer wieder durch den Strohhalm blubbern und meine Stimme dabei wie eine Sirene nach oben schrauben.

„Durch die Nase atmen!" „Lippen runden!"

Gesangstechnik fürs Fußvolk.

Kapitel zwölf: Der Ball

Das Problem: Die neue Weinerlichkeit
Don't: Dich in Selbstmitleid suhlen. Raus aus der Kuschelecke!
Do: Plane die ersten Schritte deines neuen Lebens, fertige eine To-Do-Liste an und versetze dich in einen positiven Gemütszustand, indem du deine Erfolge visualisierst.
(Mehr dazu im ultimativen Beziehungsguide: So optimierst du dein Liebesleben, 17,50 Euro)

Dann war es soweit. Karneval in Köln. Ganz der Gentleman, der er in unserer Kindheit nie gewesen war, bestand Fred darauf, meinen sowieso federleichten Rucksack für mich die Treppen bis zu seiner Altbauwohnung hoch zu tragen. Ich ging vor und bemerkte, als ich mich zu ihm umdrehte, dass sein Haar bereits anfing, schütter zu werden.

„Wie schön, dass du mal Zeit findest, dein Brüderchen in Köln zu besuchen!"

„Hm." Ich betrat hinter ihm die Wohnung und schaute mich unauffällig in seiner Diele um, bemüht, etwas Positives zu sagen.

„Coole Wohnung."

Auch, wenn Fred nicht gerade als Prototyp eines redegewandten Talkshow-Moderators durchs Leben ging, war er nicht blöd. Außerdem können Geschwister manchmal Gedanken lesen.

„Cool im Sinne von leer, oder?", grinste er. Ich erwiderte sein Lachen, folgte ihm ins Wohnzimmer und ließ mich auf dem schwarzen, geräumigen Ledersofa gegenüber des riesigen Flachbildschirm nieder.

„Eigentlich ist die Wohnung viel zu groß für einen Junggesellen wie mich. Ich brauche fast schon einen Plan, um mich nicht zu verlaufen. Willst du was trinken?"

„Gern."

Fred verschwand in der Küche. Ich hörte die verräterischen Geräusche einer Espressomaschine. Stahl, Glas, Parkettboden, keine Blumen, Hanteln lagen in der Ecke, über dem Esstisch ein gerahmtes Foto vom Kölner Dom im goldenen Abendlicht.

„Und, was macht die Heimat?"

„Frag nicht, ich suche gerade einen flotten Spruch für den Jubiläumsbecher der Bert-Brecht-Schule am Stadtpark und kann das Wort Ruhrgebiet nicht mehr hören."

„Nimmst du ihn immer noch mit einem winzigen Schuss Milch, dafür aber mit Unmengen von Zucker?"

Aufmerksam. War das mein großer Bruder, vor dessen Faustattacken ich mich damals, wenn unsere Mutter außer Haus arbeitete, im Badezimmer hatte einschließen müssen? Mein Herz flog ihm noch mehr zu, als ich sah, dass er auch einen Teller mit Plätzchen neben die Becher gestellt hatte. Ich bediente mich gierig.

„Lecker."

Fred griff ebenfalls hungrig zu. Zufrieden schlürfend und kauend verbrachten wir die nächsten Minuten miteinander, ohne ein Wort zu sagen.

„Und, wie geht es deinen Patienten?", nahm ich nach zwei weiteren Keksen unser Gespräch wieder auf.

„Heute Morgen hatte ich eine dreizehnjährige Diabetikerin in der Notaufnahme. Sie hatte zum wiederholten Mal vergessen, sich Insulin zu spritzen. Ihre Augen sahen auch schon entsprechend angegriffen aus."

Ich fragte lieber nicht nach. Wenn Fred erst einmal anfing, über Medizin zu dozieren, hörte er nicht mehr auf. Außerdem wollte ich mir die leckeren Plätzchen nicht verderben lassen. Es waren nämlich die Teuren mit diesen richtig fetten Schokostückchen im Teig. Die gönnte ich mir nie.

Fred registrierte meinen Unwillen und wechselte das Thema.

„Soso, und meine Schwester hat ihr Herz für den Kölner Karneval entdeckt." Allmählich wurde unser Gespräch doch ein wenig anstrengend.

„Ja", kürzte ich ab. „Danke, dass du mich und Emily zur Ärztegala mitnimmst und uns anschliessend bei dir übernachten lässt."

„Aber sicher, kein Problem. Es gab noch einige Karten. Und deine Nicht-Verkleidung dürfte auch klar gehen."

Wie seltsam steif meine Gespräche mit Fred geworden waren! In den letzten Jahren ging es meist ausschließlich um Organisatorisches. Dabei waren wir uns damals als Kinder und sogar auch noch als Jugendliche so nah, dass wir uns über jedes kleine Alltagsdetail ausgetauscht, über jeden Quatsch zusammen gelacht haben. Vielleicht, so tröstete ich mich, würde Ems und mein Karvevalsbesuch Fred und mir helfen, uns wieder näher zu kommen.

Wie sich herausstellte, war meine „Nicht-Verkleidung" doch nicht so unproblematisch, wie Fred gedacht hatte. Als wir uns sechs Stunden später in die Schlange am Schokoladenmuseum einreihten, war ich die Einzige, die kein Kostüm trug. Ich hatte sogar ein Schild am Eingang gesichtet, auf dem von einer Strafgebühr bei nicht angemessenem Erscheinungsbild die Rede war. Das konnte doch nur ein Witz sein, oder?

Ich fühlte mich von Anfang an unwohl. Mir blieb die ganze Veranstaltung völlig fremd. Nervös verlagerte ich mein Gewicht von einem Fuß auf den anderen. Ich passte hier nicht rein, kam mir vor wie Aschenbrödel ohne Festtagskleid, während alle Frauen um mich herum sorgfältig geschminkt waren, ihr Haar kunstvoll aufgetürmt hatten und Kostüme aus feinsten Materialien trugen. Die Stoffe schienen echt zu sein, eine Annahme, die durch das begeisterte Flackern in Ems fachfrauischen Augen bestätigt wurde. All das war mehr als eine Nummer zu groß für mich. Ich fing an, mir Vorwände auszudenken, um die Gala möglichst schnell wieder verlassen zu können.

Zu dumm, dass Fred mein Bruder war, denn so musste ich auf den naheliegendsten Kniff, nahe Verwandte plötzlich sterben zu lassen, verzichten. Immerhin schien sich meine vor ein paar Tagen noch am Boden zerstörte, liebeskranke Freundin prächtig zu amüsieren. Das war auch zu erwarten gewesen: Em stand eigentlich immer, egal wo sie auftauchte, mit ihrem lockigen blonden Haar und ihrer tollen Figur sofort im Mittelpunkt. Der personifizierte Magnet für die testosterongesteuerte Männerwelt und zugleich das zu Fleisch gewordene Hassobjekt der konkurrenzorientierten Frauenwelt. Während Em unbefangen mit den anderen in der Schlange plauderte, merkte sie gar nicht, welche Rivalitäten sie um sich herum auslöste. Und selbst mein sonst eher wortkarger Bruder hatte Feuer gefangen: Er schwallte sie mit einem Fachvortrag, bei dem es vermutlich um irgendeine ansteckende Krankheit ging, zu. Emily lauschte den Ausführungen überraschend aufmerksam. Offensichtlich nickte und lachte sie an den richtigen Stellen, denn die Laune der beiden wurde immer ausgelassener. Ich kam mir überflüssig vor und beschloss die verlorene Zeit wenigstens beruflich zu nutzen, indem ich gedanklich noch ein wenig an der Präsentation des Malle-Duos feilte. Gerade als ich mir eine originelle Pose für ihr Künstlerfoto überlegte, waren wir an der Reihe. Fred zeigte unsere Karten einem Typen, der sich trotz seines hohen Alters, ich schätzte ihn auf siebzig plus, nicht zu blöd vorkam, als Musketier zu gehen. Inklusive wippenden Federschmucks am Hütchen und einem viel zu eng sitzenden Kniebundhöschen.

„Und diese Dame gehört zu Ihnen?“ D'Artagnon musterte mein Wangenherz mit missbilligendem Blick. Em half mir aus der Patsche.

„Aber ja, Monsieur“, wisperte sie mit dick aufgetragenem französischem Akzent und tiefem, wimperngetuschtem Augenaufschlag. „Ich benötige meine Zofe stets in meiner Nähe.“ Frech zog sie mich hinter sich her in das gläserne Foyer, in dem der Empfang stattfand. *Zofe!,* dachte ich empört. Fred dagegen nahm Ems Hand und flüsterte ihr ein „Gut gemacht!“ ins Ohr.

Ich musste hier raus, so schnell wie möglich. Zwanzig Anstandsminuten und dann würde ich mich verabschieden. Mein Sorgenkind unterhielt sich bestens. Und trotz meines miserablen Orientierungssinns würde ich den Weg zu Freds Apartment notfalls auch allein finden. Ich meine: wie schwer konnte das sein? Das Einzige, was ich jetzt wirklich brauchte, war ein wenig Zeit für mich. Einen Ort, an dem ich nicht unter Beobachtung und Smalltalkzwang stand. Auf zum Klo!

Genervt kämpfte ich mich durch die Menschenmenge. Auf der Suche nach den Toiletten kam ich an dem üppig bewucherten Tropenhaus vorbei, das mich gleich an Jurassic Park denken ließ. Neugierig versuchte ich die Tür zu öffnen, doch sie war wie erwartet abgeschlossen. Ich schlenderte an einem Speisesaal vorbei und gelangte zu einem weiteren Saal, in dem die Außenwand durch ein riesiges Panoramafenster ersetzt worden war. Mir bot sich ein großartiger Blick auf den Rhein samt dieser neumodischen Kranhäuser, von denen ich schon gehört hatte. Ein Caterer kam mit einem Tablett voller alkoholischer Getränke auf mich zu. Ich nahm ein Glas Sekt, das ich in schnellen, kleinen Schlucken leerte. *Na bitte,* sprach ich mir Mut zu. *Mit einer Kombination aus Klo, Sekttrinken und ‚Die-Aussicht-Genießen' sollte es dir doch möglich sein, auch diese Feier für noch weitere zwanzig Minuten zu überleben.* Danach, so plante ich, würde ich mich auf Menstruationsbeschwerden berufen, da konnte Fred wenigstens nicht mitreden, und endlich das Feld räumen. Vielleicht fand ich bei Fred ja noch Reste dieser leckeren Chocolate Chunk Cookies, die er mir bei meiner Ankunft angeboten hatte.

Gesagt, getan. Tapfer nahm ich ein weiteres Sektglas von einem vorbeieilenden Kellner entgegen. Mittlerweile wurden kleine Videofilme und zeitgeistige Fotografien auf Leinwände projeziert, die Belichtung gedimmt, Loungemusik gespielt. Judith würde diese ‚Fahrstuhlmusik', wie sie diese Art von Hintergrundgesäusel gerne nannte, mit Sicherheit ebenso in den Wahnsinn treiben wie mich.

Alle anderen Gäste außer mir schienen jedoch begeistert. Die Musik war offensichtlich ein abgesprochenes Startsignal, denn wie auf Kommando setzte sich eine Völkerwanderung in Richtung des aufwendig eingedeckten Speisesaals, an dem ich vor einigen Minuten vorbeigekommen war, in Bewegung. Auch mein Magen knurrte. „Schluss da", befahl ich ihm, leise zu sein, ließ mich aber immerhin dazu erweichen, noch einen weiteren Beruhigungssekt zu kippen. Heute Morgen hatte ich zwar herzhaft gefrühstückt, aber wenn ich diesen Zirkus in einer Viertelstunde verlassen wollte, hätte ich mich ansonsten ausschließlich von Sekt und Schokokeksen ernährt. Gab Schlimmeres. Ich öffnete mein Portemonnaie und überprüfte, ob mein Kleingeld noch für einen Döner auf dem Rückweg reichen würde.

„Hallo. Noch jemand, der Verkleidungen nichts abgewinnen kann."

Ich zuckte zusammen, fühlte mich ertappt. Während ich noch dabei war, meine Eurostücke zu zählen, kam der Fremde aus dem Zug bereits näher, grinste mich an und starrte mit unverhohlener Neugier auf das Foto von Fred und mir, das in der Klarsichthülle neben meinem Münzfach steckte. Im selben Moment eilte eine Bedienung, diesmal eine junge Frau mit hüpfendem Pferdeschwanz, an uns vorbei.

„Kann ich zwei Gläser haben?", wandte sich meine Zugbekanntschaft an das Mädchen. Die lächelte freundlich und hielt ihm das Tablett hin, das Mr Mojo elegant und selbstbewusst um eine Sektflöte und ein Glas Rotwein erleichterte. Ich starrte ihn fassungslos an. Verdammt, wie hieß Mojo noch in Wirklichkeit? Zum Glück fiel es mir wieder ein.

„Lars?"

„Prost Béatrice, Rotwein weder gemixt noch geschüttelt. Nieder mit den Uniformen!"

Ich schaute ihn verwirrt an und nahm den Wein entgegen. *Sekt auf Wein, soll so sein.*

„Du trägst ebenfalls kein Kostüm", bemerkte ich beim Anstoßen.

„Meine kleine gesellschaftliche Selbstmordaktion ist mir auch teuer zu stehen gekommen. Der Robin Hood am Eingang hat mit glatt zwanzig Euro Strafe abgeknüpft. "

„Nicht wahr!"

„Doch. Aber musstest du denn nichts bezahlen?"

Ich schüttelte den Kopf, nahm noch einen Schluck und begann, nach dem unerwarteten Wiedersehen langsam meine Fassung wiederzuerlangen. Nachdem ich meiner Verblüffung halbwegs Frau geworden war, löcherte ich Lars mit Fragen.

„Was machst du denn hier? Bist du ein in Köln ansässiger, aber aus Karlsruhe stammender Karikaturen zeichnender Arzt?"

Er blickte mich einen Moment so ernst an, als wolle er mir eine schlimme Nachricht überbringen, doch dann prustete er los.

„Oh nein, soweit kommt's noch. Ich wohne in Essen, arbeite dort für mehrere Agenturen, halte aber auch manchmal Workshops im ganzen Land ab. Dieses Semester bin ich Gastdozent an einer Privatschule für Gestaltung in Karlsruhe. Na, hast du schon Fragezeichen in den Augen?"

Lars lehnte sich zu mir herüber und strahlte mich an. Dann schien er einen lustigen Einfall zu haben, jedenfalls lachte er kurz auf: „Um dich komplett zu verwirren, könnte ich dir auch noch zeigen, warum ich hier bin. Hast du einen Augenblick Zeit?"

Ohne meine Antwort abzuwarten, nahm er meinen Arm und zog mich gegen den Strom der Essensgäste hinter sich her. „Okay, fünf Minuten habe ich noch", stammelte ich.

Meine Aufenthaltsdauerberechnungen hatten sich noch nicht den neuen Gegebenheiten angepasst. Mein Hirn lief noch auf der Schiene, dass ich eigentlich auf dem Weg war, Fred und Em aufzusuchen, um mich von ihnen und diesem grässlichen Ball zu verabschieden. Ursprünglich hatte ich ja geplant, mich stattdessen bei Fred zu Hause gemütlich über die Kekse herzumachen. Doch irgendwie liefen alle meine sorgfältig ausgetüftelten Pläne gerade aus dem Ruder. Während ich noch versuchte, den Überblick zu bewahren und mich darauf einzustellen, dass Lars der Karikaturist plötzlich wieder in mein Leben getreten war, blieb er so ruckartig stehen, dass ich beinah in ihn gelaufen wäre.

„Guten Abend, Herr Kube." Ein mittelalter Mann in einer römischen Toga und einem neongrünen Lorbeerkranz aus Plastik auf dem Haupt, der wie die Lichter eines Weihnachtsbaums an und aus ging, hielt Lars auf.

„Guten Abend, Herr Professor Doktor Treibner." Mojo gab Cäsar überrumpelt brav die Hand. *Wenn er jetzt noch einen Diener andeutet, mache ich mir vor Lachen in die Hose,* schoss es mir durch den Kopf. *Sieh mal an, jeder Freigeist hat seine Grenzen!* Ich merkte, dass ich am liebsten albern losgegackert hätte. Dass ich Sekt und Wein durcheinander getrunken hatte, machte sich deutlich bemerkbar.

„Das ist ja reizend, dass Sie heute Abend zu unserem Ball in Begleitung erschienen sind."

Auffordernd schaute der Imperator erst Mojo, dann mich an. Eine peinliche Minute des Schweigens und Wartens folgte. Ich konnte ein Kichern kaum noch unterdrücken. Dann legte Lars seinen Arm besitzergreifend um mich.

„Das ist Béatrice, Professor Doktor Treibner. Béatrice, das ist Professor Doktor Treibner, einer der Organisatoren des Balls."

Dieser Treibner hatte gute Augen. Als er meine Hand nahm, fiel ihm gleich mein Ehering auf.

„Frau Kube. Ist mir ein Vergnügen, Sie kennenzulernen." Ich wollte gerade lachend das Missverständnis klären, als ich bemerkte, dass Lars stocksteif neben mir stand und die Situation nicht im Geringsten lustig fand. Ich verstand nicht, warum er mich nicht einfach als eine Bekannte vorstellte. Im beruflichen Kontext schien Lars ernster als sonst aufzutreten, sich unter Druck zu fühlen. Ich jedoch spürte die Folgen des Sekts und genoss die Idee, ein wenig Verwirrung auf dem Maskenball zu stiften. Der Spaß verging mir, als ich Freds Stimme hinter mir hörte, gefolgt von Ems etwas angespannt klingendem Lachen.

Ich stieß Lars in die Rippen.

„Es tut mir sehr leid, Professor Doktor Treibner, aber würden Sie uns wohl entschuldigen. Mein ..." Ich stockte einen Moment und improvisierte. „Mein Partner wollte mir noch etwas zeigen." Lars starrte mich entsetzt an. Er war so bleich wie die weißen Felsen von Dover.

„Wie interessant! Was denn?" Der Mann erinnerte mich an jemanden. Genau, an Derrick aus der mittlerweile zum Kult gewordenen Fernsehserie. Dieser Herr Professor Doktor schien ebenso gründlich wie Horst Tappert zu sein. Er ließ einem nichts durchgehen.

Mit einmal entspannte sich Lars. „Die Palme, die ich für die Einladung skizziert habe", erklärte er stolz. „Ich habe sie natürlich etwas entfremdet, mit roter Nase und Mundschutz dem Anlass angepasst."

Freds vertraute Stimme kam immer näher. Bald würde ich mich in seinem Blickfeld befinden. Wie ich ihn einschätzte, kannte er unseren Professor Doktor Treibner sogar. Was für eine Katastrophe, wenn er unsere kleine Verwechslungsnummer mit einem Kommentar wie *„Herr Professor. Diese Betrügerin ist nicht verheiratet, schon gar nicht mit ihrem Begleiter"* auffliegen lassen würde!

Etwas zu übereifrig versuchte ich unsere Flucht voranzutreiben.

„Genau, die Palme. Ich kann sie mir doch nicht entgehen lassen und würde sie am liebsten jetzt sofort sehen."

„Na, dann nichts wie hin. Folgen Sie mir doch bitte!" Mit diesen Worten schob der Medicus uns genau in die Richtung, aus der ich Fred Stimme und Ems Lachen gehört hatte. Gleich würden sie mich entdecken. Was sollte ich nur tun?

„Einen Moment noch. Mein Schuh ..." Schnell ging ich in die Hocke und beschäftigte mich konzentriert mit den nicht vorhandenen Schnürsenkeln meiner Ballerinas. Doch der kleine Trick hatte tatsächlich funktioniert, Mojo plauderte angeregt mit Treibner und ich vernahm kurz darauf Freds Stimme erst fast neben mir und dann am hinteren Ende des Saals. Ich konnte gefahrlos wieder auftauchen. Unbeeindruckt von meiner Kniebeuge, nahm Professor Doktor Doktor Geheimrat Treibner schnell Fahrt auf und dirigierte uns zur Tür des Tropenhauses. Wortlos schloss er sie auf, zwinkerte Lars zu und ließ uns allein.

Wir betraten das Gewächshaus und mein Begleiter zog schnell die Tür hinter uns zu. „Das ist wichtig, denn sonst entweichen die Wachteln, die hier als natürliche Insektenfresser gehalten werden."

Ich kam mir vor wie Alice im Wunderland. Alles klar, Wachteln als Insektenfresser ...

Das Gewächshaus empfing uns mit schwerer, nasser Luft und so tropischen Temperaturen, dass ich gleich zu schwitzen anfing.

„Wo geht es denn jetzt hin, Cowboy?", gab ich mich forscher als ich mich fühlte. Niemand wusste, wo ich abgeblieben war. Während sich die Kölner High Society den Wams vollschlug und sich dann dem jecken Programm auf der Bühne hingab, könnte mich der vermeintliche Lars Kube an seiner geliebten Palme mit einer Liane aufknüpfen, ohne dass es irgendjemand mitbekäme. *Maman* hatte mich immer gewarnt, niemals mit fremden Männern mitzugehen. Erst am nächsten Morgen würde die kreischende Putzfrau durch Zufall meine Leiche finden und, ohne zu zögern, Derrick auf seinem Handy anrufen. Befangen stolperte ich hinter Mojo her.

„Komm, Béatrice. Es ist nicht mehr weit."

„Du hast vielleicht Nerven. Ich glaube, du bist genau die Art von Mann, vor der mich meine Mutter immer gewarnt hat!"

Unvermittelt drehte er sich um. „Erzähl!"

„Hört Drogenmusik, trägt schulterlanges Haar, ist ledig, gibt sich aber als verheiratet aus."

Ich sollte vorsichtiger formulieren, Letzteres traf eher auf mich selbst zu. Ein indiskretes Eigentor.

„Uhhhi, ganz schön gruselig, oder?", grinste er. Dadurch, dass er es ausgesprochen hatte, löste sich meine Ängstlichkeit in Luft auf. Stattdessen fand ich Gefallen daran, ihn ein wenig zu necken.

„Halb so schlimm, wenn man auf Tim Burton steht."

„Aber solche Filme sehen sich dein Mann und du nicht so gerne an?"

Billig, Mojo, da hätte ich dir mehr zugetraut. So leicht ließ ich mich nicht provozieren.

„Filme? Wo denkst du hin. Nach der Tagesschau geht es schnurstracks ins Bett. Schließlich wollen wir am nächsten Tag ausgeruht unsere Arbeit gewissenhaft erledigen."

Diese Wärme um mich herum machte mich ganz schläfrig. Meine halbe Stunde Präsenzpflicht lag schon lange hinter mir.

„Was hältst du davon mich jetzt einfach nach Hause gehen zu lassen?"

„Hier ist sie." Fast zärtlich strich Lars den langen rauen Stamm einer hohen, gerade gewachsenen Palme entlang. Oben erahnte man Kokosnüsse unter den Blättern. Ich ließ meine Handfläche ebenfalls über die Borke gleiten.

„Pass bloß auf! Du weißt ja, es werden mehr Menschen von Kokosnüssen erschlagen, als von Haien angegriffen", warnte Lars mich.

Nahm Mojo mich auf den Arm oder stimmte das? Hörte sich gefährlich nach einem Zitat aus der Rubrik „Unnützes Wissen" an.

„So, Lars, ich fürchte, es ist an der Zeit, dich zu outen."

„Du meinst, wie bei unserem kleinen Quiz auf der Wippe?"

„Nein." Ich lehnte mich lässig an den Stamm seiner Palme. „Ich meine eher so wie, ich habe dir deinen

Arsch bei unserer Begegnung mit dem Treppner gerettet und dafür bist du mir etwas schuldig." Mojo kam näher.

„Treibner", flüsterte er.

„Wie bitte?"

„Der gute Mann heißt Treibner", informierte er mich heiser.

Mit einmal schlug die Stimmung um. Es war heiß und stickig. Das machte sich auch an Lars Hemd bemerkbar, das feucht an seinem Oberkörper klebte und verwirrende Rückschlüsse auf einen ausgesprochen attraktiven Körperbau zuließ. Gegen meinen Willen übernahmen meine Hormone das Denken für mich. Ich hatte eigentlich gedacht, *Wet-T-Shirt-Contests* seien nur für Männer erotisch. Der Sand von Mallorca und so. Doch jetzt erfuhr ich am eigenen Leib, dass dieses Privileg nicht dem starken Geschlecht vorbehalten war.

Lars' gut gebauter Oberkörper war das Eine, doch als ich in seinem Gesicht auch noch diese kleinen Schweißtröpfchen ausmachte, die auf seiner Stirn standen, war es um mich geschehen: Gegen meinen Willen flackerten beunruhigende Bilder vor meinem inneren Auge auf, die mich dabei zeigten, wie ich Lars salzig schmeckende Haut hingebungsvoll ableckte. Nur mit größter Anstrengung vermochte mein Hirn diesen Softporno auszubremsen.

In der Realität stand Lars mittlerweile so nah vor mir, dass ich sein frisch gewaschenes Haar riechen konnte. Himmel hilf, für den Ball hatte er seine Strubbelfrisur extra ordentlich zurechtgelegt. Süß! Ich faltete meine Hände sicherheitshalber hinter meinem Rücken fest zusammen und erinnerte mich daran, wie mich *maman* früher immer mit strenger Stimme ermahnt hatte: „Nur gucken, nicht anfassen!"

Ich atmete erleichtert auf, als Lars die Spannung zwischen uns ein wenig löste, indem er in einem lässig-natürlichen Tonfall (etwas, zu dem ich längst nicht mehr in der Lage gewesen wäre) fragte: „Was hältst du von Wahrheit oder Pflicht für Erwachsene?" Er stellte sich vor mich und versperrte mir dadurch meine Fluchtmöglichkeiten.

„So ein Quatsch!", wehrte ich ihn barsch ab, konnte dabei aber meinen Blick nicht von seinen schön geschwungenen Lippen nehmen.

„Aber warum denn nicht? Es ist einen Versuch wert. Du darfst auch anfangen: Wahrheit oder Pflicht?"

„Wahrheit!", versuchte ich den Bann zu brechen, indem ich uns wieder auf den Boden der nüchternen Tatsachen zurückführte: „Was hat es mit der Palme auf sich?"

Er grinste, zögerte erst und erklärte mir dann kurz und bündig, was Sache war: „Wie du schon weißt, bin ich für mehrere Agenturen in Essen tätig. Professor Doktor Treibner bat uns, Einladungskarten für die Kölner Gala zu gestalten. Mein Job. Ich habe diese Palme skizziert und als Icon mit roter Clownsnase und Mediziner-Mundschutz für den Ball verwendet. Sie taucht zum Beispiel auch auf den Servietten wieder auf."

„Ich dachte, du hasst Kostümbälle?"

„Sorry, Code Red, deine Fragezeit ist bereits um. Jetzt bin ich dran. Ich wähle Pflicht: Küss mich!"

Während ich noch überlegte, wie er auf *Code Red* kam (Comic, Videospiel oder Computerfilm?), näherten sich seine Lippen meinem Mund. Mir wurde heiß und kalt vor Vorfreude. Er küsste vermutlich ganz hervorragend!

Doch dann wurde ich Opfer meiner ureigenen Schizophrenie. Ich verwandelte mich zur Wettkampfarena zwischen Großhirn und Unterkörper. Beide fingen an, sich in mir einen unbarmherzigen Machtkampf zu liefern und machten mich dadurch handlungsunfähig.

Zuerst ging mein Kopf auf kontra: *Was? So geht ,Wahrheit oder Pflicht' doch gar nicht*, ließ mein Verstand irritiert verlauten.

Warm und weich werden sich Lars Lippen anfühlen, schwärmte gleichzeitig mein Bauch und veranlasste, dass meine Lippen sich leicht öffneten.

Und damit stand es zwischen Hirn und Leib eins zu null. Mein Hirn hielt die Klappe und ließ meinen Körper die Führung übernehmen. Meine Augen schlossen sich, und ich lehnte mich Lars entgegen.

Lars konnte tatsächlich fantastisch küssen. Nicht zu fest, nicht zu labbrig und vor allem ohne Knabbern an der Unterlippe. Phil hatte ewig auf meinen Lippen herumgebissen, bis sie am Ende ganz wund waren. So als sei er ein Wellensittich und ich ein Hirsekolben. Ganz merkwürdig.

Wie so vieles zwischen uns ziemlich schräg gelaufen war... Em hatte mich von Anfang an gewarnt. Hätte ich auf sie gehört, wäre mir viel Leid erspart geblieben. Trotzig kuschelte ich mich enger an meine Zugbekanntschaft, genoss die Anonymität. Keine Verpflichtung, nur ein Spiel.

Ich fühlte den feuchten Schweißfilm auf seiner Haut, als ich meine Hand neugierig unter seinem Shirt verschwinden ließ. Auch er tastete sich vorsichtig auf dem ihm unbekannten Terrain vor. Seine Bartstoppeln kitzelten ein wenig, als er eine unsichtbare Linie an meinem Hals herabküsste. Doch als seine Lippen Ziel auf meine Brüste nahmen, machte es *pling* in meinem Kopf und mein Hirn schaltete sich wieder an.

Verstand versus Versuchung. Eins zu eins. Unentschieden.

„Hey", sagte ich und wich einen Schritt zurück. „Was machst du da?" Er kam unbeeindruckt auf mich zu und streichelte meine Wange. „Code grün. Wir tun das, was uns Spaß macht." Und schon legten sich seine Lippen erneut auf meinen Mund. Meine Knie wurden schwach, Gänsehaut überzog meinen Arm. Mein Körper wollte eindeutig mehr, aber Pech gehabt, mein Kopf ließ sich nicht wieder abschalten, sondern blieb unnachgiebig auf Stand-By.

Zwischenergebnis: Eins zu zwei fürs Hirn.

„Sorry. So geht das nicht." Ich riss mich los und tippte ohne weitere Erklärung auf meinen Ehering. Die Geste erfüllte ihren Zweck. Mit einem Schlag waren wir beide wieder nüchtern.

„Okay, dann begleite ich dich besser wieder zurück."

Nein, schrie mein Unterkörper. Er flehte mich an, nicht so verbissen und engstirnig zu sein.

Doch das letzte Aufbäumen des Bauchs blieb erfolglos. Der Kopf hatte gesiegt.

„Das sehe ich genau wie du. Ich finde, wir sollten gehen", informierte ich Lars. Für alle Körperteile unterhalb meines Bauches fügte ich noch innerlich hinzu: *Nachricht angekommen? Schluss mit lustig!*

Endergebnis: Eins zu zwei fürs Hirn. Die Moral hat gewonnen! *Romantic Freezing*! Basta!

Wortlos liefen wir zur Eingangstür zurück. Lars machte das Licht aus und zog die Tür hinter uns zu. Vermutlich würde er seinen Auftraggeber gleich darüber informieren, dass er sie wieder abschließen könnte. Und dann standen wir beide ziemlich ernüchtert auf der anderen Seite der Glastür und überlegten, wie wir uns am besten voneinander verabschieden sollten. Aus dem Speisesaal drang ein dreifacher Tusch, Gelächter und tosender Beifall. Als die Karnevalsgeräusche verstummten, hörte ich Fred nach mir rufen.

„Béatrice, da bist du ja endlich."

Mein Bruder kam auf uns zu gerannt.

„Wo bist du denn gewesen? Em und ich haben dich schon gesucht."

Bevor ich dazu kam zu antworten, kam auch meine Freundin auf uns zugestürzt.

„Hier hast du dich also herumgetrieben." Sie warf einen schnellen Blick auf Lars und schaute mich fragend an. „Kaum lässt man dich allein", suggerierten mir ihre Augen, jedoch weniger vorwurfsvoll als anerkennend.

„Setzt euch doch zu uns an den Tisch!"

Ich reagierte blitzschnell. „Tut mir leid, ich wollte es euch sowieso schon sagen, mir geht es nicht gut. Fred, ich gehe schon einmal vor. Du kommst dann einfach nach. Amüsiert euch, macht euch keine Gedanken über mich." Ich wollte nur so schnell wie möglich weg. Lars gehörte nach Süddeutschland, weit weg, auf irgendwelche kafkaesken Spielplätze, aber nicht nach Köln, eine Stunde entfernt von Bochum. Er war ein Mann, der mir ernsthaft gefallen könnte. Ich hätte ihm vor Phil begegnen sollen, damals, als ich noch naiv und schwärmerisch war. Aber nicht jetzt. Nein, ich wollte meinen Plan nicht aufgeben. Männer gehörten nicht in mein Leben, sie taten nur weh und brachten Unglück.

„Also", klinkte sich Lars ein, „ich wollte dann auch gehen. Nett, euch alle kennengelernt zu haben."

„Habt ihr denn schon gegessen?", fiel ihm Em ins Wort.

„Nicht wirklich", gestand Lars und ich merkte, dass er anfing, Ems Charme zu verfallen. Wie alle Männer. Sie war einfach die Frau auf den ersten Blick. Hübsch, freundlich und scheinbar unkompliziert. Ich spürte einen Messerstich im Magen. Nach langer Zeit wieder einmal. Dabei hielt ich mich eigentlich für geheilt, seitdem ich der Männerwelt abgeschworen hatte.

„Ich schon", log ich. Nichts wie weg.

„Aber Béatrice, du kannst doch nicht schon gehen!", wunderte sich Fred.

Lars starrte Fred an. Ich sah förmlich, wie seine Gehirnzellen arbeiteten „*Du* bist der Mann von dem Foto", wandte er sich an meinen Bruder.

„Welches Foto?", fragte Fred verwirrt nach. Ich schaute Lars ebenfalls verwundert an. Wovon sprach er?

„Dem aus deinem Portemonnaie", half er mir auf die Sprünge.

„Also, ich muss jetzt wirklich gehen", beeilte ich mich zu sagen. „Es ist schon spät."

Während ich mich umdrehte, hörte ich noch, wie ein Clown Fred freundlich ein Lotterielos anbot, doch der wehrte den Tombola-Menschen unwirsch ab. Ich sah ihm an, dass seine Geduld zu Ende war und er darauf brannte, möglichst schnell zurück zur Bühnenshow und zu seinen Ärztekumpeln zurückzukehren.

„Aber ich hätte gerne ein Los", meldete sich Lars. „Heute ist mein Glückstag", erklärte er der Runde und schaute mich dabei etwas länger als die anderen an. Er zahlte und griff in eine aus bunten Legosteinen rekonstruierte Version des Schreins der Heiligen Drei Könige. Ich nutzte den Moment, an dem er einen mit Konfetti verzierten Briefumschlag herausfischte, um mich endgültig zu verabschieden.

„Leute, lasst uns essen gehen", drängelte Fred und umarmte mich halbherzig. „Du findest allein hinaus, oder?"

„Klar", beruhigte ich ihn. „Bin kein kleines Mädchen mehr, sondern habe mittlerweile ein Navi im Kopf." Ich küsste Em auf beide Wangen.

„Ist das okay, wenn ich noch ein wenig bleibe?", fragte sie mich. „Ich fahre dann mit Fred zurück. Ich freue mich schon darauf, heute ordentlich einen draufzumachen und mich ohne Lenny morgen früh einmal so richtig ausschlafen zu können. Weck mich ja nicht! Später würde ich aber sehr gerne auf dein Angebot zurückkommen, mir die Stadt von dir zeigen zu lassen."

„So machen wir das", bestätigte ich ihr. „Wir schauen mal, wie fit du bist, wenn du nachmittags aus dem Bett gekrochen kommst. Also dann, amüsiere dich gut!" In Gedanken war ich schon ganz woanders. Sollte ich mir ein Taxi gönnen oder die öffentlichen Verkehrsmittel benutzen? Doch dann fiel mir zum Glück noch ein, dass ich keinen Schlüssel hatte.

„Fred? Gibst du mir den Schlüssel?"

„Natürlich, ach, schau mal, ich habe sogar noch meinen Ersatzschlüssel dabei." Fred friemelte einen Schlüssel aus seiner Tasche, während er Em nachschaute, die sich eifrig mit Lars und unterhielt und mit ihm in Richtung Restaurant verschwand.

„So, hier sind der Haus- und Wohnungsschlüssel. Das Bett ist frisch bezogen, ich habe dir dein Zimmer ja schon gezeigt. Em werde ich das Gästezimmer anbieten."

„Alles klar. Vielen Dank und viel Spaß!"

Fred gab mir in dem Augenblick ein Küsschen, als sich Lars nach mir umsah, mir kurz zuwinkte und dann den anderen hinterherlief.

Ich fühlte mich so aufgedreht und hibbelig, dass ich beschloss, das Taxigeld zu sparen und lieber zu Fuß zu Freds Wohnung zu laufen. So schwer konnte das nicht sein. Im Prinzip immer am Rhein entlang und dann würde ich den Dom schon sehen. Glücklicherweise hatten die Architekten den Hauptbahnhof, sehr zur Freude aller Touristen ohne Orientierungssinn, narrensicher genau neben den Dom gesetzt.

Als ich allein am Rhein entlanglief, wurde mir aber doch etwas mulmig zumute. Immerhin war es schon spät am Abend. Hin und wieder leuchteten die Scheinwerfer eines Autos auf oder ein Frachtschiff fuhr an mir vorbei, aber das war es auch schon. Die Fenster der Wohnhäuser lagen im Dunklen. Niemand, an den ich mich im Notfall wenden konnte. Doch was sollte ich tun? Da musste ich durch! Ich versuchte meine unmittelbare Umgebung, wie beispielsweise das versteckte Liebespaar dort hinten auf der Bank, einfach auszublenden.

Beim Näherkommen bemerkte ich, dass es sich nicht um Liebende handelte, sondern um Obdachlose, die sich ihren Schlafplatz richteten. Ich zwang mich, die beunruhigende Gegenwart zu ignorieren und stattdessen in schönen Erinnerungen zu schwelgen. Eine Strategie gegen die Angst, die sich schon häufiger bewährt hatte. Und so kam es, dass mein Körper zwar durch die verlassenen Straßen irrte, mein Kopf aber im Tropenhaus weilte.

Meine Gefühle für diesen Lars hatten mich mit einer Wucht erwischt, mit der ich kaum umzugehen verstand. Bis jetzt hatte ich mich fast immer vernünftig verliebt. Was nicht hieß, dass ich mich nur braven Musterschülern vor die Füße geworfen hatte, natürlich nicht. Aber ich hatte schon darauf geachtet, dass mein Schwarm und ich uns tatsächlich etwas zu sagen hatten.

Amour fou-Dramen hatte ich immer Em überlassen. Sie hatte mir anschaulich gezeigt, wohin hirnloser Überschwang der Emotionen führte. Erst hieß es drei Wochen Strohfeuer und dann drei Jahre Asche zu Asche. Solche Affären rechneten sich einfach nicht. Zuviel Leid und Herzschmerz für ein bisschen Leidenschaft. Aber klar, trotz aller Vorsicht wusste ich schon, wie sich Verliebtheit anfühlte. Schließlich hatten Phil und ich uns geliebt, sehr sogar. Aber eben nicht so wild, sondern nach einem unter uns vereinbarten internen Regelwerk. Wir gingen ins Kino, er führte mich zum

Essen aus, ich machte mich schön für ihn, wir hörten gemeinsam Musik und tranken Wein.

Doch Lars stellte all das auf den Kopf. Mit ihm war die Zeit stehen geblieben, die Möglichkeiten schienen unendlich. Diese Offenheit machte mir Angst. Sie war so unberechenbar. Wenn Phil der Macher im Rampenlicht war, dann stand Lars für den unsichtbaren Dieb in der Nacht, der seine Umgebung beobachtet und sich so gut anpasst, dass er in ihr verschwindet. Er beunruhigte mich, oder genauer gesagt: Die intensiven Gefühle, die ich für ihn entwickelte, beunruhigten mich, zumal sie mich an die Heftigkeit meines Trennungsschmerzes denken ließen.

Was hatte ich gelitten, wie sehr hatte ich mich zum Affen gemacht, um noch einmal mit Phil sprechen zu können. Und jetzt, da ich endlich, endlich ein wenig über ihn hinweggekommen war, warf ich mich schon wieder Hals über Kopf in die Arme des Nächsten? Das fühlte sich nicht gut an. Die Wunde war noch nicht richtig verheilt, der Schmerz war kaum zu ertragen gewesen, warum ließ ich mich schon wieder auf dieses fragwürdige Gefühlswirrwarr ein? Je höher die Erwartungen, desto schmerzhafter die Enttäuschung. Ich wollte mich verstecken, kein Risiko mehr eingehen. Am besten mein ganzes Leben lang nicht mehr. Allerdings schien mein kleines freches Herz das anders zu sehen. Es machte Anstalten zu rebellieren, drohte aus seinem von mir verordneten Dornröschenschlaf zu erwachen.

Zu dumm, denn Lars war genau der Typ, dem ‚Risiko' mit Großbuchstaben auf der Stirn geschrieben stand. Mit Typen wie ihm kannte ich mich nicht aus. Freakig, philosophisch, unkonventionell. All das war unbekanntes Terrain für mich. In meiner Familie hießen die Schlüsselwörter zuverlässig, geradlinig, vorhersagbar. Ich hörte *maman* angesichts der unorthodoxen

Lebensweise, die Lars pflegte, geradezu: *Finger weg!* schreien. Sie hätte ihn niemals gutgeheißen. Ich zwang mich, den Schmetterlingen im Bauch die Flügel auszureißen, ehe sie auf die Idee kommen könnten, sich länger bei mir einzunisten.

Andererseits ... Ich hatte einmal in einer theoretischen Abhandlung gelesen, dass Extrempositionen sich an den Rändern berührten und gar nicht so unterschiedlich seien, wie man es auf den ersten Blick vielleicht vermuten würde ...

Endlich war ich zu Hause angekommen. Müde schleppte ich mich die Treppen zu Freds Apartment hoch und begab mich dann so schnell es ging in die Horizontale. Im echten Leben durfte ich mich nicht verlieben, aber in meinen Träumen war alles erlaubt.

Kapitel dreizehn: Verliebte Freundinnen

Das Problem: Bist du verliebt oder leidest du an ADHS?
Don't: Deine Gefühle unter dem Mikroskop sezieren und sie mit deinen Freundinnen totquatschen, denn sonst verdünnisieren sie sich.
Do: Genieße den Rausch solange er anhält!
(Mehr dazu im ultimativen Beziehungsguide: So optimierst du dein Liebesleben, 17,50 Euro)

Am nächsten Morgen wachte ich, obwohl es Sonntag war, wie gewohnt zur besten Bürozeit auf. Allerdings unterschied sich meine Laune eindeutig von meiner typischen Morgenlaune während der Arbeitswoche. Mir ging es bestens, ich hätte zwei Marathons in Folge laufen können!

Obwohl ich an einem fremden Ort genächtigt hatte, hatte ich tief geschlafen und wunderschön geträumt. Ich reckte mich und stand auf, um das Fenster zu öffnen. Moment mal, wundervoll geträumt? Vielleicht sollte ich noch liegen bleiben und ein wenig länger in der Traumwelt schwelgen. Manchmal ließen sich die Bilder sogar noch optimieren. Palmen, Meer, ein geheimnisvoller Fremder, Bananen, Küsse, Schwimmen, Wärme. Ich musste nicht Sigmund heißen, um zu erraten, wer für meine schwülen Träume verantwortlich war.

„Schwesterchen, bist du wach?" Fred stand vor meiner Tür. Schnell zog ich mir einen Sweater über mein riesiges Schlaf-T-Shirt und öffnete die Zimmertür.

„Ja", gähnte ich „gerade aufgewacht."

Mist, an den Ärmeln waren die Nähte sichtbar, ich hatte das Teil auf links angezogen.

„Das hört man, deine Stimme macht Marla Glenn Konkurrenz."

„*Mais non, mon frère. Je suis Nina. Nina Simone*", konterte ich in der tiefsten Stimmlage zu der ich fähig war.

„*À table, Nina. Le petit déjeuner est preparé.*"

Frédéric und ich sprachen so gut wie nie Französisch miteinander. Manchmal tauschte ich ein paar französische Sätze mit meinem Onkel aus, aber niemals mit Fred. Doch dieser Morgen war irgendwie magisch. Alles war möglich und ich fühlte mich meinem Bruder sehr nah.

Als unsere Mutter im Sterben lag, hatten wir, ohne uns groß abzusprechen, die Aufgaben so verteilt, dass er für alles Medizinische und ich für alles Pflegerische zuständig war. Wir hatten einfach funktioniert, gemacht, was zu tun war. Gesprächen unter Geschwistern, etwa darüber, wie es uns mit der belastenden Situation, der eigenen Mutter beim Sterben zuzusehen, ging, waren wir bewusst aus dem Weg gegangen.

Doch jetzt, mit Abstand zu dieser schwierigen Zeit, fühlte ich mich Fred schwesterlich enger verbunden als in den letzten Jahren. Als ich in die große Wohnküche schlürfte, berührte es mich zu sehen, wie liebevoll er den Tisch für uns beide gedeckt hatte. So wie früher bei uns zu Hause stand auch jetzt das Wichtigste wohlgeordnet auf seinem Platz: Der Honig und die rote Marmelade standen rechts, Butter und Toastbrot links und direkt vor uns zwei Riesenbecher randvoll mit aromatisch duftendem Kaffee.

„Hast du gestern Nacht noch gut nach Hause gefunden?", bemühte sich mein Bruder Konversation zu machen. Ich nickte und nahm einen großen Schluck aus dem dampfenden Becher. Das Koffein ging sofort ins Blut und ich fühlte mich noch wacher.

„Und du? Bist du noch länger geblieben?"

„Oh ja, es war ganz interessant meine Kollegen mal anders als im weißen Kittel zu sehen, aber so lange wie deine Freunde habe ich nicht durchgehalten."

„Meine Freunde?" Mein Herz fing an im Turbotempo zu pochen.

„Die schöne Emily und der Zottelige."

Ich stand kurz vor einem Herzinfarkt.

„Ach ja? Erzähl mir mehr!" Meine Finger krallten sich so panisch an der Tasse fest, dass die Knöchelchen bereits weiß wurden.

„Keine Ahnung, ich habe kaum mit ihnen gesprochen, hatte aber das Gefühl, dass sie sich ganz gut amüsierten."

Das durfte nicht wahr sein. Hallo, Em? Erik hat dich gerade erst abserviert und schon fällst du auf den nächsten Mann herein. Auf *meinen* Mann! *Ich* hab' ihn im Zug entdeckt! *Mich* hat er im Tropenhaus geküsst!

Ganz ruhig bleiben!

„Machst du mir zwei Toastbrote?", bat ich Fred, um Zeit zu gewinnen. Dann bemerkte ich, dass der Brotschlauch bis auf ein paar Scheiben bereits leer war. Fred folgte meinen Blicken und lachte gutmütig.

„Macht nichts, Em hat mich gestern noch gebeten, sie ausschlafen zu lassen, dafür würde sie gerne auf das Frühstück verzichten. Du kannst also so viele Scheiben Toastbrot verdrücken, wie du schaffst. All you can eat, Schwesterchen!"

Und ob! Ich gönnte Em keinen noch so kleinen Restkrümel. Doch gerade als ich mich anschickte, in das doppelstöckige warme Meisterwerk mit frisch verlaufender Butter und goldgelben Honig zu beißen, stand meine Freundin in ihrem Nachthemd in der Tür und verdarb mir den Appetit.

„Guten Morgen“, flötete sie in einer unnatürlich hohen Tonlage.

Oh nein, es hatte sie wieder erwischt.

„Hi“, erwiderte ich betont cool und nahm einen großen Bissen, nicht aus Hunger, sondern um nicht weiter reden zu müssen. Mein Mund schwieg, aber jede Zelle in meinem Körper schrie ihr dieselbe Botschaft zu: *Hände weg!*

„Gehen wir gleich auf unsere Sightseeing-Tour durch Köln?“

„Mmm“, murmelte ich mit vollem Mund so neutral wie möglich.

„Ich könnte drei Kölner Dome besteigen, so viel Kraft habe ich!“

„Soso.“ Ich könnte mich in den Hintern beißen. Dieser bescheuerte Flohmarktring! Dieses alberne Phantasialandfoto! Wem sollte ich Vorwürfe machen? Ich war selbst schuld. Lars war ein anständiger Kerl, der selbstverständlich einen Bogen um gebundene Frauen machte. Moralisch einwandfreies Verhalten. Zugegeben, nicht sofort unmittelbar im Affekt, aber dafür später, sobald all das wallende Blut wieder den Weg nach oben, zurück ins Hirn gefunden hatte. Kaum dass sein Verstand wieder eingeschaltet war, ließ er die ‚verheiratete‘ Frau fallen und hielt sich stattdessen an ihre ledige, objektiv sowieso viel hübschere Freundin. Gut gemacht! Summa cum laude!

Ach, wäre er doch nur durchgefallen!

„Okay, Fred, machst du mir auch zwei Scheiben Toastbrot?“ Mein Bruder blickte mich an und zog entschuldigend die Augenbrauen in die Höhe.

„Bin eh schon fertig mit frühstücken“, informierte ich ihn und nahm einen letzten großen Schluck Kaffee aus der Riesentasse.

„Hab nur noch eine Frage.“ Em merkte, dass sie mich auf dem falschen Fuß erwischt hatte.

„Warst du schon mal in Barcelona?"

Ich schüttelte den Kopf und wünschte einen Tornado oder eine andere Naturkatastrophe herbei, die mich von diesem Gespräch erlösen würde.

„Leute", Em starrte uns mit großen Augen theatralisch an. „Fred, hast du Bea schon von Lars' Tombolagewinn erzählt?"

Mein Bruder schüttelte den Kopf und schaute in seine Kaffeetasse.

„Béatrice, du wirst es nicht glauben, aber Lars hat den Hauptgewinn gezogen. Du bist, glaube ich, gerade gegangen, als das passiert ist."

Ich erinnerte mich vage an eine Tombola im Schokoladenmuseum.

„Zwei Wochen Barcelona für zwei Personen", sprudelte es aus meiner Freundin heraus.

„Toll", sagte ich tonlos und hasste das Kopfkino, das sofort in meinem Hirn loslegte. Em druckste noch ein wenig herum und dann polterte sie mir im Stakkato die Unglücksnachricht direkt ins Gesicht: „Er Hat Mich Gefragt, Ob Ich Ihn Begleiten Will!"

„Toll", sagte mein Bruder ebenso tonlos wie vorher ich. Ich schaute ihn irritiert an. Konnte ihm doch egal sein, was zwischen Em und Lars lief. Oder hatte er etwa beim Frühstück etwas von den Schmetterlingen in meinem Bauch mitbekommen?

„Fred, du hast Béatrice gerade vom Ball verabschiedet und ihr die Wohnungsschlüssel gegeben, als Lars sein Los geöffnet hat. Er war verblüfft, dass er bei der Tombola etwas gewonnen hat. Erst später am Abend wurde bekanntgegeben, dass es für ihn und eine Partnerin seiner Wahl nach Barcelona geht. Naja, und da wir uns so gut amüsiert haben, hat er mich gefragt, ob ich mit ihm käme", erklärte Em meinem Bruder geduldig wie eine Erzieherin, die mit einem begriffsstutzigen Kind spricht.

Das Flattern der Schmetterlinge in meinem Bauch endete abrupt. Die zarten Tierchen waren soeben gepfählt worden. Ich kam beim Tempo von Ems Männer-Hopping nicht mehr mit.

„Ich denke, du wolltest es mal mit jemandem Soliden versuchen", flüsterte ich fassungslos. Plötzlich kam mir der Gedanke, dass meine Freundin Ähnlichkeit mit einem Lemming hatte, dieser süßen kleinen Wühlmaus, die sich auf ihrer obsessiven Suche nach einem Zuhause in den Tod stürzt.

Em nickte eifrig, legte ihre Hand auf meinen Arm. „Ist *Fast Lars* auf seine Art auch, wenn man seinen Schutzwall aus Humor durchbricht."

„*Fast Lars*?"

„Ja, sein Nickname als Schnellzeichner ist *Fast Lars*."

„Nickname, Schnellzeichner?" Ems Informationslawine war eindeutig zu *fast* für mich.

„Moment mal, ich dachte Lars ist Karikaturist, macht Illustrationen? Was weiß ich, so in Richtung Zeichnungen von der menschlichen Anatomie für Medizinbücher ..." Ich überlegte. „Oder skurrile Eintrittskarten mit Clownspalmen." Mein Hirn arbeitete deutlich langsamer als sonst, vielleicht eine Auswirkung des Schocks, unter dem ich stand. „Comics. Hat er nicht etwas von Karikaturen und Comics erzählt?"

Doch bevor es mir gelang, Ems Tempo zu drosseln, bombardierte mich meine Freundin schon mit weiteren Details.

„Jaja, er hat ein Praktikum bei den Disney Studios in Paris absolviert."

„Wann hat er dir denn das alles erzählt?"

Wieder spürte ich, wie die Eifersucht mich stach. Diesmal war es kein wuchtiges einmaliges Zustoßen, sondern viele kleine spitze und schmerzhafte Stiche wie von einer Handvoll Akupunkturnadeln. Mojo war *meine* Zufallsbekanntschaft. Mit *mir* hatte er diese romantisch-unwirklichen Momente geteilt! Mein Gott, meine emotionale Entwicklung war auf das Niveau meines dreijährigen Patensohns herabgesackt. *Béatrice*, rief ich mich selbst zur Ordnung, *männerfreie Zeit! Erotische Askese. Bekenne dich zu deinem selbstgewählten Romantic Freezing!* Großherzig ermahnte ich mich, meiner besten Freundin ein wenig Spaß zu gönnen.

Tat ich aber nicht.

Unbeirrt brabbelte Em weiter.

„Also, wir haben gestern Nacht beim Abendessen ewig miteinander gequatscht. Danach haben wir getanzt, das heißt, er hat mir eher beim Tanzen zugesehen, naja, und dann hat er mich nach Barcelona eingeladen." Sie schenkte mir ein schiefes Grinsen.

„Disney Studios also", warf ich nachdenklich ein, um sie zum Thema zurückzubringen. Die Masochistin in mir konnte nicht genug Infos über den Mann, der mich nicht mehr wollte, in Erfahrung bringen.

„Richtig, Disney Studios Paris. Also, wo war ich stehengeblieben? Dort hat er ein Praktikum angefangen, doch kurze Zeit später wieder abgebrochen. Lars meint nämlich, dass Zeichentrick keine Zukunft habe, da alles nur noch unter dem Zeichen der Computeranimation stünde. Jedenfalls, jetzt kommt das Beste: Er hat mir gezeigt, dass er immer sein Skizzenbuch mit dabei hat. Immer, wohin er auch geht. Ist das nicht wahnsinnig niedlich?"

Mist! Ich selbst konnte bezeugen, dass sie zumindest mit dem Skizzenbuch recht hatte. Ich hatte mit meinen eigenen Augen gesehen, wie Lars damals im Zug diese herzallerliebste Familienszene mit Kaa für die Ewigkeit festgehalten hat. Darüber hinaus hing ein weiteres Beweisstück seiner exklusiv handgezeichneten Produktionen bei mir zu Hause an der Wand.

Em redete und redete. Wie ein Wasserhahn in einem öffentlichen Klo, der immer weiterläuft, ohne dass sich jemand dafür verantwortlich fühlt, ihn wieder auszudrehen.

„Und wenn er Geld braucht, dann zeichnet er Karikaturen in der Fußgängerzone, aber nicht nach einem Foto, sondern nach dem lebenden Modell. Außerdem verdient er auch Geld, indem er Skizzen bei Hochzeitsfeiern macht."

Ich hörte gar nicht mehr richtig hin. Es kam mir seltsam vor, dass Ems *Fast Lars* und mein Mr Mojo ein und derselbe Mann sein sollten.

Em erzählte nur, was ihre neuste Eroberung abenteuerlich und sexy erscheinen ließ. Mit mir hingegen hatte Lars eher darüber gesprochen, dass er für verschiedene Agenturen arbeite, Workshops anbot und Dozent sei. Was bezweckte er mit dieser gegensätzlichen Selbstdarstellung? Oder lag es daran, dass Em und ich charakterlich völlig anders gestrickt waren und die Welt um uns herum dementsprechend unterschiedlich wahrnahmen?

Wie ein hyperaktives ADHS-Kind rutschte ich unruhig von einer Pobacke auf die andere.

„Wie sieht es denn zwischen dir und Lars aus?"

„Wieso willst du das wissen?"

Ich zögerte. Darum, dachte ich trotzig. Es ist doch total offensichtlich. Alle Männer, die mir etwas bedeuten, nehmen vor mir Reißaus, wenn es ernst wird. Schon bei meinem Vater war es so. Kaum bin ich auf der Welt, verlässt er die Familie. Phil ebenso. Kaum, dass ich meinen Koffer für Berlin packe, macht er Schluss. Und jetzt Lars. Kaum, dass wir uns geküsst haben, verliebt er sich in meine Freundin.

Em schaute mich auffordernd an. Doch sie war natürlich die Letzte, mit der ich diese Gedanken teilen wollte, darum tat ich so, als würde ich aus rein freundschaftlichem Interesse fragen.

„Wegen deiner Neujahrsbeschlüsse. Also, spuck's aus: Seid ihr ein Paar?"

Em kicherte vielsagend, warf Fred einen verschämten Blick zu, drückte sich aber vor einer direkten Antwort. Ich versuchte, sie in die Ecke zu drängen.

„Ja oder nein?"

„Was hast du ihm denn überhaupt alles Komisches erzählt?", öffnete sie die Büchse der Pandora. „Diese seltsame Story mit dem Flohmarktehering kenne ich ja bereits. Ich muss dir nicht noch einmal sagen, was ich davon halte, aber irgendwie dachte Lars auch noch, du wärst mit Fred verheiratet."

Ich war einen Moment verwirrt, doch dann verstand ich. Das Foto in meinem Geldbeutel von Fred und mir! Lars hatte unsere innige Pose darauf gesehen und eins und eins zusammen gezählt. Mein Plan, mich als verheiratet auszugeben, hatte noch besser geklappt, als ich erwartet hatte.

„Wie bitte?", mischte sich Fred mit angeekeltem Gesicht in das Gespräch ein. „Das wäre doch Inzest."

„Eben!"

Em sah mich strafend an. Doch ich ließ mich nicht aus dem Konzept bringen und bohrte nach. Ich wollte unbedingt wissen, wie der Beziehungsstand zwischen den beiden war.

„Weich nicht aus! Was läuft da zwischen euch?"

Ich erhielt unerwarteten Beistand von Fred. „Ja, das würde mich allerdings auch interessieren."

Doch aus mir unerfindlichen Gründen wollte sich meine Freundin nicht festnageln lassen. Unsicher mied sie jeglichen Blickkontakt, drehte sich um und machte sich mit irgendetwas auf dem Küchentresen zu schaffen.

„Er will mit mir für vierzehn Tage nach Barcelona in ein Doppelbett-Zimmer fahren." Sie drehte sich wieder um und kam zu uns an den Frühstückstisch zurück. „Was gibt es da noch weiter groß zu fra ... Bea, wollen wir dann nicht mal los?"

Demonstrativ nahm sie ihren dreckigen Teller in die Hand, um ihn zur Spüle zu tragen.

„Lass ruhig stehen!", bot ihr Fred an und erhob sich. „Ihr solltet keine Zeit verlieren. Köln ist groß und meine Schwester überaus gründlich."

„Stimmt!", sagte ich mit einem gezwungenen Grinsen. Tatsächlich hatte ich unsere kleine Sightseeing-Tour sorgfältig geplant. Ich riss mich zusammen. „Pass auf. Bevor wir aufbrechen, gebe ich dir noch ein paar wesentliche Informationen über Köln."

„Sorry, Ladies, ich ziehe mich mal zurück, muss noch arbeiten", verabschiedete sich mein Bruder.

„Kommst du denn nicht mit uns?", fragte Em. Sie schien ehrlich enttäuscht.

„Aber nein, beim Dombesteigen bekomme ich immer Muskelkater in den Waden. Aber ich komme später noch zum Bahnhof. Zum Winken. Wann geht's denn zurück?"

„Ich nehme den NRW-Express. Er fährt um 16.56 Uhr von Gleis drei ab", informierte ich Fred.

„Und mein IC nach Ulm fährt hier um viertel nach fünf ein", ergänzte Em.

„Okay, also, bis später." Fred verschwand in den hinteren Teil seiner geräumigen Wohnung und wir breiteten uns auf der Couchgarnitur in seinem Wohnzimmer aus.

„Also hier habe ich einen Stadtplan für dich vorbereitet", setzte ich lustlos an.

„Wow, du hast den Plan ja bunt angemalt!"

Das stimmte, ich hatte mir wirklich Mühe gegeben. Das Projekt ‚Köln-Erkundigung mit Em' stammte noch aus besseren Tagen. Und zwar aus der Zeit, als ich uneigennützig dachte, meine Freundin benötige jedes bisschen Farbe und Aufmunterung, das sie kriegen konnte, um über Erik hinwegzukommen. Nüchtern erklärte ich ihr das System.

„Also, die Grundidee ist folgende: Jede Stadt hat offizielle und inoffizielle Sehenswürdigkeiten. Die offiziellen sind hier natürlich der Dom und die romanischen Kirchen."

Em nickte zustimmend und gab die gelehrige Schülerin. „Rote Kreise stehen also für die offiziellen Sehenswürdigkeiten."

„Genau. Aber wie wir wissen, sind die wirklich wichtigen Hotspots eher die Inoffiziellen."

„Nämlich die Orte, die einem helfen, in der City zu überleben", merkte Em an. Sie hatte sofort begriffen, auf was ich hinauswollte. Eifrig legte sie den Finger auf eine solche Stelle.

„Blau unterstrichen."

„Exakt. Erstens: Öffentlich zugängliche Klos, die nichts kosten, zentral liegen und selbst bei geringer Ekelschwelle gut zu benutzen sind. Die diesbezügliche Top-Adresse befindet sich in Köln direkt am Hauptbahnhof. Siehst du, hier!" Ich tippte auf das blau unterstrichene Wort Domforum.

„Höchste Sternzahl für Zentralität, Begehbarkeit und Sauberkeit. Allerdings gibt es eine Einschränkung. Judith meinte, man könne das Klo im Domforum seit kurzem nicht mehr kostenlos benutzen, sondern müsse nun fünfzig Cent berappen. Also, so ganz aktuell scheint mein Plan dann doch nicht mehr zu sein."

„Kein Problem, wir können ihm heute noch ein Upgrade verpassen. Wow! Was für eine irre Idee, so ein Stadtplan. Solltest du dir patentieren lassen!" Em legte sich mächtig ins Zeug, um gute Stimmung zu machen. Dermaßen gelobt, fuhr ich etwas freundlicher weiter fort: „Zweitens: Das billigste Kölsch, das dennoch schmeckt ..."

„Verstehe, sozusagen die Füllung, derer man sich dann später auf dem Klo wieder entledigt", kalauerte Em holprig. Ihre Bemerkung war zwar nicht sonderlich geistreich, erfüllte aber ihren Zweck. Ich merkte, wie die Spannung zwischen uns allmählich abnahm.

Um einiges versöhnlicher als noch vor ein paar Minuten brachte ich meinen Satz zu Ende:

„... bekommst du in diesem Brauhaus." Ich zeigte ihr den entsprechenden Ort auf der Karte.

„Auch blau unterstrichen, sehr sinnig."

„Es gibt da jedoch auch ein Problem. Das Brauhaus ist leider auch gleichzeitig die Hochburg des Kölschen Schnurrbartmannes."

„Nicht unser Typ. Wo tummeln sich die attraktiven Männer?"

„Hier in der Ehrenstraße. Das ist die unangefochtene Top-Adresse!" Ich tippte auf besagte Stelle in der Nähe des Rudolfplatzes, merkte gleichzeitig aber, dass die mühsam errungene Leichtigkeit wieder aus unserem Gespräch entwich. Und so beeilte ich mich, auf Unverfängliches zurückzukommen.

„Drittens: Klamotten. Die großen Modekaufhausketten aus Skandinavien und Spanien findest du hier. Konsumtempel für armselige Lohnarbeiterinnen wie uns, die nicht das nötige Geld für wirklich stylishe Looks haben."

Em sah mich pikiert an. Ich erinnerte mich an die Mode für den reiferen Kurgast in Überlingen und schluckte. Es war nicht gerade einfach, die Minenfelder unserer Freundschaft zu umschiffen.

„Viertens: Cafés. Ich weiß, das amerikanische Kaffeeunternehmen hier am Friesenplatz ist ambivalent."

„Stimmt, es ist an sich schon ein Witz, dass US-Amerikaner vorgeben, Ahnung von Kaffeekultur zu haben."

Uff, endlich hatten wir wieder ein Thema gefunden, zu dem wir beide dieselbe Meinung vertraten.

„Findest du es nicht auch oberpeinlich , wie die Kellner einen erst nach dem Vornamen fragen, um einem dann später das fertige Gebräu mit persönlicher Anrede in die Hand drücken zu können?“

„Absolut. Aber dieser ‚Mocha‘ ist leider wirklich ein echtes Highlight, könnte ich glatt drin schwimmen.“ Oje, ich hörte mich so angestrengt locker an wie ein Dialog aus „Sex in the City“. Höchste Zeit, rauszugehen.

Eine Stunde späterer drängelten wir uns am Hauptbahnhof durch die vielen verkleideten Jecken aus der ganzen Republik zu den Schließfächern durch.

„Lass uns schnell von hier verschwinden!“, schlug Em vor. „Ist mir zu voll.“

„Finde ich auch“, stimmte ich ihr zu. Wir verstauten hastig unser Gepäck und schlugen uns dann über die windige Domplatte Richtung Altstadt durch. Brav zeigte ich Em die malerischen Häuschen und Gässchen. Em machte ein Bild nach dem anderen mit ihrem Handy. Erst hatte sie den Dom fotografiert, dann die seltsam kostümierten und angeheiterten Karnevalsnarren in der Fußgängerzone und jetzt die alten Fachwerkhäuser. Ich befürchtete schon, das Sichtfenster ihres Handys würde an ihrem Auge festwachsen. Doch als wir uns aufmachten, den Dom zu besteigen, verstaute sie ihr Handy endlich wieder in ihrer Handtasche, um beide Hände frei zu haben.

Hundertsiebenundfünfzig Meter, dreihundertdreiunddreißig Stufen. Kölns härtestes Fitnesstraining. Das kleine Treppenhaus war so eng, dass ich schon befürchtete, Platzangst zu bekommen, als sich auch noch der Gegenverkehr von oben an uns vorbeiquetschte. Mit dem Schweißgeruch unserer Miteroberer in der Nase passierten wir zahlreiche mehrsprachige Graffitis und schraubten uns hartnäckig immer weiter auf der buckligen Wendeltreppe den Turm hinauf. Kurz bevor wir oben ankamen, fiel mir zu allem Übel wieder ein, dass das Schlimmste noch vor uns lag: Der letzte Streckenabschnitt mit den durchsichtigen Stufen! Diese Stelle rief bei mir wie immer Schwindelgefühle hervor, während Em gänzlich unbeeindruckt weiterhüpfte.

Normalerweise lohnte sich der mühevolle Aufstieg. Wenn man oben ankam, erwartete einen eine atemberaubende Aussicht. Nur nicht heute. Nachdem Em und ich uns bis zur Plattform durchgekämpft hatten, sahen wir enttäuschend wenig. Kein Wunder, es herrschte typisch deutsches Vorfrühlingswetter: Fiese Temperaturen, Nieselregen und eine Wolkendecke aus Beton. Doch die miserablen Sichtverhältnisse hielten weder Em noch unsere Leidensgenossen davon ab, weitere Wagenladungen von Fotos zu verschießen. Mittlerweile war es schon Nachmittag geworden. Ich spürte, dass ich erschöpft, hungrig und durstig war. Eine fatale Mischung, gegen die unbedingt etwas unternommen werden musste, und zwar schnell! Als wir den Turm wieder heruntergestiegen waren, führte ich Em direkt zu meiner Lieblingseisdiele um die Ecke.

Ich ging dort öfter hin, wenn ich in Köln war, und hatte sie darum auch blau markiert. Zum einen gab's hier den weltbesten *Cappuccino italiano* (der jegliche US-amerikanischen ‚Mochas' in den Schatten stellte), zum anderen hingen an den Wänden und an der Decke Spiegel statt Tapeten. Zusammen mit den Kronleuchtern wirkte das Ambiente so wunderbar kitschig und kuschelig, dass ich mich dort gut aufgehoben fühlte. Doch das Allerbeste an dem Café war, dass es sich auf einem diskreten Schild im Schaufenster als karnevalsfreie Zone outete.

Emily ließ sich müde auf eine Eckbank fallen, schaute sich um, lächelte anerkennend und gähnte unbefangen vor sich hin. Nach den anstrengenden touristischen Aktivitäten sagten wir erst einmal gar nichts, sondern gaben uns ganz unserer Bestellung hin. Wir löffelten das Zitroneneis sorgsam aus der Schale, um es anschließend genüsslich auf der Zunge schmelzen zu lassen. Ein perfekter Moment von Freundschaft und Ruhe. Jenseits aller tiefschürfender Konversation schien das Leben plötzlich ganz leicht. Em schien das ähnlich wie ich zu empfinden, denn sie sagte noch immer kein Wort, sondern drückte lediglich meine Hand. Etwas später brachen wir zum Bahnhof auf, um Fred nicht zu lange warten zu lassen.

„Du hast es gut, Bea", seufzte Em, als sie Fred auf uns zukommen sah. „Ich hätte auch gerne einen Bruder. Noch dazu so einen netten wie deinen!"

Ich war froh, dass sich unser Gespräch wieder alltäglicheren Themen zuwandte.

„Ach, weißt du", wiegelte ich ab, „so toll ist das Geschwisterleben auch nicht. Früher haben wir *maman* mit unseren Zankereien regelmäßig in den Wahnsinn getrieben. Erst seitdem wir in verschiedenen Städten leben, können Fred und ich wie zivilisierte Menschen miteinander umgehen."

Wir schlossen die Schließfächer auf und als wir unser Gepäck heraus hievten, stand Fred auch schon neben uns.

„Lasst mich mal machen!" Er nahm meinen Rucksack, Emily schulterte ihren und wir schlenderten gemeinsam zu Gleis drei. Wenig später fuhr der NRW-Express ein. Beide winkten mir nach, als sich mein Zug in Bewegung setzte.

Ich schaute nachdenklich aus dem Fenster, während wir erst langsam über die Hohenzollernbrücke ruckelten, dann Tempo aufnahmen und uns ziemlich flott meiner Heimatstadt Bochum näherten. Mittlerweile würden Em und Fred schon am Bahnsteig auf den Zug in Richtung Süddeutschland warten. Arme Emily! Während ich in gut neunzig Minuten zu Hause wäre, würde sie vermutlich nicht vor Mitternacht in Überlingen ankommen. Und ihren Sohn würde sie sogar erst am nächsten Tag beim Abholen von der Kita wiedersehen. Plötzlich durchfuhr mich ein beunruhigender Gedanke. Aller Wahrscheinlichkeit nach würde sie mich demnächst fragen, ob ich meinen Patensohn während der zwei Wochen Barcelona zu mir nach Bochum nehmen könnte. Er musste schließlich von irgendwem betreut werden, während sie sich in Spanien mit Lars vergnügte.

Am nächsten Tag hatte ich schlechte Laune. Ich quälte mich durch die Routineaufgaben und starrte immer wieder auf die Bürouhr. Die Zeit floss so zäh wie dreckiges Spülwasser durch einen verstopften Abfluss. Judith verließ die Agentur als Erste.

„Vergiss nicht: wir sollten mal wieder an dem letzten Lied feilen“, flüsterte sie mir im Vorbeigehen zu, bevor sie sich auf den Heimweg machte. Ich war ihr dankbar für ihre Diskretion. Es musste ja nicht jeder mein Stimmbildungstraining mitbekommen. Mein Bruder hatte mich schon genug damit aufgezogen. Er hatte am Tag meiner Ankunft an der Badezimmertür gelauscht, während ich hinter verschlossener Tür gerade dabei war, hingebungsvoll meine Lippentriller und Sirenen zu üben (die Akustik in einem gekachelten Bad ist und bleibt einfach unübertroffen!).

„Komm doch morgen Abend vorbei“, bot sie mir an.

„Abgemacht“, nickte ich Judith zu. Ich wollte so gerne über meinen Kuss im Tropenhaus sprechen, wusste aber nicht mit wem und wie. Em schied offensichtlich aus, mein Bruder sowieso, nur mit Judith konnte ich indirekt über die Songs auch etwas über mein Gefühlsleben preisgeben. Sie ging außerordentlich geschickt auf vage Andeutungen ein und bestärkte mich, ohne auf Details zu dringen. Diese verschlüsselte Art des Austausches hatte viele Vorteile. Sie bot nicht nur einen emotionalen Schutzraum für mich, sondern ermöglichte es auch, dass Judith und ich beruflich nach wie vor ungezwungen miteinander umgehen konnten.

So kam es, dass ich am zweiten Arbeitstag nach dem Kölner Karnevalswochenende trotz der vielen Aufträge auf die Minute genau Schluss machte. Ich machte mich zu Hause kurz frisch, packte die Noten ein, steckte das Geld für den Gesangsunterricht in einen Umschlag und kaufte noch eine große Tüte warmer Mutzemandeln beim Bäcker. Mit all diesen Utensilien beladen stand ich erwartungsvoll vor Judiths Tür und wartete bibbernd darauf, dass sie mir öffnete.

„Ah, da bist du ja, komm rein."

Ich drückte Judith mein Gastgeschenk in die Hand und folgte ihr durch die Wohnung, die mir mittlerweile ziemlich vertraut war. Judith nahm das Gebäck dankend entgegen.

„Was hältst du davon, dass wir uns erst um das Singen kümmern und uns danach stärken?"

Ich nickte: „Mir ist auch schon aufgefallen, dass sich mit einem vollen Bauch schlecht singen lässt."

Nach ein paar Aufwärmübungen, diesmal ohne Strohhalm, sang ich das erste Mal die Melodie mit Text: *„A day in the life of a fool. A sad and a long lonely day."*

„Schon nicht schlecht", lobte meine strenge Lehrerin.

„Setz aber nicht ab, wenn es nach oben geht, sondern schraub deine Stimme spiralförmig nach oben." Während ich es ein zweites Mal probierte, dachte ich an die klaustrophobische Dombesteigung.

„Hm, der Ton hört sich sehr gepresst an."

Nicht nur mein Ton hörte sich krampfig an. Ich war angespannt und das Lied wühlte mich zusätzlich auf. In dem Text ging es um jemanden, der es verbockt hatte. Jemanden, der seine Chance gehabt, aber nicht wahrgenommen hatte. Ach, wäre ich doch nur ein bisschen mehr wie Em und würde nicht so lange fackeln, sondern einfach zugreifen, wenn mir ein attraktiver Kerl über den Weg lief! Doch das konnte ich nicht. Beim Liebeswerben verhielt ich mich genau wie beim Gesangsunterricht: Mein Kopf verknotete sich und ich wurde immer gehemmter. So feige, dass ich bei Schwierigkeiten wie ein kleines Mädchen wegrannte. Wie Aschenputtel bei den Gebrüdern Grimm. Nur dass einem im richtigen Leben der Märchenprinz nicht folgte, sondern einen links liegen ließ, um sich der nächstbesten Frau an den Hals zu werfen. Ende schlecht, alles schlecht. Ich seufzte laut auf.

„Hallo Bea ...Wo bist du?"

Ich wischte mir selbstmitleidige Tränchen aus den Augen und wandte mich Judith zu.

„Manchmal vermasselt man die besten Gelegenheiten."

Judith schaute mich aufmerksam an und wartete auf eine Erklärung. Doch ich wollte mich nicht noch verletzlicher zeigen. Das wäre noch schöner, wenn ich mich bei unserer Sekretärin ausheulen würde!

„Das Leben kann ganz schön hart sein", hörte ich mich sagen. Das klang allerdings ebenfalls falsch, so als spräche ich mit der Lebensweisheit eines Joe Cockers. Ich wollte gerade die Dramatik mit ein wenig Selbstironie verwässern, als Judith mir antwortete.

„Traurig. Es kann ganz schön traurig sein." Judith hielt ihren Blick starr auf die Noten vor sich gerichtet, hing dabei aber offensichtlich selbst melancholischen Gedanken nach.

„In diesem Film, aus dem dein Lied stammt, gibt es noch einen weiteren Song mit dem Namen *Felicidade*."

„Lass mich raten: Das Glück?"

„So ist es. In dem Lied wird behauptet, dass die Traurigkeit niemals ein Ende findet, wohl aber das Glück. Das ist immer nur von kurzer Dauer."

„Erstaunlich." Ich schaute meine Lehrerin irritiert an. „Wenn ich an Brasilien denke, denke ich eher an fröhliche Sambamusik oder Bossa Nova, aber nicht an so eine traurige Lebenseinstellung."

„Sing *A Day in the Life of a Fool* doch jetzt nochmal und denke an seine unterschwellige Traurigkeit."

„Du meinst, ich sollte zarter singen."

„Versuche es einfach mal. Ganz leise und beiläufig, als ob du durch ein Fenster schaust und zu dir selbst sprichst."

Judith schlug die ersten Töne auf eine seltsam fedrige, verhaltene Art an und ich versuchte, es ihr stimmlich nachzumachen. Ich sang nur an mich selbst gerichtet, probierte einen verträumten Gesangsstil aus.

„Genau so! Das ist es! Viel, viel besser. Die meisten denken, man müsse brüllen wie ein Rockstar, um Gefühle zu transportieren, aber manchmal ist eine schlichte Kopfstimme ebenso effektvoll. Eine Menge Bossa-Nova-Stücke klingen so leicht und sanft wie ein hüpfender Tischtennisballs." Judith imitierte ein hohes nasales „Ping" gefolgt von einem tieferen, genauso leichtfüßig artikuliertem „Pong".

Ich verglich Em und mich in Gedanken. Em war die schillernde Soulsängerin, die Freude und Leid in die Welt hinausschrie. Ich hingegen fiepste meine Befindlichkeiten in mein Kopfkissen hinein.

Wir sangen das Lied noch einmal und übten den Anfang gesondert, da es mir unmöglich schien, die oberen Töne ohne Anstrengung zu bekommen. Judith ließ mich die Stelle einige Male allein durchgehen und verschwand kurz in die Küche. Etwas später kehrte sie auch schon wieder zurück.

„Okay, ein letztes Mal noch und zum Schluss gebe ich dir noch einen Tipp, den ich von unserer Chorleiterin bekommen habe. Wenn du mit der Stimme hochgehst, versuche mit deinem Körper gleichzeitig leicht in die Knie zu gehen."

Ich ging nicht nur leicht in die Knie, sondern so tief, dass ich Turnvater Jahn Konkurrenz machte. Doch das half alles nichts. Mein letzter Versuch, die hohen Töne ungezwungen intonieren zu wollen, misslang genauso wie sein Vorgänger, hörte sich sogar noch schlimmer an. Am liebsten wäre ich sofort nach Hause gegangen. Dünnhäutig wie ich mich fühlte, konnte ich keine weitere Niederlage mehr ertragen.

Doch Judith goss mir erst einmal einen frisch aufgebrühten Kaffee ein und bot mir meine eigenen Mutzemandeln an, die sie zuvor noch einmal im Ofen aufgebacken und frisch mit Puderzucker bestäubt hatte. Der Geruch des Gebäcks hatte etwas Beruhigendes, der Zuckerflash verkleisterte vorübergehend die Löcher meiner Seele.

„So, schau mal, hier ist die *Orfeu Negro*-DVD. Ich habe sie damals im Ausverkauf einer Videothek gefunden. Eine uralte Fassung. Original mit englischen Untertiteln".

Sie hantierte ein wenig an ihrem Fernseher herum und dann ging es los. Zusammen saßen wir auf der Couch und starrten auf die Mattscheibe. Schon nach ein paar Minuten kam unser Lied. Der Held trug es seiner Geliebten vor, während er sich selbst auf der Gitarre begleitete. Im Hintergrund hörte man Sambarhythmen und das ganze Dorf schien mit Karnevalsvorbereitungen beschäftigt zu sein. Kinder spielten, Ziegen sprangen durch die ärmliche Hütte. Der Schauplatz war ein Hügel, von dem aus man auf eine Großstadt und das Meer sehen konnte. Vermutlich ging es um Rio, nahm ich an. Ich konnte verschwommen diese berühmte große Jesusfigur erkennen.

Der alte Film tröstete mich. Vielleicht gerade deshalb, weil er knisterte und in der Originalsprache gezeigt wurde, sodass weder Judith noch ich irgendetwas von den nicht untertitelten Songtexten verstanden. Aber das machte nichts. Im Gegenteil, auf diese Weise hielten uns die Wörter nicht vom Wesentlichen ab.

Das Gefühl von Liebeskummer drang aus jedem Pixel und dieses universelle Problem verstand jeder Mensch auch ohne Übersetzung. Wir alle hatten es am eigenen Leib erlebt: Die Dichter der Antike, die Bewohner einer brasilianischen Favela, eine Französin aus Marseille, die es mit ihrem Bruder ins Ruhrgebiet verschlagen hatte, eine schon ältere Sekretärin mit einem Faible für Jazzschnulzen und ihre untalentierte Schülerin, der es nicht gelang, ihre Stimme zu optimieren.

Als ich mich von Judith verabschiedete, drückte sie mir eine CD von Al Jareau in die Hand. „Hör mal rein, ob da etwas dabei ist, was dir gefällt und was wir demnächst mal angehen können." Ich steckte die CD ein und bedankte mich.

Am nächsten Morgen spielte ich Judiths Musik immer wieder ab. *My Favourite Things* gefiel mir besonders gut und auch die letzte Nummer, ein Song mit dem Namen *Sophisticated Lady*.

Kapitel vierzehn: live to learn

Das Problem: In der Datingszene wird hemmungslos gelogen.
Don't: Zur Zynikerin werden, die in allen anderen nur Rivalen sieht!
Do: Behalte deine Leichtigkeit. Das Leben ist ein Fest!
(Mehr dazu im ultimativen Beziehungsguide: So optimierst du dein Liebesleben, 17,50 Euro)

Auch in den nächsten Tagen fiel es mir schwer, mich morgens aufzuraffen. Ich hörte Judiths CD, frühstückte und fuhr dann zur Arbeit. Doch ich konnte nicht wieder in die Routine des Alltags in Bochum zurückfinden. Mein Kopf steckte noch in Köln: Auf der Ärztegala mit Lars, beim Frühstück mit Fred und in der Altstadt mit Em.

Als ich am ersten Freitag nach Köln ziemlich früh morgens unsere Büroräume betrat, wurden diese Überlegungen mit einem Schlag von der Sorge um meinen Onkel verdrängt. Pièrre begrüßte mich mit einem alarmierend roten Kopf und wirkte völlig überarbeitet. Irgendetwas stimmte da nicht. Schon in den letzten Wochen hatte ihn sein Kurzzeitgedächtnis immer wieder im Stich gelassen, erinnerte ich mich. Außerdem fielen mir an diesem Morgen zum ersten Mal die vielen blauen Flecken auf seinem Arm auf. Stimmt, ich war in den letzten zwei Monaten öfter Zeugin geworden, wie er ungeschickt irgendwo angestoßen war. Waren das die ersten Anzeichen von Demenz? Bei meinem gestanden Onkel? Ich konnte es mir nicht vorstellen, aber es wies vieles darauf hin. Was für eine Horrorvorstellung! Die Tür öffnete sich und Moritz stürzte gutgelaunt herein: „Morgen Pièrre, hallo Bea."

Pièrre nahm sofort eine aufrechte Haltung ein. „Guten Morgen.“ Moritz hielt kurz inne.

„Hey, Boss, Entschuldigung, aber Ihr Hemd ...“

„Was ist damit?“, knurrte mein Onkel.

Jetzt sah ich es auch. Es war falsch zugeknüpft. Ich konnte es nicht weiter beiseite drängen. Unwillkürlich dachte ich den Demenz-Gedanken zu Ende. Diagnose, Behandlung, Pflegeheim. Krankheit, Verfall, Tod. Im Staccato-Stil wurde mein Hirn von Bildern überflutet, eins gruseliger als das andere. Ärzte, Betten, fiepende Apparaturen. Gleichzeitig überrollte mich eine Woge von Empathie, von Mitleid.

„Warte“, bot ich mich an, „ich helfe dir.“

„Untersteh dich, Bea!“, schnauzte Pièrre mich an und verschwand in Richtung Badezimmer. Sobald Pièrre den Raum verlassen hatte, wandte ich mich an meinen Kollegen.

„Moritz, findest du nicht auch, dass Pièrre sich verändert hat?“

Moritz pustete sich den Pony aus der Stirn.

„Der Boss? Nö. Wird halt ein bisschen senil. Ist doch normal in seinem Alter!“

Ich starrte ihn an. Wie konnte er so über Pièrre sprechen?

„Pièrre ist nicht alt. Gerade Mitte sechzig. Und er hat noch immer geniale Ideen.“

Moritz schaute demonstrativ auf die Uhr und blickte mich herablassend mit einem ‚Was-willst-du?‘-Blick an.

„Aber du hast doch gerade selbst gesagt ...“

„Ja“, ich wurde lauter als beabsichtigt. „Ich finde, er sollte zu einem Arzt.“

In diesem Moment betrat Pièrre das Zimmer.

„Was sagst du? Sprichst du über mich?“ Er mimte einen Tattergreis. „Zu einem Arzt? Ich bitte dich!“

Er schenkte Moritz ein verschwörerisches Grinsen. „Wir Männer gehen doch nicht wegen jedem Weh-

wehchen zum Onkel Doktor." Moritz, der Schleimer, deutete einen Knuff in die Rippen an und lachte zustimmend.

„Aber Pièrre ...", setzte ich an, um ihm zu widersprechen.

„Nichts da, an die Arbeit. Habt ihr endlich einen Spruch für dieses Schulfest gefunden?"

Moritz schüttelte den Kopf: „Bedauerlicherweise nicht."

Speichellecker! Der hatte sicherlich Bücher wie „So optimieren Sie Ihre Aufstiegschancen!" unterm Kopfkissen liegen. Und überhaupt: Was sollte die Frage? Es war nicht Moritz Job Sprüche zu texten, sondern meiner. Warum hatte sich Pièrre an ihn gewandt? Mein Onkel sollte das doch besser wissen!

„Jau", trumpfte ich auf. „Der Slogan steht."

„Ach ja, wirklich? Lass mal sehen."

Ich zeigte ihm meinen Entwurf. Oben auf dem Becher stand, wie bereits vom Förderverein genehmigt, die Aufschrift *Fünfzig Jahre Bert-Brecht-Gymnasium Bochum.* Darunter folgte, ich platzte fast vor Stolz, in dicken fetten Buchstaben mein Slogan: *Live to learn.*

Ich strahlte meinen Onkel an. Ich war kurz davor gewesen, den Auftrag hinzuschmeißen, als mir wie durch ein Wunder auf dem Weg von Köln nach Bochum zufällig der alte bekritzelte Fahrschein aus Überlingen in die Hände fiel. Sofort setzte sich die Szene mit der betagten Dame in der Schwarzwaldbahn wie ein Puzzle vor meinem inneren Auge zusammen. Ich erinnerte mich an alle Details: Wie die Frau im vorgerückten Alter dem Monstervater gegenüber gesessen hatte, ohne irgendetwas von ihrer direkten Umgebung mitzubekommen, da sie völlig vertieft „Live to tell" gelesen hatte. Ein Titel, der mir so gut gefiel, dass ich ihn sofort auf dem Zugticket notierte, was wiederum zu dem Gespräch mit Lars geführt hatte. Unglaublich, aber dieses verknitterte Stück Papier war meine Rettung gewesen. In letzter Minute hatte es mich zu dem Slogan für den Becher inspiriert.

Moritz legte die Hand vor die Augen und tat so, als ob er unter einem schweren Migräneanfall litt. Doch Pièrre war begeistert.

„Gut gemacht. Das ist genau das, was wir brauchen. Kurz, bündig und international. Tja, bei der Kreativität gelten oftmals dieselben Regeln wie bei einem guten Wein: Manchmal braucht es etwas länger, bis ein Gedanke ausgereift ist. Doch dann schmeckt er umso besser."

Ich freute mich über das Lob.

„Danke." Ich war ebenfalls hochzufrieden mit meiner Lösung. In Gedanken bedankte ich mich bei meiner Inspirationsquelle, der alten Oma. Auch wenn das zwischen mir und Lars schiefgelaufen war, hatte meine Reise nach Überlingen mir wenigstens im Arbeitsleben Erfolg gebracht. Jetzt konnte der Countdown bis zur Jubiläumsfeier laufen, ohne dass ich vorher vor Angst tausend Tode sterben müsste.

Moritz und ich erarbeiteten drei verschiedene typographische Darstellungen meines Spruchs und legten sie Pièrre zwei Stunden später vor. Ohne zu Zögern entschied er sich für die dritte Version, ein kursiv gesetzter Schriftzug, der entfernt an die Schreibschrift von I-Dötzchen erinnerte. Pièrre köpfte eine Flasche Sekt. Moritz rief die Druckerei an, die schon in den Startlöchern saß, und stieß dann ebenfalls mit uns an. Danach verließen Moritz und Pièrre zusammen in Hochstimmung das Büro, während Judith und ich die Spülmaschine vorsichtig mit den Sektflöten bestückten. Als ich die Spültablette einlegte und den Startknopf drückte, vertraute ich ihr an, dass ich mir Sorgen um Pièrre machte.

„Er ist nicht mehr der Jüngste“, sagte sie, wie schon zuvor Moritz, und versuchte mich aufzubauen. „Ich glaube, es wird besser, wenn diese vermaledeite Jubiläumsfeier endlich hinter uns liegt.“

Doch ihre Worte beruhigten mich nicht. Ich fühlte mich unverstanden. Schließlich kannte ich Pièrre besser als alle meine Kollegen. Einerseits. Andererseits traute ich meiner eigenen Wahrnehmung auch nicht über den Weg. Es schien mir, als wäre ich in letzter Zeit ein wenig paranoid unterwegs. Vermutlich stressbedingt.

Die nächsten Tage vergingen wie im Flug. Jetzt, da die letzten Unklarheiten beseitigt waren, arbeiteten wir unter Hochdruck. Eines Abends, ich war gerade nach dem Verzehr einer Tiefkühlpizza vor dem Fernseher eingenickt, meldete sich mein Handy. Verschlafen suchte ich den Apparat. Es war Em. Und wie befürchtet bat sie mich tatsächlich, Len während der zwei Wochen in Barcelona zu mir zu nehmen.

„Klar, mach ich gerne“, log ich.

Ich wollte nur weiterschlafen.

„Ist alles ganz einfach“, sprudelte Em los. „Ich habe mich schon schlau gemacht. Die Deutsche Bahn stellt in solchen Fällen einen Zugbegleiter für minderjährige Kinder.“ Bevor sie sich in epischer Breite über weitere logistische Details auslassen konnte, fiel ich ihr ins Wort.

„Sorry, aber ich muss dich schon einmal vorwarnen: Am Samstag muss ich unbedingt bei der Jubiläumsfeier des Brecht Gymnasiums dabei sein.“

„Das ist aber blöd!“ Ems Laune fiel in den Keller. „Dass du ausgerechnet an diesem Wochenende arbeiten musst!“

Ich unterdrückte ein Gähnen.

„Was machen wir denn da?“ Em klang zerknirscht.

Mir fiel mein gutmütiger Bruder ein: „Vielleicht fragst du Fred, ob er Len an dem Wochenende bei sich in Köln betreuen kann?"

„Au ja", freute sich meine Freundin. „Das mache ich!"

Hinterlistig schlug ich vor, ihn sofort anzurufen. Sobald das Telefonat beendet war, fielen mir die Augen zu.

Eine Woche später war es soweit. Ich fuhr zum Bahnhof, innerlich darauf eingestellt, bis zum Wochenende selbstlos meinen Pflichten als Patentante nachzukommen. Fred hatte sich tatsächlich netterweise bereit erklärt, Len am Freitag abzuholen und ihn bis Sonntagabend mit zu sich nach Köln zu nehmen. Danach würde Lenny bis zu Ems Ankunft wieder bei mir wohnen.

Die ganze Aktion begann unglücklich. Der ICE kam zu spät und wurde auf ein anderes Gleis umgeleitet. Hechelnd rannte ich die Stufen von Gleis drei hinab, um sie einige Meter weiter zu Gleis fünf wieder hoch zu rennen. Doch dann hatte ich Glück. Als sich die Türen öffneten, stand Lenny mir genau gegenüber. Er stürzte auf mich zu und umarmte mich so fest, als wollte er mich nie mehr loslassen. Einige Passanten meckerten, der Kleine würde den Weg versperren, aber Lenny ließ die Vorwürfe stoisch an sich abperlen. Die Zugbegleiterin informierte mich kurz über den Verlauf der Fahrt. Alles sei glatt gegangen, mein Patensohn hätte stundenlang im Spieleabteil Bausteine aufeinander getürmt und Märchen-CDs gehört.

Als wir in meiner Wohnung ankamen, machte ich es spannend und holte ein (ich hatte meine Lektion „Geschenke für Kleinkinder" bereits Weihnachten gelernt) aufwendig verpacktes Geschenk aus dem Wohnzimmerschrank heraus. Lenny schälte das Präsent begeistert aus den vielen Lagen Papier. Als er jedoch zum eigentlichen Inhalt kam, einem großen bunten Müllauto, legte er es enttäuscht zur Seite.

Ich fragte meinen Patensohn, ob alles okay sei, und lutschte genüsslich die Kuchengabel ab. Ich hatte für ihn einen Frankfurter Kranz mit zwei Schichten Butterkreme gebacken. Leider war der Kranz etwas mickrig geraten, irgendwie nicht richtig aufgegangen, aber mit der Butterkreme und den Krokantkrümeln konnte man das ganz gut kaschieren. Mir schmeckte es wunderbar, aber Lenny erklärte mir, dass er nur Schokokuchen mit doppelter Glasur und Gummibärchen äße. Immerhin trank er gierig den warmen Kakao und erzählte langatmig von einem waghalsigen Abenteuer auf einem Piratenschiff und Anekdoten aus seiner imaginären „Mäuseschule". Zum Schluss kippte Lenny, wie bei fast jeder Mahlzeit in Überlingen, seinen Kakao um. Als ich mit ihm schimpfte, stand er auf, zog die Hose herunter und drohte: „Nicht meckern, sonst gehe ich nicht aufs Klo." Einige Minuten später hatte er sich wieder gefangen und erklärte mir, warum er mein Geschenk nicht mochte.

„Erik hat mir in den Ferien dasselbe Müllauto gekauft, aber das war viel größer."

Zum Glück spielte er etwas später dann doch fröhlich mit dem Plastikwagen, während ich Klarschiff machte. Als ich mit dem Abwasch fertig war, versteckte er es unter dem Sofakissen. Ich war ganz erstaunt, als er mich anstrahlte, auf den Sitz neben sich klopfte und quäkte: „Mein rechter, rechter Platz ist frei, ich wünsche mir die Bea herbei!"

Wir lasen zusammen eins seiner Bilderbücher und schauten uns anschließend eine Kinder-Sendung an. Lenny leerte noch zwei kleine Flaschen Apfelsaftschorle und kurz darauf war er auf dem Sofa eingeschlafen. Ich trug ihn in mein Schlafzimmer und legte ihn vorsichtig, angezogen wie er war, in sein Reisebett.

Obwohl der Wecker erst sieben Uhr abends anzeigte, folgte ich ihm kurze Zeit später ins Land der Träume.

Ich musste mich loben: Das war ein weiser Entschluss von mir gewesen, denn die erste Nacht erwies sich als erschreckend kurz. Der kleine Racker wachte alle vier Stunden auf und wollte spielen. Es brachte mich fast um: Ich konnte auf vieles verzichten, brauchte aber mindestens sechs Stunden durchgehende Nachtruhe. Als ich völlig übermüdet am nächsten Morgen aufwachte, befürchtete ich, Lennys Tempo keine zwei Wochen lang gewachsen zu sein. Schon gar nicht mit der Brechtfeier im Rücken. Wie hielt Em das nur täglich aus? Hatte sie sich eine Regenerationszeit von vier Stunden antrainiert?

Trotz der katastrophalen Nacht weckte ich Lenny mit einem freundlichen „Guten Morgen!" Er erwiderte meinen Gruß mit einem grantigen: „Hab Hunger!" Völlig erschlagen deckte ich den Frühstückstisch, doch bevor wir mit dem Essen beginnen konnten, gab Lenny noch sein Kindergartenlied zum Besten.

Guten Appetit
alle essen mit
wohl bekomm's
rumms rumms rumms.

Beim letzten Vers klopfte Len mit der Hand so wild auf den Tisch, dass die Tassen wackelten. Dann stürzte er sich begeistert auf das Müsli, während ich die Schokopfütze wegwischte. Das Telefon klingelte. Mein Gott, es war doch erst acht Uhr morgens! Lenny versuchte durch Clownereien in Form von Messerspielchen gepaart mit Stuhlwackeln und Grimassenschneiden wieder im Mittelpunkt der Aufmerksamkeit zu stehen, während Em sich erkundigte, ob ihr Schatz gut bei mir gelandet sei und berichtete, dass sie sich jetzt auf den

Weg zum Flughafen machen würde. Nachdem ich den Hörer weitergereicht hatte, fielen mir die Augen zu. Ich nickte kurz ein. Solange, bis mir mein Patensohn „Spielplatz!“ ins Ohr brüllte. *Okay*, dachte ich. *Dann ist Lenny wenigstens beschäftigt und ich kann mich ein wenig ausruhen.*

Doch leider ging meine Rechnung nicht auf, da Lenny mich andauernd in seine Spiele einzubeziehen versuchte. „Guck mal, Bea.“ „Ja, toll gemacht.“ „Schau mir jetzt mal zu, aber die ganze Zeit!“

Während ich mich zwei Stunden auf dem Spielplatz langweilte und den nach Bestätigung heischenden Lenny immer wieder für seine kleinen Kunststücke lobte, klopfte in meinem Hirn ein weiteres Mal der frevelhafte Gedanke an, den ich im Überlingen nicht zu Ende zu denken gewagt hatte: Angenommen, ich würde irgendwann einmal auf Mr Right treffen, müssten wir dann unbedingt Kinder haben?

Wenn ich ehrlich war, musste ich zugeben, dass die Idee der Familiengründung damals hauptsächlich auf Phils Mist gewachsen war. Hatte ich selbst auch den Wunsch nach einem Kind verspürt? Nein. Ich hatte eher den anderen nach dem Mund geredet, deren Erwartungen ich erfüllen wollte. Mutter, Vater, Kind ... Das war vorwiegend Phils Ding gewesen und vielleicht hatte es auch *mamans* immer wieder geäußerten Bedürfnis nach Enkelkindern entsprochen...

Während Len einem gleichaltrigen Jungen sein Sandschäufelchen auf den Kopf schlug, schüttelte ich nachdenklich den Kopf.

„Lass das, Lenny. Du tust ihm weh!“, rief ich leise, viel zu abgelenkt von der Lautstärke meiner eigenen Gedanken, um überzeugend zu sein.

Abgesehen davon, dass das Thema zum jetzigen Zeitpunkt für mich sowieso herzlich irrelevant war, kam ich zu der Überzeugung, dass der Preis für ein Baby in meinem Fall sowieso viel zu hoch sein würde. Der Druck schnell schwanger zu werden, die Ängste einer Risikoschwangerschaft in meinem Alter ... das alles brauchte ich nicht. Das Leben war auch so schon anstrengend genug. Anstrengend, aber auch erfüllend.

Em hätte für dieses Phänomen vermutlich den passenden Begriff aus ihrer Beziehungsbibel zur Hand. Sie würde höchstwahrscheinlich so etwas sagen wie: „Laut Checkliste in meinem Ratgeber bist du keine ‚Tigermutter' (oder war es ‚Helikoptermama'?), sondern das genaue Gegenteil. Das heißt, du würdest deine Entscheidung für ein Kind später nur bereuen." Und dann würde sie mir zu Weihnachten zur Feier des Tages diesen Bestseller ‚Regretting Parenthood' (oder war es ‚Motherhood'?) von Lenny als Geschenk überreichen lassen.

Kapitel fünfzehn: Unaufmerksamkeiten

<u>Das Problem:</u> Viele leben, was Liebesvorstellungen angeht, noch in der Steinzeit.
<u>Don't:</u> Menschen verurteilen, die aus einer anderen Generation stammen und andere romantische Ideale als du vertreten. Früher war Liebe gleichbedeutend mit finanzieller Absicherung, dem Wunsch, das Familienerbe durchzubringen. Die Rollen waren klar verteilt. Heute leiden viele unter der Krise der Geschlechter.
<u>Do</u>: Hinterfrage auch heutige Liebesvorstellungen! Oft werden romantische Beziehungen überidealisiert und mit regelrechten Heilserwartungen überfrachtet.
(Mehr dazu im ultimativen Beziehungsguide: So optimierst du dein Liebesleben 17,50 Euro)

Am nächsten Tag ging ich für eine Stunde mit Lenny ins Büro. Das war abgesprochen. Ich zeigte Lenny alles und stellte ihn meinen Kollegen vor. Lenny fiel Pièrre zur Begrüßung sogar spontan um den Hals. Die beiden verstanden sich überraschend gut. Niemand spielte so lange, ausdauernd und wild mit Lenny wie mein Onkel. Er wirkte so jung und frisch, als er meinen Patensohn auskitzelte, dass mir alle meine Bedenken zu seinem gesundheitlichen Zustand weit hergeholt vorkamen. Moritz und Judith hatten die Situation offensichtlich realistischer eingeschätzt. Er hatte eben gute und schlechte Tage und wurde im Alter ein wenig vergesslich. Während die beiden in Pièrres Büro zwischen den antiken Möbeln auf dem Boden tobten, nutzte ich die Zeit, um nebenan ausstehende E-Mails zu beantworten.

Als ich wieder in Pièrres Büro zurückkam, fand ich die beiden noch immer begeistert auf dem Boden sitzend vor. So glücklich hatte ich meinen Onkel schon lange nicht mehr erlebt. Ich wollte ihm Lenny gerade abnehmen und mich mit ihm auf den Weg nach Hause machen, als Pièrre mit einmal rührselig wurde. „Lass den kleinen Kerl doch noch bei mir, während du die Einkäufe erledigst. Bring aber noch etwas Schorle mit. Lenny ist sehr durstig, nicht wahr?“ Er setzte sich an seinen Schreibtisch und hievte den Kleinen auf seinen Schoß. „Lenny hilft mir jetzt beim Zeichnen.“

Lenny war begeistert: „Ich kann toll zeichnen.“ *Super*, dachte ich bitter, *Lenny würde sich sicherlich prima mit Fast Lars verstehen.* Doch natürlich freute ich mich auch darüber, dass Lenny und Pièrre gut miteinander klarkamen. Ich dachte über das Angebot meines Onkels nach. Ehrlich gesagt hörte sich die Aussicht auf ein wenig ‚patensohnfreie Zeit‘ sehr verführerisch an.

Judith und Moritz hatten sich bereits in die Mittagspause verabschiedet. Bei Judith hieß das meist, dass sie im nächsten Supermarkt einkehrte, sich einen Salat aus der Kühltheke holte und den auf einer Parkbank verdrückte. Moritz versorgte sich vermutlich bei Mäckes. Pièrres Vorschlag, in Ruhe einkaufen zu gehen, klang immer verlockender. Alles war besser, als das Abendessen zusammen mit Lenny zu besorgen. Zu gut erinnerte ich mich noch an Ems Horrorstories von Wutanfällen vor der Kasse. Ursprünglich hatte ich eine Quiche Lorraine mit Salat für uns geplant, war dann aber in letzter Minute auf Spaghetti mit Tomatensoße umgeschwenkt.

„Komm, geh schon. Dann kann ich schon einmal dafür proben, wie es sich anfühlt, irgendwann einmal mit meinen Schwipp-Enkeln zu spielen“, lachte mein

Onkel mir aufmunternd zu. *Aha,* dachte ich, *nicht nur maman hatte mich unterschwellig mit ihrem Enkelwunsch geimpft.* Ich fragte mich, ob Männer genauso heftig mit den Babyerwartungen ihrer Eltern zu kämpfen hatten. Vermutlich weniger. Ich ließ mir meinen Unmut nicht anmerken und beobachtete Lenny, der an Pièrres Schreibtisch saß und eifrig Kreise auf die Rückseite von alten Computerausdrucken malte. Konzentriert wanderte seine kleine Zunge bei der Arbeit auf der Oberlippe hin und her.

„Okay", gab ich mir einen Ruck. „Bin gleich zurück." Ohne viel Aufhebens verabschiedete ich mich und marschierte zum nächstgelegenen Lebensmittelladen.

Natürlich war ich nicht *gleich* zurück, die Supermarktschlange war lang, außerdem kaufte ich in der Bäckerei noch Blätterteilchen mit dicker Schokoglasur als kleines Dankeschön für Pièrre und die Kollegen. Danach stürzte ich zurück zu ‚Applaus', getrieben von dem schlechten Gewissen, dass die Besorgungen viel zu lang gedauert hatten.

Als ich etwa gegen dreizehn Uhr zurückkam, lag die Künstlervermittlung hell erleuchtet wie der Frankfurter Flughafen vor mir. Beunruhigt rief ich noch vor der Haustür laut nach oben Richtung Büro: „Hallo Pièrre, hallo Lenny. Ich bin zurück."

Eine bedrohliche Stille verschluckte jedes Geräusch. Endlich hörte ich Lennys Antwort. Von irgendwoher brüllte er: „Hallo, hallo!"

Aber von wo genau? Seine Stimme kam eindeutig nicht aus unseren Büroräumen. Wie konnte das sein? Verunsichert rief ich zurück: „Lenny, wo bist du?"

„Hier oben. Lenny ist ganz groß".

Mein Kopf folgte der Stimme und dann erblickte ich ihn. Mir blieb das Herz stehen. Er stand auf dem Fenstersims im dritten Stock. Und zwar außen, vor der Fensterscheibe! Wenn er jetzt ausrutschen würde ...

Schon schwenkte er wild seine Arme hin und her, um mir zu zuwinken.

„Hallo Bea, hier bin ich."

Verdammt, wo ist Pièrre nur hin?, fragte ich mich. Gleichzeitig befahl ich mir, ruhig zu bleiben. Meine Gedanken überschlugen sich. Blitzschnell versuchte ich die Lage einzuschätzen. Wenn Lenny sich erschreckte, fiele er erst recht hinunter. Das würde er bei der Höhe nicht überleben. Ganz kurz flackerte das Horrorbild seiner blutigen Kinderleiche vor meinen Füßen auf.

Nein, stopp, ermahnte ich mich. *Nicht weiterdenken, cool bleiben. Gefühle beiseiteschieben. Du kannst Lenny am besten helfen, wenn du nicht panisch wirst.* Leicht gesagt. Mein Hirn blockierte. Für ein paar Schreckenssekunden sah ich nur noch rotes Blut vor mir.

Doch dann bekam ich mich halbwegs unter Kontrolle. Ich versuchte methodisch vorzugehen: Was sollte ich sagen? Wie sollte ich mich verhalten? Wer könnte helfen? Wie hatte ich ihn auch allein bei dem vergesslichen Pièrre lassen können? Warum holte er ihn nicht rein? Wer konnte mir helfen? Die Nachbarn? Die Feuerwehr?

„Lenny, ja ich sehe dich".

Meine Stimme klang bemüht fröhlich. Sollte ich ihm zurufen, sich gut festzuhalten? Aber das würde ihn erst recht verunsichern.

Wenn ihm etwas passiert, kann ich nicht mehr weiterleben. Ich atmete tief durch. *Ruhig Blut, jetzt bloß nicht die Nerven verlieren!*

„Lenny. Wetten, dass du nicht in das Zimmer zurückklettern kannst? Das habt ihr in eurer Mäuseschule noch nicht gelernt, oder?"

„Kann ich wohl", krähte er fröhlich.

Sollte ich nicht lieber die Polizei rufen und Len befehlen, sich nicht zu bewegen? Ein Auffangnetz organisieren? Doch da fing Lenny schon an, zurückzuklettern. Ich hielt die Luft an. Steinchen fielen in den Vorgarten. Als mein Patensohn schon fast in Sicherheit war, drehte er sich noch einmal zu mir um: „Siehst du, kann ich doch!"

Mein Herz pochte wie wild, Tränen stiegen mir in die Augen.

Hilfe, das Ganze ist ein einziger Albtraum, bitte weckt mich doch auf!

Ich wollte am liebsten die drei Etagen zum offenen Fenster hochsprinten und ihn eigenhändig vom Fensterbrett runterzerren, doch ich hatte Angst, dass ich mit blindem Aktionismus genau das Falsche bewirken würde. Also stellte ich mich so in den Hof, dass Len mich gut sehen konnte. Ich versuchte möglichst fröhlich und unbefangen zu sprechen, doch meine Stimme kippte immer mehr weg. Mit letzter Kraft provozierte ich ihn erneut in einem singend neckischen Tonfall.

„Nee, kannst du nicht. Du bist ja noch immer draußen."

Ich traf anscheinend genau den richtigen Ton, denn meine alberne Provokation funktionierte.

Zwei Minuten später war er in das Zimmer hineingesprungen.

Ohne lange zu überlegen, spulte ich die Spielplatzsätze von gestern ab. „Wirklich toll, hätte ich nicht gedacht!" Ich grinste ihn breit an. „Ich komme jetzt hoch und dann feiern wir das!"

Ich rannte so schnell ich konnte die Treppen hoch. Oben angekommen drückte ich seinen Goldschopf so fest an mich, dass ich ihn fast erdrückte. Dabei lachte ich hysterisch und wiederholte immer nur „Das darfst du nie wieder machen." Dazwischen stammelte ich: „Ich bin so froh, Lenny, so froh." Lenny schien das alles eher zu langweilen. Sein einziger Kommentar war: „Kann ich jetzt Kakao haben?“

„Ja, Lenny, gleich gibt es Milch für dich, aber sag mir erst, wo Pièrre ist!“

Während ich die Milchpackung aus dem Kühlschrank zog und ihm mit zitternden Fingern ein Glas eingoss, wiederholte ich meine Frage.

„Wo ist mein Onkel?“

„Weiß nicht“, war seine Antwort. Die Milch nahm seine gesamte Aufmerksamkeit in Anspruch. Ich befürchtete das Schlimmste und raste durch alle Zimmer. Aber es war nichts von Pièrre zu sehen. Nirgendwo. Nicht in den Büroräumen, nicht an der Rezeption, aber dann ... ich hörte komische Geräusche aus dem Bad.

„Pièrre, bist du da drin?“

„Ja. Kann man noch nicht einmal auf dem Klo in Ruhe gelassen werden?“

Nein, nicht wenn das einem anvertraute Kind auf dem Fensterbrett herumtanzt. Mein Gott, ich hätte von Anfang an auf mein Bauchgefühl hören müssen! Egal, ob Moritz und Judith meinen Onkel für absolut gesund hielten. Ich hätte Lenny nie allein in seiner Obhut lassen dürfen!

Einen Moment später wurde der Schlüssel im Schloss umgedreht. Pièrre trat aus dem Bad, umfangen von einem ekelhaften Geruch. Kein Zweifel, er hatte sich übergeben müssen. Er schleppte sich zum Empfangssofa neben Judiths Platz, murmelte noch etwas von *muss was Falsches gegessen haben* und schlief ein.

Ich stand ziemlich dämlich herum und wusste, dass in diesem Moment der Einzige, der Pièrres mysteriöses Verhalten aufklären konnte, mein Patensohn war. Ich rannte wieder in die Küche, goss Lenny noch ein Glas Milch ein und versuchte mir einen Reim auf seine Ausführungen zu machen. Lenny sagte nur „Blöder

Pièrre, geh weg" und verbarg sein Gesichtchen an meiner Schulter.

Nach einigem Nachfragen konnte ich halbwegs rekonstruieren, was vorgefallen war. Vermutlich hatte es sich in etwa so abgespielt: Als ich im Supermarkt war, fing Len an zu heulen und zu quengeln. Pièrre bat ihn etwas ruppig um Ruhe, worauf Lenny meinen Onkel schlug und schimpfte: „Weg, du Blödmann!" Ich konnte mir das leider nur allzu gut vorstellen. Dann nannte er meinen Onkel noch „Arschloch", woraufhin Pièrre sich schrecklich aufregte und plötzlich verschwand. Lenny dachte, er wäre aus dem Haus gerannt. Auf sich allein gestellt, bekam Len es wohl mit der Angst zu tun und hielt nach mir Ausschau. Und das ging bekanntlich am besten von ganz hoch oben, wie bei den Wachtürmen seiner Ritterburg. Ergo war das schlaue Bürschchen im Hausflur in den dritten Stock gelaufen und hatte sich aufs Fensterbrett gestellt. Kurze Zeit später erspähte er mich auch schon, als ich mit meinen Einkaufstaschen zurückkam.

Nach seinem Geständnis auf meinem Schoß, kuschelte sich mein Patensohn an mich und schlief daraufhin ebenso schnell wie mein Onkel ein. Ich wagte aus lauter Angst, ihn bei seinem Mittagsschlaf aufzuwecken kaum, mich an der Nase zu kratzen. Während die beiden Männer friedlich eine Siesta hielten, konnte ich keine Ruhe finden. Dieses Ereignis stellte den absoluten Tiefpunkt meines Lebens dar. Es war so demütigend, beängstigend und erbärmlich. Ich war völlig fertig, konnte einfach nicht mehr.

Plötzlich fiel mir Ems Dezember E-Mail ein, in der sie von einem Spruch mit einem Fenster geschwärmt hatte. Ich überlegte kurz und dann wusste ich wieder, wie er ging: „Wenn sich eine Tür schließt, öffnet sich ein Fenster" oder so ähnlich.

In diesem Moment begriff ich, dass diese Lebensweisheit reversibel war. Die umgekehrte logische Schlussfolgerung, die ich gerade am eigenen Leib erfuhr, war: Wenn ein Problem gelöst war (zum Beispiel der Slogan für den Becher), tauchte schon ein neues (Lennys Unversehrtheit) am Horizont auf. Während für alle anderen Ems Spruch zutraf, hieß das Fazit *meines* Lebens: „Wenn ein Fenster sich öffnet, schließt sich gleichzeitig die Tür."

Kurz darauf kamen Judith und Moritz zurück. Ich war noch zu mitgenommen, um ihnen das eben überstandene Horrorszenario zu schildern. Um Fragen aus dem Weg zu gehen, schnappte ich mir Len und machte mich so schnell wie möglich vom Acker. Abends rief Em an und schwärmte von Barcelona.

„Die Stadt rockt, es ist unglaublich. Die Leute sind soooo freundlich, die kleinen Läden wahnsinnig malerisch. Und dann dieser Architekt, dieser Gaudí, Béatrice, das ist der Hammer. Gebäude, die fließen, eine Kirche, die wie ein Baum wächst, Schornsteine, die wie Star Wars Krieger aussehen."

Ich war zu fertig mit der Welt, um sie zu unterbrechen. Und so ließ ich nur ab und zu ein „Ach ja?" fallen und ließ sie einfach weiterreden.

„Bea, du würdest es hier lieben. Krall' dir Len unter den Arm und kommt beide her."

Meine Strategie, sie einfach nur reden zu lassen, rächte sich. Für mich war es eine Qual, Emily zuzuhören. Ihre bodenlose Naivität machte mich aggressiv. Wie stellte sie sich das vor? Alles stehen und liegen lassen und mit einem anstrengenden Kleinkind mal eben in den Flieger steigen, um in einem Luxushotel im Ausland abzusteigen? In was für einer Welt lebte Em? Was für ein Bild hatte sie von mir? Ich schaffte es noch nicht einmal, während ich arbeitete, verantwortungsbewusst auf ihren Sohn aufzupassen.

Proportional zu Ems übersprudelnder Begeisterung wurden meine Gewissensbisse immer heftiger.

Auch wenn ich den Kollegen mein Fiasko unterschlagen hatte, so wollte ich es zumindest ihr als Mutter mitteilen. Sie hatte schließlich ein Recht auf die Wahrheit. Konsequenterweise hätte ich sogar als Patentante zurücktreten sollen.

Doch trotz all meiner guten Vorsätze tat ich nichts dergleichen. Mit keinem Wort erwähnte ich das Desaster, sondern erkundigte mich scheinheilig nach den Sehenswürdigkeiten von Barcelona. Nachdem ich aufgelegt hatte, beruhigte ich mich mit dem Scheinargument, dass meine Beichte lediglich Ems Urlaub gefährdet hätte. Durch diese Überlegung war ich fein heraus: Wer sollte schon etwas gegen mein Schweigen haben, wenn es letztendlich dem Wohl meiner Freundin diente?

Kapitel sechzehn: Erfolge feste feiern

Das Problem: Wie geht Slow Dating?
Don't: Spielchen und dumme Sprüche.
Do: Schaffe Vertrauen und Nähe, indem du dich mit ihm über die wirklich wichtigen Fragen, sowohl heiterer als auch ernster Natur, austauschst!
(Mehr dazu im ultimativen Beziehungsguide: So optimierst du dein Liebesleben, 17,50 Euro)

Die Tage rasten nach wie vor. Plötzlich stand das Jubiläumsfest der Bertolt-Brecht-Schule vor der Tür. Ich lieferte Len am Freitagabend wie besprochen persönlich bei meinem Bruder ab. Nach der Katastrophe mit Pièrre fiel es mir schwer, den Kleinen in Obhut von jemanden anderen zu lassen. *Reagier' nicht über,* ermahnte ich mich selbst beim Abschied, *Em hat Lennys Wochenende in Köln damals selbst in die Wege geleitet und Fred ist Arzt. Was soll da schon groß passieren? Ist doch nur für das Wochenende.*

Und das stimmte. Wenn alles lief wie besprochen, würde mein Bruder Len am Sonntagabend wieder von Köln nach Bochum zurück kutschieren. Ich beschloss, Fred Vertrauen zu schenken. Was blieb mir auch anderes übrig? Schließlich musste ich mich meinem Beruf widmen.

Wir hatten Glück mit dem Wetter und die Veranstaltung wurde sehr gut besucht. Die Medienvertreter schossen viele werbewirksame Bilder und immer wieder wurde mein Slogan zitiert. Auch die kleine Anmoderation, mit der ich unsere Unterhaltungsshow ankündigte, kam gut an. Das verwunderte mich etwas, da ich mit meiner steifen Art nicht gerade der Prototyp einer charismatischen Rednerin war. Doch als das Publikum auf meinen ersten Witz mit Gelächter reagierte, taute ich auf. Offensichtlich trug Judiths Training in puncto Selbstpräsentation bereits die ersten Früchte. Ich hatte sogar den Mut, meinen Schlussappell mit ausdrucksvoller Gestik zu untermalen. Ich fuchtelte zwar ein wenig zu sehr herum, doch die Zuschauer verziehen mir und spendeten mir am Ende einen generösen Applaus.

Herr Steinkötter, der Vorsitzende des Fördervereins, kam auf mich zu und nahm begeistert meine Hand. „Wirklich gut gemacht. Es war mir ein Vergnügen, mit Ihnen zu arbeiten." Auch mein Onkel hatte sich unter die Gäste gemischt, um mit allen zu plaudern. Seine leutselige Art kam gut an und er war ganz in seinem Element.

So sehr, dass ich fast schon ein schlechtes Gewissen bekam, dass ich ihn so gedrängt hatte, sich gesundheitlich durchchecken zu lassen. Vermutlich war ich mit meinem Versuch, Schicksal zu spielen, nicht wirklich besser als Em. Ich mischte mich in Sachen ein, die mich nichts angingen. Doch dann kam mir der Beinah-Fenstersturz in den Sinn. Ich verdrängte ihn schnell wieder. Piérre war schlecht geworden und er war kurz unaufmerksam gewesen, aber letztendlich war nichts passiert. Und jetzt, nachdem Fred meinen Patensohn übers Wochenende zu sich nach Köln geholt hatte, würde auch alles gut über die Bühne gehen.

Pièrre prostete mir mit einem Glas Sekt zu. Über Len hatten wir nicht mehr gesprochen.

„Béatrice, kommst du bitte mal zu uns?" Er schien vor Stolz zu platzen, als er mich vorstellte.

„Also, das ist Béatrice Dupont, meine Nichte. Sie ist diejenige, die bei uns die Fäden zusammenhält."

„Zusammen mit Judith."

„Angenehm Frau Dupont. Ich bin Herbert Dahlmann, der Direktor."

„Schön, Sie kennenzulernen. Ein nettes Gymnasium haben Sie."

Oh Mann, wie konnte nur so ein Mist aus meinem Mund kommen? Hatte schon mal jemand von einem *netten* Gymnasium gehört? Ein unpassenderes Adjektiv gab es wohl kaum. Ich versuchte meinen Fehler durch Engagement auszugleichen und kam richtig ins Schwitzen.

„Ähm, ich meine ein schönes, traditionsbewusstes Gebäude."

Irgendwie erinnerte Herr Dahlmann mich an Herrn Bach, Ems und meinem früheren Schulleiter. Merkwürdig, dass ich nach all den Jahren sofort wieder in die Rolle der Schülerin rutschte. Zehn Minuten später erlöste Judith mich von meinem anstrengenden Gespräch mit dem Direx.

Von wegen, ich hielte die Fäden unseres Unternehmens zusammen. Ich war die Frau im Hintergrund, konnte gut organisieren, aber ich konnte meinem Onkel und seinem unbefangenen Umgang mit unseren Kunden nicht das Wasser reichen. Er hatte in derselben Zeit, in der ich das Programm angekündigt hatte, bereits dreißig Prozent der Schulgemeinde kennengelernt.

Ich nahm mir eine kleine Auszeit vom Trubel und schlenderte zum Parkplatz, um eine der vielen SMS von Emily zu lesen. Meine Freundin hatte ihr Handy mitgenommen und sich von Stunde zu Stunde mehr ins SMS-Schreiben verliebt. Gerne hängte sie stolz auch noch ein gerade frisch entstandenes Foto an, meist recht unscharf und verpixelt. Em im Paradies. Ich gönnte es ihr, hätte aber auch nichts dagegen gehabt, wenn sie ihren Schreibfluss etwas gezügelt hätt. Sie simste mir täglich und schwärmte mir von Barcelona vor. Die neuste Botschaft hatte sie mir als Sprachmemo geschickt.

Hola Bea, diese lange Straße mit dem Markt, die Ramblas, ist unglaublich: Da gibt es eine Blumenecke, die liebe ich ganz besonders. Auf zweihundert Metern tummeln sich an die dreißig Floristen. Verstehe nicht, dass die sich nicht alle Konkurrenz machen. Wie schade, dass du nicht hier bist. Das hier ist deine Stadt, ich weiß es einfach. Grüße mir meinen Sohn.

Gleich danach folgte eine weitere Textnachricht:

Danke fürs Aufpassen. Danke, dass ich mit Lars hier sein darf! Len ist nicht immer einfach: Halte durch! Bin bald zurück!

Doch das Lesen der SMS meiner Freundin hatte nicht den erwarteten Effekt auf mich. Statt mich abzulenken und auf schöne Gedanken zu bringen, dachte ich an Lars. Ich war eifersüchtig auf Em. Außerdem fühlte ich immer deutlicher die Verpflichtung, mich wegen Len mit ihr auszusprechen

„Béatrice, endlich finde ich dich." Judith stöckelte an den parkenden Autos vorbei auf mich zu. „Es geht zurück ins Büro. Geschäftsbesprechung." Bei dieser Mitteilung strahlte sie mich so fröhlich an, dass die versteckte Botschaft unübersehbar war. Das als ‚Konferenz' verklausulierte Treffen war nichts anderes als eine Runde Sekt-Exen auf Pièrres Kosten. Sobald ich mich wieder auf dem Schulgelände blicken ließ, eilte auch schon der Direktor auf mich zu. Anscheinend hatte er einen Narren an mir gefressen.

„Tut mir leid, Herr Dahlmann", wimmelte ich ihn ab. „Aber die Arbeit ruft." Oh Gott, wie peinlich und viel zu dick aufgetragen. Immerhin hatte ich mir seinen Namen gemerkt.

Eine halbe Stunde später trafen wir festangestellten Mitarbeiter uns stolz und gutgelaunt in der Agentur wieder. Die Korken schossen.

„Gut gemacht, Bea!", lobte mich mein Onkel. „Das wird unsere Eintrittskarte in die Welt der Jubiläumsfeiern."

Pièrre stieß aufgeregt wie ein Kind mit jedem an. Dabei wurde seine Gesichtsfarbe immer röter. Das sah alles andere als gesund aus. Meine Sorgen kamen mit einem Schlag zurück. Normalerweise war mein Onkel ausgesprochen trinkfest. Er witzelte stets, dass das die allerwichtigste Voraussetzung wäre, um ein Unternehmen am Leben zu halten. An diesem Abend jedoch sah es mir ganz danach aus, als ob er besser mit Betablockern als mit Alkohol weiterfeiern sollte. Als er uns ein drittes Mal nachschenken wollte, legte ich meine Hand auf das Glas. Ich hob gerade zu einer witzig formulierten Erklärung an, wurde aber von einem energischen Klopfen an der Tür unterbrochen.

„Geschlossene Gesellschaft", ließ Pièrre verlauten und stolperte dabei ein wenig über die schwierigen G-Laute. Judith zupfte sich ihr Kostüm zurecht und verließ Pièrres Büroraum, um die Besucher abzuwimmeln.

„Merkwürdig. Kunden am Samstag?" murmelte ich. Pièrre zuckte nur mit den Schultern, Moritz hing schlapp auf seinem Stuhl.

„Pièrre, kommst du bitte mal?" Judiths Gesicht blitzte im Türschlitz auf.

Der angeheiterte Pièrre zog die Tür mit großer Geste auf. Ich starrte in ein mir nur allzu vertrautes Augenpaar.

„Philip!"

„Ja, Béatrice. Hallo."

So hatte ich mir unser Wiedersehen nicht vorgestellt. Phil wich meinem Blick aus und blickte angespannt zu Boden. Wie immer sah er wie aus dem Ei gepellt aus. Neu war lediglich, dass sich unter dem eleganten Hemd der Ansatz eines kleinen Bäuchleins abzeichnete. Eine Folge des guten Lebens? Neben Phil stand ein mir unbekannter Mann. Ich hatte ein mulmiges Gefühl, das weniger vom Liebeskummer, als vielmehr von einer unbestimmten Vorahnung gespeist wurde. Als hätte Judith nicht nur Philip und dem fremden Mann, sondern auch einer schwarzen Wolke Eintritt in die Agentur gewährt.

Was ging hier vor sich?

„Die Herren sind von Berlin aus ins Ruhrgebiet gereist, weil sie noch einen anderen Termin in der Gegend abwickeln mussten. Und da sie schon einmal vor Ort waren, wollten sie aus Diskretionsgründen außerhalb der gewöhnlichen Öffnungszeiten bei uns vorstellig werden, zumal sie von außen Licht in unseren Büroräumen gesehen haben“, informierte uns Judith.

Das stank zum Himmel. Irgendetwas lief hier ganz falsch.

„Phil, hast du einen Termin?“

„Ich glaube nicht, dass das nötig ist“, antwortete sein Partner für ihn. Erst jetzt nahm ich mir die Zeit, seinen Begleiter genauer anzuschauen. Geschniegelt, ansonsten unauffällig. Nein, den Typen hatte ich noch nie bei Phil gesehen.

„Wer sind Sie?“, fragte ich irritiert. Innerhalb von Minuten schüttelte ich die letzten Reste der aufgedrehten Feierlaune ab und ging in Hab-Acht-Stellung.

„Herr Berg ist unser Hausjurist“, erläuterte mir Philip herablassend.

„Jurist?“

„Ja, wegen der Weihnachtskarte. Deine Agentur hat nicht geliefert. Jetzt steht euch eine Klage ins Haus.“

Phil traute sich endlich, mich anzuschauen. Ich erkannte ihn nicht wieder. Seine Augen sprühten vor Hass und Häme.

„Überraschung gelungen, was? Das kommt davon, wenn man sich unprofessionell verhält!“

„Phil, was passiert hier?" Ich verstand die Welt nicht mehr. Woher die Wut? Schließlich hatte er mich verlassen und nicht umgekehrt.

„Lassen Sie es gut sein, Herr Schatta", sprach der Lackaffe beruhigend auf meinen Ex ein. Danach wandte er sich mir zu. „Mein Mandant will Sie lediglich darüber informieren, dass möglicherweise in diesem Falle gerichtlich gegen Ihr Unternehmen vorgegangen werden muss, da die Künstleragentur ‚Applaus' einen wichtigen Auftrag nicht ausgeführt hat und dem Kläger dadurch immens hohe Unkosten entstanden sind."

„Aber Pièrre", drehte ich mich zu meinem Onkel um. „Wolltest du dich nicht um die Karte kümmern?" Pièrre sah mich ausdruckslos an.

„Erinnerst du dich, ich hatte dich aus dem Urlaub angerufen?", half ich ihm auf die Sprünge.

„Wirklich?" Er zögerte. „Ich weiß von nichts."

„Vielleicht könnten wir das in Ihrem Büro weiter besprechen Herr Dupont?", mischte sich der Schnösel ein. „Sie sind doch der Inhaber? Es ist Ihnen sicherlich nicht neu, dass man dafür haftet, wenn man nicht liefert."

Pièrre war völlig überfordert. Seine Hände begannen zu zittern. Instinktiv stellte ich mich vor ihn.

„Sie können hier nicht ohne Vorankündigung hereinplatzen. Wir verschieben den Termin und beraten uns vorher mit unserem Anwalt."

Als hätte er nur auf das passende Stichwort gewartet, trat Philip vor und schaltete sich in die Verhandlung ein.

„Das glaube ich nicht, Béatrice. Zeit ist Geld, so einfach kommst du aus dieser Nummer nicht raus."

Ich hätte ihn am liebsten geschlagen. Dieses herzlose Monster konnte doch unmöglich der Mann sein, den ich hatte heiraten wollen! Doch bevor ich meiner Wut Ausdruck verleihen konnte, überschlugen sich bereits die Ereignisse.

„Pièrre“, schrie Judith erschrocken auf und stürzte auf meinen Onkel zu. „Moritz, er fällt, ich kann ihn nicht halten.“

Moritz erwachte wie durch ein Wunder aus seinem Sektkoma und versuchte Pièrre aufzufangen, doch er war zu langsam. Pièrre knallte mit voller Wucht auf den Boden. Dabei musste er sich eine Platzwunde am Hinterkopf zugezogen habe, denn es blutete fürchterlich. Ich erinnerte mich an die Erste-Hilfe-Schulung, an der ich erst vor ein paar Monaten teilgenommen hatte. Damals hatte uns der Sanitäter gesagt, dass Kopfverletzungen wegen der guten Durchblutung immer viel schlimmer aussahen, als sie waren.

„Hilfe, ich kann kein Blut sehen!“ Moritz wandte sich ab.

„Dann hilf uns, indem du den Notarzt anrufst! Eins-eins-zwei. Los, mach schon“, schrie ich ihn an und kniete mich neben meinen Onkel. Er schien nicht mehr zu atmen. „Pièrre, kannst du mich hören?“

Keine Reaktion. Ich versuchte es noch einmal auf Französisch. Nichts. Was machte man in einem solchen Fall? Hätte ich beim Roten Kreuz doch nur besser aufgepasst. Judith saß ebenfalls neben Pièrre. Sie schaute mich hilfesuchend an.

„Bea, du warst doch letztens bei der Fortbildung. Sag mir, was ich machen soll!“

Okay, irgendwer musste das Kommando übernehmen. Sah so aus, als ob ich den Schwarzen Peter gezogen hatte. Auf in die Schlacht!

„Moritz?“, rief ich laut in Richtung Nebenzimmer. In meinem Gedächtnis hatte ich endlich die richtige Liste für das Vorgehen bei Erster Hilfe gefunden. „Hast du den Notruf abgesetzt?“

„Bin dabei“, ließ er sich aus dem anderen Zimmer vernehmen. In diesem Moment schlug mein Onkel die Augen auf.

„Pièrre ist wieder bei Bewusstsein." Erleichtert streichelte ich meinem Onkel über die Wange. Er versuchte, ein Lächeln anzudeuten, doch die linke Seite seines Mundes machte nicht mit, sie hing irgendwie schief herunter. Hinter mir hörte ich Judith laut ausatmen.

„Hallo, Pièrre. Keine Angst. Du bist im Büro. Eben bist du für einen Moment ohnmächtig gewesen."

Pièrre schaute erst sie, dann mich verwirrt an, sagte aber nichts. Moritz schrie aus dem anderen Zimmer, dass der Krankenwagen gleich käme.

„Hörst du, Onkel, jeden Moment wird Hilfe eintreffen. Bleib einfach liegen und ruhe dich aus. Wir sind bei dir."

In diesem Moment vernahm ich in meinem Rücken noch eine männliche Stimme. Phil.

„Ähm, wir kommen dann später noch einmal wieder." Diesmal war Judith schneller als ich. Sie drehte sich zu ihm um und fauchte ihn erbost an: „Das ist unterlassene Hilfeleistung!" So hatte ich sie noch nie erlebt. Sie war völlig außer sich.

Phil und der Jurist blieben unschlüssig stehen, als auch schon der Rettungsdienst klingelte. Der Notarzt stürmte hinein, kniete vor meinem Onkel und fragte ihn, wie er hieße. Doch Pièrre antwortete nicht. Der Arzt untersuchte ihn. „Sieht nach einem Gehirnschlag aus. Wir bringen ihn ins Krankenhaus."

„Kann ich mitfahren? Ich bin seine nächste Verwandte."

„Nein. Sie würden uns nur behindern, es muss schnell gehen. Sie können ihn gleich im St. Katharina besuchen." Die anderen Sanitäter waren bereits dabei, meinen Onkel auf die Trage zu hieven und ihn anschließend herauszutragen. Für mich blieb gerade noch Zeit für ein schnelles Adieu. Pièrre schien davon jedoch nichts mitzubekommen. Er hielt die Augen fest geschlossen und zeigte keinerlei Reaktion, als ich ihn zum Abschied streichelte. Ich blieb fassungslos in der Mitte des Zimmers stehen und starrte den Sanitätern hinterher. Erst als ich unten das Martinshorn hörte, kam ich wieder zu Verstand.

„Hör mal, Judith, kann ich dich hier allein lassen? Ich würde gerne zu Piérres Wohnung fahren und ihm ein paar Sachen für das Krankenhaus packen."

„Ja, natürlich."

Ohne mich von Moritz, Phil und den anderen zu verabschieden, verließ ich das Büro. Ich wusste kaum, wie ich in die Wohnung meines Onkels gekommen war. Erst als ich in Pìerres Schlafzimmer vor dem geöffnetem Kleiderschrank stand, wurde mir allmählich bewusst, wo ich mich befand und warum. Ich überlegte gerade, wie viele Schlafanzüge Pièrre im Krankenhaus benötigen würde, als mein Handy klingelte. Für einen kurzen Augenblick hatte ich ein Déjà-Vu. Ich erinnerte mich daran, wie ich versucht hatte, das passende Outfit für Phils vermeintlichen Heiratsantrag auszuwählen, als er per Anrufbeantworter Schluss gemacht hatte. Diesmal ging ich sofort dran. Vielleicht war es das Krankenhaus.

„Bea?"

„Fred?"

„Wie geht es Pièrre?" Die gute Judith hatte ihn offenbar schon informiert.

„Ich weiß noch nicht. Er liegt im St. Katharina, bin auf dem Weg zu ihm."

„Bitte melde dich, sobald du mehr weißt." Ich war einen Moment in Versuchung, meinem Bruder im Detail zu erzählen, was vorgefallen war und ihn als Arzt mit Fragen zu bombardieren, doch ich entschied mich dagegen. Erst einmal musste ich so schnell wie möglich zu Pièrre fahren. Ich fand den Gedanken unerträglich, dass er orientierungslos allein im Krankenhaus lag. Und bevor ich meinen Bruder um medizinischen Rat fragte, müsste ich die genaue Diagnose des behandelnden Arztes kennen. Also fasste ich mich kurz.

„Klar. Also dann, bis später."

„Hör mal, ich rufe nicht nur wegen Pièrre an."

Sofort begann mein Herz wie wild zu galoppieren. „Ja?" *Ein Unglück kommt selten allein,* dachte ich abergläubisch.

„Ich mache mir Sorgen um Lenny." *Oh Gott!*

„Was?"

„Sein großer Durst, die Tatsache, dass er so oft einnässt ..."

„Ja?"

„Das ist vermutlich der falsche Zeitpunkt, aber hat Emily ihn schon einmal auf Diabetes testen lassen?"

„Was?" Ich setzte mich auf Pièrres Bett. Fred wiederholte geduldig seine Frage.

„Nicht, dass ich wüsste, wieso?"

„Fahr du jetzt erst einmal zu Pièrre. Danach reden wir weiter."

Während ich nicht mehr systematisch, sondern wahllos Schlafanzüge, Handtücher und Unterwäsche aus dem Schrank zog, sprangen meine Gedanken zwischen Len und meinem Onkel hin und her. Ich war gerade dabei den Reißverschluss der Reisetasche zuzuziehen, als mein Handy erneut klingelte. Diesmal war es das Krankenhaus: Man teile es mir nicht gerne mit, aber Pièrre Dupont sei leider soeben verstorben ...

Die Todesnachricht versetzte mich in einen Schockzustand. Meine Gefühle schalteten sich ab, ich mutierte zum Roboter, zu einer Art mechanischen Sekretärin. „Moment", sagte ich und ging in die Küche auf der Suche nach einem Stift. Dort fand ich einen Kugelschreiber und eine alte Zeitung. Ich notierte die vermutete Todesursache: Apoplex. Mehr wollte man mir am Telefon nicht sagen.

Die mechanische Sekretärin in mir rief ein Taxi und ließ mich zum Krankenhaus befördern. Dort erklärte man mir, dass Pièrre wohl an den Folgen des Gehirnschlags gestorben wäre. Da es so schnell ging, vermute man, dass ein Tumor die Blutversorgung abgedrückt haben könnte. Der Tumor habe dann immer mehr Raum gebraucht und eine Hirnblutung verursacht. Ich speicherte ab, was ich hörte. Für später, für Fred. Doch es fiel mir zunehmend schwer, mir die vielen Informationen zu merken, insbesondere als der Arzt immer mehr Fachbegriffe benutzte. Irgendwann nahm ich nichts mehr auf. Nur an die letzte Frage konnte ich mich noch erinnern: „Bedürfen Sie noch weiterer medizinischer Ausführungen?“ Bedurfte ich nicht, zumindest nicht zu diesem Zeitpunkt. Egal, was für Wörter er auch immer benutzen würde, ich konnte nicht begreifen, dass Pièrre uns verlassen hatte.

Kapitel siebzehn: Zurück zu den Wurzeln

<u>Das Problem:</u> Es ist schwer, sich nicht von dem Verlangen nach dem Traummann zermürben zu lassen.
<u>Don't:</u> Sich aus Angst vor dem Scheitern aus dem aktiven Leben zurückzuziehen!
<u>Do:</u> Pflege stattdessen deine Fähigkeit, allein zu sein und in dich gehen zu können, unabhängig davon, was andere sagen. Vergiss abwertende Begriffe wie ‚alte Jungfer' und trage dein Singledasein mit Würde!
(Mehr dazu im ultimativen Beziehungsguide: So optimierst du dein Liebesleben, 17,50 Euro)

Von dem Rest des Tages bekam ich nicht mehr viel mit. Ich telefonierte, wenn ich mich recht erinnerte, als Erstes mit meinem Bruder. Fred nahm die Nachricht vom Tod unseres Onkels gefasst auf. Er schien sie bereits erwartet zu haben. Er bestand darauf, dass wir Pièrres Wunsch erfüllen müssten, die Beerdigung in Marseille, wo der Rest der Familie lebte, stattfinden zu lassen. Wir redeten noch ein wenig und er bot mir sofort an, am nächsten Morgen mit Lenny nach Bochum kommen, um mich bei allem zu unterstützen. Ich war so dankbar, dass er mich in dieser Situation nicht allein ließ. Danach rief ich in der Agentur an und informierte Judith. Sie stand genau wie ich unter Schock und konnte es nicht glauben, dass Pièrre tot sein sollte. Ich bat sie, unseren Kollegen die schreckliche Nachricht mitzuteilen und sie gleichzeitig darüber zu informieren, dass wir uns alle wie gewohnt am Montag in der Agentur treffen würden, um zusammen zu überlegen, wie es weitergehen sollte.

Abends fühlte ich mich erschlagen, kam aber erst zur Ruhe, als ich dem Schlaf – wie damals bei Philip – mit Tabletten nachhalf. Gefühlte Sekunden später klingelte mein Wecker. Ich sah auf das Ziffernblatt: Sonntagmorgen. Mir ging es schlecht, alles tat weh. Ich setzte Kaffee auf und wartete auf Fred und Lenny. Um neun Uhr kamen sie mit einer Tüte Brötchen an. Während ich immer wieder heulen musste, spielte Fred mit Emilys Sohn. Er hatte einen guten Draht zu dem Jungen. Doch ganz anders als bei Pièrre äußerte sich das nicht durch Kitzel-Attacken auf dem Teppichboden, sondern dadurch, dass er Lenny mit ruhigen Worten zum Spielen animierte: „Warum baust du den Kran nicht höher?" Und als Len danach erneut quengelte, stellte er ihm wortlos eine Dose voller Stifte vor die Nase.

Ich war sehr froh, dass zumindest mein Bruder Ruhe und Zuversicht ausstrahlte. Ich war dazu nicht mehr in der Lage. Die Welt war aus den Angeln geraten und ich hatte das Gefühl, auf ganzer Linie versagt zu haben. Als Len endlich seinen Mittagsschlaf hielt, waren mein Bruder und ich uns schnell einig, dass wir Emily bitten würden, ihren Urlaub abzubrechen. Ich konnte mich nicht weiter um Len kümmern, denn ich würde voll und ganz damit ausgelastet sein, die Beerdigung in Süd-Frankreich zu organisieren. Zum Glück wusste ich zumindest, wo mein Onkel seine wichtigen Unterlagen aufbewahrte. Er hatte immer großen Wert auf Ordnung gelegt. Fred war das Abschiednehmen in Frankreich weniger wichtig als mir, er wollte mir lieber den Rücken in Deutschland freihalten, als mich zu begleiten. Es wäre besser, beschlossen wir, wenn ich allein nach Marseille fahren würde. Schließlich hatte ich Pièrre täglich gesehen, Fred nur sehr sporadisch. Außerdem wollte mein Bruder Emily zu sich nach Köln einladen, um sie dabei zu begleiten, wenn sie Lenny auf Zucker untersuchen ließ. Erst jetzt fiel mir wieder Freds

Verdacht wieder ein. Das Telefongespräch schien in einem anderen Leben stattgefunden zu haben. Ich stimmte ihm zu, gerade nach der Erfahrung, wie fragil das Leben sein konnte. Ich begrüßte es, dass er Em begleiten wollte. Seiner Vermutung, dass Len ernsthaft krank sein könnte, müsste auf jeden Fall auf den Grund gegangen werden.

Und so rief ich Emily an, informierte sie über Pièrres Tod und bat sie, den nächsten Flug zurück nach Deutschland zu nehmen. Ich hielt das Telefonat bewusst knapp. Es fiel mir noch immer schwer, darüber zu reden, dass mein Onkel uns ... verlassen hatte. Die Bedeutung dieser Worte konnte ich noch immer nicht begreifen. Ausserdem war Ems schräge Barcelona-Tour verармintes Gebiet für mich. Ebenfalls etwas, über das ich ungern genauer nachdenken wollte. Umso überraschter war ich, als kurz darauf mein Telefon erneut klingelte und Lars mir sein Beileid ausdrückte. Auch er beschränkte sich auf das Wichtigste. Unser Telefonat dauerte nur ein, zwei Minuten: Wir begrüssten uns, Lars wünschte mir Kraft und dann kam er auch schon wieder zum Schluss. Und obwohl diesem Gespräch ein Spitzenplatz in der Rubrik „Turbo-Telefonat" zustand, bedeuteten mir Lars Worte sehr viel. Ich freute mich sehr, dass er mit mir mitfühlte. Seine Stimme hatte warm und aufrichtig geklungen. Während ich noch meinen Gedanken nachhing, wurde Len wieder wach und ich hatte keine Zeit mehr, mir noch länger Gedanken über Lars und Em zu machen. War vielleicht auch besser so! Fred und ich machten einen Spaziergang zusammen mit dem Kleinen und aßen anschließend zu Abend. Zumindest die Männer – ich bekam nichts herunter. Anschließend sahen wir das Kinderprogramm, bis Len eingeschlafen war, denn für pädagogisch sinnvolle Freizeitgestaltung fehlte uns die Kraft. Gegen Mitternacht packte Fred Lenny im

Schlafanzug ins Auto. Zusammen holten sie Em vom Flughafen ab und fuhren weiter nach Köln. Ich konnte sie nicht begleiten, da ich am Montag die Mitarbeiter der Agentur irgendwie bei der Stange halten musste. Ich schoss mich erneut mit Schlaftabletten ab und begann am Montagmorgen, ungnädig vom Wecker ins Leben zurückgeholt, die neue Woche todmüde, mit Gliedern schwer wie eine Wasserleiche.

Als ich die Agentur aufschloss, schoss mir der Gedanke durch den Kopf, dass der letzte Samstag mein 9/11 gewesen war: Der Tag, der mein Leben automatisch in vorher und nachher teilte. Noch war alles so unwirklich. Erst diese aufgedrehte Feierstimmung, später das entlarvende Wiedersehen mit Phil. Und dann die Nachricht von Pièrres plötzlichem Tod, die uns alle verstört zurückgelassen hatte. Und um mein Gefühlschaos komplett zu machen, war am Tag darauf auch noch Freds Sorge um Len dazugekommen, gar nicht zu sprechen von Emilys abrupter Rückkehr aus ihrem Liebesurlaub mit Lars.

Den Montag begannen wir mit einer Schweigeminute. Moritz, Judith und ich saßen fassungslos zusammen mit den anderen Mitarbeitern, jeder in seinen eigenen Gedanken versunken, in Pièrres Büro. Irgendwie wollte keiner von uns mit der Arbeit beginnen. So als wäre Pièrre erst richtig tot, wenn wir ohne ihn mit unserem Alltagsgeschäft weitermachen würden... Auch ich stand komplett neben mir. Die seltsamsten Dinge gingen mir durch den Kopf. Doch irgendjemand musste schließlich den Anfang machen.

Ich holte Luft und sprach aus, was mir durch den Kopf ging: „Ihr Lieben, wenn ich hier so im Büro sitze, kommt es mir so vor, als säßen wir alle in einem fahrtüchtigen Auto ohne Fahrer." Meine Stimme klang leise und brüchig. „Vermutlich werde ich diejenige sein, die mittelfristig das Steuer, zumindest eine Zeit lang, übernehmen wird. Doch ich kann euch jetzt noch nicht sagen, wie es in Zukunft weitergehen wird. Überstürzte Entscheidungen und Hauruck-Aktionen hat niemand verdient. Wir werden jetzt erst einmal alles tun, was zu tun ist, um meinem Onkel eine würdevolle Beerdigung zu verschaffen. Dann werde ich im Gespräch mit unserem Juristen und allen Beteiligten entscheiden, wie es mit der Agentur weitergehen wird. Dann werden wir sehen, was das Auto, sprich unsere Künstlervermittlung, überhaupt braucht, um weiterfahren zu können."

Schüchtern blickte ich hoch. So eine lange Ansprache hatte ich bislang selten gehalten, dementsprechend holprig waren mir die Sätze über die Lippen gekommen. Dennoch schien ich den richtigen Ton getroffen zu haben, denn mehrere Mitarbeiter nickten zustimmend und Judith warf mir ein Lächeln zu, während sie sich demonstrativ aufrecht hinsetzte. Ich verstand den Hinweis und öffnete ebenfalls meine Körperhaltung. „Kommen wir also zu dem, was wir heute erledigen sollten."

Judith ergriff das Wort und informierte alle, dass sie wegen des Testaments mit unserem Juristen gesprochen und die Überführung bereits organisiert habe. Pièrre würde am Mittwoch in Marseille beerdigt werden. Die anstehenden Aufgaben wurden ohne Diskussion problemlos verteilt. Als Pièrres Nichte und als Einzige, die Französisch sprach, bot ich mich an, nach Marseille zu fahren und unser Familienunternehmen vor Ort zu vertreten. Mein Vorhaben löste gemischte Gefühle in mir aus: Das Wiedersehen mit meinen Verwandten würde komisch werden, vermutlich überaus förmlich. Freds und mein Kontakt war die ganzen letzten Jahre hindurch darauf reduziert gewesen, irgendwelche Glückwunschkarten unserer Mutter oder unseres Onkels zu unterschreiben. *Mamans*

Erinnerungen an die Heimat waren wohl so schmerzhaft für sie gewesen, dass sie uns Kinder vom Rest der Familie so gut wie abgeschnitten hatte. Eigentlich schade, dass ich die Verwandtschaft nur bei traurigen Familienfesten wiedersah! Ich schob die Gedanken energisch zur Seite. Für private Sentimentalitäten blieb keine Zeit, oberste Priorität hatten jetzt logistische Überlegungen. Judith wollte sich um die Testamentsabwicklung, Todesanzeige sowie Phils Klageschrift kümmern, wofür ich ihr sehr dankbar war. Hätte ich noch einmal mit dem Popanz reden müssen, hätte ich vermutlich den allerletzten Funken Respekt vor ihm verloren. Moritz übernahm die Verantwortung für das Tagesgeschäft in Bochum, um zumindest die Fassade weiter aufrechtzuerhalten. Es war fast grausam zu sehen, wie schnell sich bürokratische Abläufe koordinieren ließen. Es kam mir unfassbar herzlos vor, wie gering der Aufwand für ein so einschneidendes Ereignis wie die Beerdigung eines Familienmitglieds war.

Das Telefon stand den ganzen Tag nicht still. Freunde, freie Mitarbeiter und ein Großteil unserer Kunden drückten ihr Beileid aus. Pièrre war überaus beliebt gewesen. Der Briefkasten würde in den nächsten Tagen vermutlich ebenfalls überquellen. Alle diese kleinen konventionellen Gesten rührten und trösteten mich an dem ersten Tag in meinem neuen Leben mehr, als ich erwartet hätte. Uns alle verband in diesem Moment ein starkes Gefühl von Zusammenhalt.

Am Montagnachmittag informierte mich Judith, dass die Fluggesellschaft meinen Flieger aus technischen Gründen storniert hatte und bot mir an, mich umzubuchen. Aus einer Laune heraus entschied ich mich jedoch dagegen. Ich wollte nicht in Stress und Hektik nach Marseille aufbrechen. Ich brauchte Zeit für mich. Ruhe, das Geschehene zu verarbeiten. Und deshalb packte ich meinen Koffer, setzte mich selbst ins Auto und fuhr los.

Während ich Richtung Süden fuhr, dachte ich an gar nichts, mein Hirn war völlig leer. Als wäre meine Festplatte gelöscht. Die einzigen Aufmunterungen bei meiner monotonen Fahrt waren die Pinkelpausen, in denen ich aus lauter Gewohnheit Ems letzte Nachrichten las, die sie am Sonntag abgefasst hatte, noch bevor sie wusste, dass sie am selben Tag zurückfliegen müsste. Danach fuhr ich wieder weiter, bis ich mich kaum noch wachhalten konnte. Ich folgte den Hinweisschildern zum nächsten Motel. Der Nachtportier checkte mich problemlos ein. Bevor ich einschlief, wischte ich zu einer älteren Nachricht von Em zurück. Vor zwei Tagen hatte sie Lars in ihrer Nachricht erwähnt.

Er ist unglaublich nett. Selten ist mir ein Mann begegnet, der so einfühlsam wie er ist.

Ich wischte noch ein wenig tiefer.

Es ist gemein, dass ich einen so hellen Teint habe. Beim Sonnen werde ich höchstens krebsrot, dann pellt sich meine Haut. L. hingegen sieht knackebraun aus. Zu beneiden!

Einerseits freute es mich, dass mich Ems Nachrichten kalt ließen. Die Eifersucht war weg. Gut so! Andererseits machte mir dieses Gefühls- und Gedankenvakuum Angst. Ich befürchtete, es könne heimtückisch wie ein Tsunami funktionieren: Zuerst zogen sich alle Emotionen zurück, um sich zu sammeln, und später würden sie dann umso erbarmungsloser als Riesenwelle unkontrolliert über mir zusammenschlagen.

Am nächsten Tag erreichte ich Marseille gegen Mittag. Dort lief alles wie geplant. Ein alter Klassenkamerad von Pièrre, Yves, hatte mir ein Zimmer im Hotel Vertige gebucht. Nichts Spektakuläres, aber zentral in einer Altstadtgasse gelegen, sauber und preiswert. Ich packte meinen Koffer aus, stellte den Wecker auf sechzehn Uhr, legte mich ins Bett und schlief bis zum späten Nachmittag durch. Dann rief ich als erstes Fred an. Nach dem kurzen Austausch von Nettigkeiten kam ich gleich zum Punkt.

„Sag schon, was ist los mit Lenny?"

„Ich hatte recht. Die Messungen haben ergeben, dass er tatsächlich überzuckert ist. Seine Werte waren so hoch, dass sie ihn für ein paar Tage dabehalten wollen ..."

Wieder bekam ich Kopfschmerzen. Das hörte sich nicht gut an.

„Die Zuckerkrankheit", hörte ich mich stottern. „Len hat Diabetes, das ist es doch, oder?"

„Ja, bei Len wurde Diabetes mellitus festgestellt." Fred sprach laut und langsam.

Ich stellte die Frage, die mir im Moment am meisten auf dem Herzen lag.

„Aber Diabetes ist nicht lebensbedrohlich, nicht wahr?"

Fred wich der direkten Antwort aus.

„Lenny wird gut behandelt. Im Krankenhaus haben sie bereits eine Reihe von Messungen durchgeführt. Mittlerweile kennen sie seinen Blutzuckerspiegel ziemlich gut. Sowohl den vor der Nahrungsaufnahme als auch den Durchschnittswert im Tagesverlauf. Dazu wurde ihm Blut abgenommen und im Labor untersucht."

Der arme Len! Er musste fürchterliche Angst haben!

„Außerdem wurde sein HbA1c gemessen, um zu sehen, wie hoch der Blutzucker in den letzten Monaten war."

„Was heißt das alles im Klartext?"

„Ich mach's kurz. Insulin ist ein Hormon. Wenn das, wie bei Lenny, zu wenig produziert wird, kann der im

Blut zirkulierende Zucker nicht von den Zellen aufgenommen werden."

„Das Insulin lässt sozusagen den Zucker in die Zellen hinein?", versuchte ich Freds Gedanken zu folgen.

„Ganz genau. Diabetiker müssen für den Rest ihres Lebens Insulin spritzen, weil es die Organe schädigt, wenn sich über längere Zeit hindurch zu viel Zucker im Blut befindet."

„Für den Rest des Lebens", wiederholte ich fassungslos. Ich schaute auf meinen Wecker. Yves würde bereits unten auf mich warten. Egal, ich musste jetzt meiner Freundin beistehen. Das war wichtiger.

„Kann ich mal mit Em sprechen?"

„Nein, leider nicht. Sie ist bei Len und da durfte sie ihr Handy nicht mit hineinnehmen. Aber sie wollte dir auch noch etwas Wichtiges sagen. Ich denke mal, sie wird dich noch anrufen."

„Okay, dann mache ich Schluss und gehe nach unten zu Yves."

„Danke, dass du das machst, Schwesterchen. Vergiss nicht, dass ich bei der Beerdigung in Gedanken bei dir bin."

„Danke. Und ein Glück, dass du Len unter deine Fittiche genommen hast, sonst ..."

„Du musst nicht weitersprechen. Ende gut, alles gut."

Ich zog mich an und ging nach unten in den Aufenthaltsraum, in dem ich mich mit Yves, Pièrres altem Schulfreund, verabredet hatte. Er begrüßte mich freundlich mit den obligatorischen beiden Küsschen und hielt mir die Tür auf, da wir ein Café außerhalb des Hotels aufsuchen wollten.

Das Hotel befand sich ganz in der Nähe des Hafens von Marseille. Yves und ich liefen an den schaukelnden Segelyachten vorbei, bis wir zu einem hübschen, aber teuren kleinen Straßencafé kamen. Unterwegs machten wir ziemlich gezwungen Konversation.

Yves schwärmte mir vom Ehrgeiz meines Onkels vor. Davon, wie arbeitsam Pièrre gewesen war, wie versessen er sich hochgearbeitet hatte. Laut Yves hatte ihn die ganze Zeit der Wunsch angetrieben, raus aus Frankreich zu kommen, seine Heimat hinter sich lassen zu können. Nach der Kaffeebestellung gestand mir der alte Mann stolz, dass er mich im Hotel sofort wiedererkannt hatte. Ich erfuhr, dass Pièrre ihm jedes Jahr zu Weihnachten Fotos von uns, seiner Nichte und seinem Neffen (früher natürlich auch Bilder von seiner Schwester, meiner Mutter) zugeschickt hatte.

Interessant. Es erstaunte mich, dass Pièrre all die Jahre hindurch so treu den Kontakt zu seinen französischen Freunden gehalten hatte. Wir schwiegen einen Moment und schauten beide aus dem Fenster, sahen eilige Geschäftsleute und gut angezogene Touristen an unserem Hotel vorbeilaufen.

„Jaja, seit wir 2013 den Titel der europäischen Kulturhauptstadt verliehen bekommen haben, wurde plötzlich viel Geld in die Sanierung gesteckt. Wenn du magst, zeige ich dir ein paar Projekte."

„Klar, gerne." Nach der langen Autofahrt reizte es mich, mir die Beine zu vertreten. Marseille gefiel mir auf den ersten Blick ausgesprochen gut. Es war warm, roch nach Sand und Meer, die Boulevards waren im Unterschied zu den Altstadtgässchen großzügig angelegt. Während wir über die von Palmen gesäumte Strandpromenade bummelten, erfreute ich mich an den hübschen Straßencafés und den einladenden Restaurants, die eindeutig der höheren Preiskategorie angehörten. Auf den Schiefertafeln vor den Terrassen wurden raffinierte Fischgerichte gelistet: Flunder, Seewolf, Muschelgerichte. Natürlich ohne Preisnennung.

„Marseille ist eine Stadt knapp vor der Millionengrenze", erklärte Yves.

„Aha, in etwa vergleichbar mit Köln. Dort wohnt mein Bruder Fred.“

Yves reagierte nicht. Ich vermutete, dass er schlecht hörte.

„In diesem Viertel sind die historischen Bürgerhäuser insgesamt gut saniert worden. Schau mal, da rechts steht eine ehemalige Tabakfabrik. Vor zehn Jahren wurde sie von Hippies besetzt und jetzt hat man ein hochmodernes Kulturzentrum daraus gemacht. Und in das ehemalige Schlachthaus dort hinten links ist jetzt eine Schule der zweiten Chance eingezogen.“

Ich nickte. „Die Mietpreise sind in diesem Viertel höchstwahrscheinlich entsprechend in die Höhe geschossen, oder?“ Ich sprach versuchsweise unseren Begriff ‚Gentrifizierung‘ französisch aus.

Yves schaute mich traurig an. „Scheint ein internationales Phänomen zu sein. Ich sage dir, das alte Marseille ist dabei, endgültig zu verschwinden.“ Wir passierten einen riesigen, modern aussehenden Büroturm aus Glas, Stahl und Beton. Daneben befand sich der aufgemotzte Eingang eines vierstöckigen Einkaufstempel.

„Très chic“, schnalzte Yves ironisch und sagte dann lange Zeit nichts mehr. Das war mir nur recht. Ich genoss die Sonne auf meinen Armen. Die langen Ärmel meines T-Shirts hatte ich bereits hochgeschoben. Die tief stehende Nachmittagssonne flutete die Stadt noch immer. Im Hafen plätscherten kleine Wellen und immer wieder hörte ich den hellen Klang der Seile, die sanft gegen die Masten schlugen. Judith wäre begeistert von dem Hörpanorama gewesen ...

Etwas später stand ich wieder vor meinem Hotel. Yves verabschiedete mich, nachdem er mich über den Ablauf der Beerdigung am nächsten Tag informiert hatte, mit zwei Wangenküsschen.

Ich ging auf mein Zimmer und fiel sofort in einen tiefen, erholsamen Schlaf. Als ich wach wurde, war es noch dunkel. Ich schaute auf den Wecker. Vier Uhr morgens. Ich las ein wenig, versuchte wieder einzuschlafen, fand aber keine Ruhe. Erinnerungen aus meiner Kindheit blitzten vor meinem inneren Auge auf. Ich fragte mich, woher genau meine Vorfahren gekommen waren. Es war immer vom Industriehafen die Rede gewesen. Ich wusste, dass er außerhalb von Marseille lag, etwa eine Stunde entfernt im Nordwesten. Ich versuchte erneut ein wenig zu schlafen, die Beerdigung würde noch anstrengend genug werden, doch es gelang mir nicht.

Um sechs Uhr stand ich auf, duschte und ging nach unten. Die Köchin war schon wach. Obwohl das Frühstück offiziell erst um acht Uhr serviert wurde, kredenzte sie mir eine Schale Milchkaffee und ein Croissant. Ich schaute aus dem Fenster, tunkte das Gebäck in den Kaffee und wartete, bis es langsam hell wurde. Frisch gestärkt wusste ich endlich, wie ich den Vormittag verbringen wollte. Ich ging zum Auto und machte mich auf den Weg nach Fos-sur-Mer, dem Geburtsort von meiner *maman* und meinem Onkel.

Eine Stunde später parkte ich an der Kirche Saint Saveur und blickte ins Tal. Ich meinte, mich an den Ausblick noch erinnern zu können, mochte mich aber auch täuschen. Vielleicht kannte ich ihn auch nur von Erzählungen, Fotos und Postkarten. Uralten Fotos, uralten Postkarten. Weder Pièrre noch *maman* hatten nach ihrer Auswanderung nach Deutschland ihre alte Heimat noch einmal besucht.

Ich machte mich auf dem Weg zum Industriehafen und hoffte auf ein Déjà-Vu, obwohl ich wusste, wie unrealistisch das war. Fred und ich waren damals noch viel zu klein gewesen. Ich war noch nicht mal zur

Schule gegangen. Ich stieg wieder in das Auto und fuhr in Richtung Zentrum.

Das einzig Hübsche an Fos-sur-Mer waren die Kanäle und der lange Sandstrand, doch ansonsten war von der vermutlich früher einmal schönen Natur nichts übriggeblieben. Ein Industriegebiet neben dem anderen. Im Hafen lagen rostige, wuchtige Frachter. Im Hintergrund ankerten Kreuzfahrtschiffe, surreale, auf mehreren Etagen verteilte Kunststädte.

Ich parkte das Auto in einer Haltebucht und lief die Straße zu Fuß hinunter. Baracken, Müll, halb abgerissene Häuser, die aber, wie man an dem Licht hinter den zerschlissenen Gardinen erkennen konnte, noch bewohnt wurden. Während im alten Hafen in Marseille malerische Cafés und elegante Fischrestaurants vorherrschten, gaben hier Ein-Euro-Läden, Handyshops, enge Minimärkte und Imbissbuden den Ton an. Das Erdgeschoss vieler Häuser zeigte Rußspuren auf. Ich nahm an, dass das auf die überall gegenwärtige Erdölraffinerie zurückzuführen war.

Als ich abbog, verschlug es mir den Atem. Es stank nach Fisch. Ich schaute mich um und sah, woher der Geruch kam. Ein alter Fischer schob seine Fische auf einer Schubkarre durch die Straße. Die in einer pinken Plastikbadewanne feilgebotene Ware sah nicht gerade vertrauenserweckend aus. Ich konnte noch nicht einmal Eis zum Kühlen entdecken.

Neugierig musterte ich die Gesichter der Einwohner, die mir begegneten. Bärtige Männer im Kaftan, Matrosen in Uniform, verschleierte Frauen, Jugendliche im Kapuzenpulli. Ob ich vertraute Gesichtszüge wiedererkennen würde?

Ob gar jemand das Bedürfnis haben würde, mich anzusprechen? Schließlich sah ich meiner Mutter ziemlich ähnlich. Doch in den verhärmten Mienen konnte ich nichts Vertrautes erkennen. Immer wieder begegnete ich bettelnden Müttern, die im Schneidersitz ihr Kind auf dem Schoss schaukelten. Vor ihnen ein Teller mit einer Handvoll Münzen. Cents, keine Eurostücke. Und immer wieder diese orange-weiß marmorierten Steine, die wie Nimm-Zwei-Bonbons aussahen.

„Was ist das?"

„Das sind die Augen der Heiligen Lucia." Die Frau legte mir einen Stein in die Hand. Er fühlte sich kalt, glatt und unerwartet leicht an.

„Das sind Muscheln, oder?"

„Ja, du legst sie in dein Portemonnaie. Das bringt Glück."

„Das kann ich gerade gut gebrauchen. Kannst du mir zwei verkaufen?"

„Nein, nein. Ich schenke sie dir."

Die Frau nahm meine Hand in ihre, legte mir noch eine Muschel in die Handinnenfläche und knickte dann ganz vorsichtig meine Finger ein, bis sie die orangen Augen wie ein Schutzwall umgaben. Ich legte der Bettlerin einen Fünf-Euro-Schein auf ihren Teller und bedankte mich herzlich. Als ich mich entfernte und die beiden Muscheln im Münzfach meines Portemonnaies verstaute, stiegen mir Tränen in die Augen.

Was für ein hartes Leben voller Armut und Entbehrungen! Davor also hatten mich meine Mutter und Pièrre bewahren wollen. Ich spürte, wie ein warmes Gefühl von Dankbarkeit meinen Körper durchdrang. Kein Wunder, dass Pièrre und meine Mutter jegliche Verbindung zu ihrer Herkunftsfamilie gekappt hatten. Der Ort hier war einfach zu trostlos.

Zum anderen wäre es vielleicht doch auch schön gewesen, mehr über meine Wurzeln zu erfahren. Vor allem hätte ich gerne gewusst, was für ein Mensch mein Vater war. Ob er sich noch in Fos-sur-Mer aufhielt? Meine Mutter hatte nie über ihn gesprochen.

Nur einmal hatte sie mir, kurz vor ihrem Tod, bestätigt, dass Fred und ich tatsächlich denselben Vater hatten.

Es war spät geworden, ich musste allmählich zur Beerdigung. Als ich zum Auto zurücklief, wurde ich immer unruhiger. Industriehafen, Leichenhalle, Kirche, Friedhof. Das war alles etwas viel auf einmal. Ich hatte Marseille und Umgebung von einer Seite kennengelernt, die ich lieber nicht hätte sehen wollen. Als könnte er Gedanken lesen, rief Fred mich just in dem Moment an, als ich ins Auto steigen wollte.

„Wollte dir nur Kraft wünschen." Wie nett! Es tat mir gut, dass jemand an mich dachte.

Danach ließ er sich in einem ziemlichen Fachchinesisch über die Ursachen von Pièrres Tod aus. Vielleicht war das die männliche nüchtern-sachliche Art mit so einem Schicksalsschlag klarzukommen.

„Schwester, vielleicht rufst du bei medizinischen Fragen zuerst deinen Bruder an und fragst den um Rat? Pièrres Symptome, vor allen Dingen dieses Schwanken zwischen funktionsfähig und defekt, dem abrupten Wechsel zwischen unauffälligen und extrem auffälligen Verhalten, sind typisch für Tumore. Je nachdem, ob das, ich nenne es mal ‚Gewebeknäul' gerade auf einen Hirnbereich drückt oder nicht, wirkt der Patient gesund oder krank. Aber die Sekretärin und du, ihr lagt auch nicht so ganz falsch mit eurer Alzheimertheorie. Die Tatsache, dass Pièrre sich nicht mehr an Naheliegendes erinnern konnte, etwa an die Weihnachtskarte für Philip, hätte auch ein Indikator für Demenz sein können."

Nicht nur die Weihnachtskarte von Phil hatte er vergessen, auch seinen Babysitter-Job. Ich schämte mich noch immer dafür, meinen Patensohn einer derartigen Gefahr ausgesetzt zu haben. Wie er da oben auf dem Fenstersims gestanden hatte! Noch immer brachte ich es nicht über mich, mein Fehlverhalten zu beichten.

Fred erzählte mir, dass er prima in der Zweckwohngemeinschaft mit Em klarkäme. Er versicherte mir, dass sie sowieso meist im Krankenhaus wäre. Lennys Zustand sei stabil, sodass ich mir um den Jungen keine Sorgen mehr machen bräuchte. *Uff,* dachte ich erleichtert, *immerhin eine gute Nachricht.*

„Lenny ist wirklich ein Schatz, erinnert mich sehr an seine Mama. Ein echtes Sonnenkind."

Wir verabschiedeten uns und ich fuhr von Fos-sur-Mer zurück nach Marseille. Zum Glück fand ich die Kirche auf Anhieb und würde pünktlich zur Beerdigung kommen. Als ich ausstieg, vertrat ich mir auf dem Kirchenvorplatz die Beine und versuchte, mich gedanklich auf die Zeremonie einzustimmen.

Dann hörte ich, wie jemand die Nase hochzog. Auch wenn das in dieser Situation nichts Ungewöhnliches war, kam mir das Geräusch dennoch seltsam bekannt vor. Und tatsächlich stand mit einem, Mal mein ungeliebter Kollege Moritz vor mir. Er hatte ein Flugzeug genommen, sich in einen schwarzen Anzug geworfen und bekundete mir sein Beileid mit einer Herzlichkeit, auf die ich mir keinen rechten Reim machen konnte.

Fast hatte es für mich den Anschein, als ob sein Sinneswandel etwas mit meinem entschiedenen Auftreten bei der Ersten Hilfe zu tun hätte. Als ob er mich seitdem als neuen Leithammel akzeptieren würde. Wer weiß? Alles sehr merkwürdig. Ich schob die Gedanken an die Agentur zur Seite, betrat die Kirche und konzentrierte mich ausschließlich auf die Beerdigungszeremonie.

Nachdem Pièrres Sarg in seine Heimaterde hinabgelassen und von uns Trauergästen mit Erde und Blumen bedeckt worden war, brachen wir zum Leichenschmaus auf. Auf dem Weg zum Restaurant klingelte mein Handy. Ich ärgerte mich, dass ich es nicht abgestellt hatte und wollte den Anruf schon wegdrücken, als mir der Gedenke kam, dass es etwas Wichtiges sein könnte. Dadurch, dass Pièrre so plötzlich gestorben war, schien mir das Leben plötzlich sehr zart und zerbrechlich und bedrohlich anfällig für alle möglichen Schicksalsschläge zu sein. Ich warf einen Blick auf das Display: Em.

Ich würde sie gleich zurückrufen. Doch erst wollte ich noch eine Rede für Pièrre halten. Ich verging jetzt schon vor Nervosität.

Eine halbe Stunde später stand ich vor der Trauergesellschaft. Bis zu diesem Zeitpunkt war ich Situationen, in denen ich im Rampenlicht stehen musste, meist erfolgreich aus dem Weg gegangen. Ich biss mir unsicher auf meine Unterlippe und versuchte mich an die Tricks gegen Lampenfieber zu erinnern, von denen ich gehört hatte. Zu spät. In meinem Hirn breitete sich ein fatales Blackout aus, einem kosmischen schwarzes Loch nicht unähnlich. Als ich mit meiner Rede begann, kam ich mir so hilflos vor, als würde ich nur mit einem Bikini bekleidet durch einen gefährlichen Sperrbezirk rennen.

Ich dachte an meinen Gesangsunterricht, nahm einen tiefen Atemzug und baute Körperspannung auf. Ich schaute auf die zitternden Notizen in meiner Hand und brachte die ersten Vorstellungs- und Begrüßungsfloskeln hinter mich. Dann sprach ich über meinen Onkel, suchte dabei gleichzeitig mit den Augen nach den passenden Zitaten von Yves, die ich mir am frühen Morgen noch mit einem andersfarbigen Stift unterstrichen hatte. Meine Stimme wurde immer leiser und brüchiger. Als ich hochschaute, merkte ich, dass die Trauergäste mir schon nicht mehr zuhörten, sondern längst erwartungsvoll auf den Nachtisch starrten. Ich musste meine Strategie ändern, meine Präsentation war erbärmlich und entsprach in keiner Weise der Respektbekundung, die ich im Sinn gehabt hatte. Ich legte meinen Zettel auf dem Stuhl hinter mir ab und wagte einen Neustart.

Ich begann mit den Ereignissen, die mir am nächsten lagen: Dem Ausflug nach Fos-sur-Mer. Ich schilderte meine Erlebnisse, beschrieb die Menschen aus allen Herrenländern, denen ich dort begegnet war. Danach sprach ich über *maman*, über ihren kantigen südfranzösischen Akzent, den ich so liebte und wie sehr ich es schätzte, diesen Klang jetzt wieder in den Ohren zu haben. Ich fügte aber auch hinzu, dass ich Mutters Misstrauen, ihre Maßregelungen ebenfalls mit der Muttermilch aufgesogen hatte.

Während ich früher immer genau wie sie hatte sein wollen, so fuhr ich fort, hätte ich an diesem Vormittag erkannt, dass ich nicht sie war und dass meine Mutter ein besseres Leben für mich gewollt hatte. Ich sollte es leichter haben und nicht die Last spüren, unter der sie gelitten hat. Zusammen mit ihrem Bruder Pièrre war ihr der Aufbruch in ein neues Leben gelungen. Während ich sprach, dachte ich daran, dass ich mich trotz meiner Wurzeln in Frankreich als Touristin fühlte und mehr Deutsche war als irgendetwas anderes. Innerlich bedankte ich mich bei meinem Onkel und *maman* noch einmal inständig dafür, dass sie mir die Tür zu einem wesentlich einfacheren Leben in Deutschland geöffnet hatten. Ein Leben, das mit dem harten Alltag in Fos-sur-Mer nichts mehr gemein hatte. Mit den Worten: „Ich möchte euch nun einen Einblick in den deutschen Teil von Pièrres Leben geben", wandte ich mich wieder der Trauergemeinde zu. Ich zählte Pièrres Verdienste auf und erläuterte meinem Publikum, wie mein Onkel Fred und mich stets gefordert und unterstützt habe. Als ich sein Lebensmotto „Handeln statt jammern" erklärte, sah ich, wie einige der Zuhörer zustimmend nickten.

Ich machte eine Pause. Konzentrierte Stille umgab mich. Ich atmete noch einmal tief durch und kam zum Schluss.

„Nachdem Pièrre mich geduldig großgezogen hat, schubst er mich jetzt aus dem Nest, damit ich das Fliegen lerne." Ich schluckte, ein riesiger Felsblock namens Trauer saß in meinem Nacken. „Im Leben gibt es keine Sicherheit. Weder vor Terroranschlägen und Naturkatastrophen noch vor Gehirntumoren. Es ist falsch, sich an die Vergangenheit zu klammern oder sich in die Zukunft wegzuträumen. Im Prinzip haben wir gar keine Alternative, als die Gegenwart wertzuschätzen. Danke, dass ihr alle gekommen seid."

Unter viel Beifall setzte ich mich, doch mein innerer Tumult war noch viel ohrenbetäubender: Eine regelrechte Steinlawine war mir in der letzten Viertelstunde vom Herzen gerollt. Ich nahm den Dessertlöffel zur Hand und löffelte meine Mousse au chocolat. Als ich den letzten Rest aus dem Schälchen kratzte, setzte sich Moritz neben mich.

„Leider spreche ich kein Französisch. Aber anscheinend hast du etwas Bewegendes gesagt. Mein Beileid und alles Gute für die Zukunft!"

Kapitel achtzehn: Nachtfahrt nach Barcelona

<u>Das Problem</u>: Welches Tempo ist in einer Beziehung richtig?
<u>Don't</u>: Es übertreiben. Andererseits solltest du wichtige Entscheidungen aber auch nicht aussitzen. Weder Sprint noch Marathon sind angesagt.
<u>Do</u>: Vertraue deinem Bauchgefühl, dann spürst du schon, ob sexuelle Revolution oder langsame Eheanbahnung das Richtige ist.
(Mehr dazu im ultimativen Beziehungsguide: So optimierst du dein Liebesleben, 17,50 Euro)

Ich konnte es nicht fassen, dass Moritz zur Beerdigung gekommen war. Seinen plötzlichen Wandel vom Saulus zum Paulus fand ich sehr befremdlich. Kam das daher, dass er aus nächster Nähe miterlebt hatte, wie Pièrre gestorben war oder war sein Verhalten schlicht und ergreifend der Angst um seinen Job geschuldet? Yves setzte sich an meine andere Seite und sagte noch etwas zu meiner Rede. Ich stellte die beiden einander vor, bedankte mich bei Yves für die Organisation der Beerdigung und entschuldigte mich. Ich zog mich in eine ruhige Ecke zurück und tippte Ems Nummer ein.

„Béatrice hier", meldete ich mich. „Du hast angerufen? Lenny geht es doch wieder gut, oder?"

„Hallo Béatrice. Danke, dass du dich meldest, obwohl du vermutlich mitten bei den Beerdigungsfeierlichkeiten bist."

„Schon gut", erwiderte ich ein wenig ungehalten.

„Len geht es gut. Er ist jetzt gut eingestellt. Auf lange Sicht geht es darum, den Langzeitblutzuckerwert unter sieben Prozent zu bekommen. Aber dein Bruder ist super. Er hilft mir sehr und meint, das sei gut machbar."

„Ja, Fred ist ein Schatz." Plötzlich wurde mir bei dem Gedanken, dass wir jetzt die letzten in unserer Familie waren, flau im Magen.

„Bea, es geht um etwas anderes. Du hast mich die ganze Zeit so unterstützt ..." *Wenn sie wüsste...*

„Darum wollte ich dir auch etwas Gutes tun." *Oh bitte, nicht schon wieder. Keine Zwangsverkupplungen mehr.* Ich spielte mit dem Gedanken, aufzulegen. Für solche Kindereien hatte ich keinen Kopf.

„Ich habe mein Hotelzimmer auf dich umgebucht. Ging ganz einfach. Fred meinte, Barcelona läge um die Ecke von Marseille, fahr doch einfach weiter."

Das hatte Fred mit Sicherheit nicht gesagt. „Um die Ecke?"

Sie druckste herum. „400, 500 Kilometer. Komm, du bist doch tatsächlich schon fast da. Und diese Stadt ist wie für dich gemacht."

Sie sah nicht, wie ich die Augen verdrehte.

„Gönn' dir mal was. Du könntest eine Pause und ein wenig Luxus durchaus gebrauchen."

Verrückte Idee. Aber tatsächlich hatte mir auch die Nachtfahrt nach Marseille gutgetan. Dieses regelmäßige Fahren hatte etwas von einem Road-Movie, es klärte die Gedanken.

„Lass es dir durch den Kopf gehen."

„Okay. Em, ich muss los. Die Trauergäste warten."

Ich hätte schon wieder losheulen können. Aber es tat auch gut, an etwas anderes als an Pièrre und Lenny zu denken. Barcelona, Spanien. Vielleicht war es wirklich das, was ich brauchte. Ehrlich gesagt hatte ich aber auch Angst, da ich nicht wusste, was mich erwartete. Waren Em und Lars ein Paar? Ich konnte mir das nicht vorstellen. Eine heiße Nacht, ja, aber eine ernst zu nehmende Beziehung? Und wie sollte ich damit umgehen, wenn Lars mir zum Beispiel seinen Liebeskummer beichten wollte? Gar nicht! Ich könnte es nicht ertragen, ihn als „Kumpel“ aufbauen zu müssen. Absolut undenkbar! Aber vielleicht würde es mir gelingen, von Anfang an Abstand zu Lars zu halten, tagsüber spanische Lebenslust zu tanken und nur zum Schlafen ins Hotel zurückzukehren. Das würde schon gehen. Das Wichtigste war im Moment wegzukommen. Mein verkorkstes Leben ein paar Tage hinter mir zu lassen. Und wer weiß, vielleicht würde es sogar ganz schön mit Lars werden. Immerhin hatte er angerufen, um mir sein Beileid mitzuteilen.

Ich spürte, wie tief in mir drinnen noch ganz andere Wünsche und Träume rumorten. Gefährliche Gefühle, denen ich rigoros verbot, ans Licht zu kommen. Stattdessen widmete ich mich der Organisaton. Ich beriet mich mit Yves, der daraufhin einen der Trauergäste, einen Freund von Pièrre, ansprach. So erhielt ich wertvolle Tipps: Der Freund informierte mich, dass die Distanz zwischen Marseille und Barcelona knapp fünfhundert Kilometer betrüge. Er rechnete mit fünf bis sechs Stunden Fahrzeit. Seine Wegbeschreibung klang nicht weiter schwierig: Erst die A neun und später die Autopista sieben. Das sollte selbst bei meinem schlechten Orientierungssinn zu schaffen sein. Was soll's. Ich würde es drauf ankommen lassen.

Kurze Zeit später verabschiedete ich mich von allen und fuhr nach einem Zwischenstopp in meinem Hotel los. Ich schickte Em eine SMS und dachte nicht mehr länger nach. Ich hatte meine Entscheidung getroffen. Wieder eine lange Fahrt durch die Nacht. Genau wie auf der Hinfahrt von Deutschland nach Südfrankreich.

Ich kam tatsächlich gut durch. Eine Stunde von Perpignan entfernt hielt ich in einer Autobahnbucht an. Um nicht noch müder zu werden, nahm ich einen großen Schluck meines abgestandenen Espressos aus der Thermoskanne. Mein Handy klingelte. Es war Fred, der mir den Namen, die Adresse und die Zimmernummer von Emilys Hotel durchgab.

Danach setzte ich die seltsame Fahrt fort. Es fühlte sich merkwürdig unwirklich an, im Dunklen durch eine mir unbekannte Gegend zu fahren. Diesmal klang keiner der Ortsnamen geläufig. Ich hörte laut französisches Radio, doch sobald ich in die Nähe der spanischen Grenze kam, wechselte die Sprache, sodass auch die letzte Vertrautheit wegfiel. Ich hatte keine Chance mehr, noch irgendetwas von den Nachrichten oder Verkehrshinweisen zu verstehen. Alle neunzig Minuten machte ich eine Pause auf einem Rastplatz und trank mein ekliges Thermokannengesöff. Kurz vor den ersten Barcelona-Schildern fand ich sogar eine geöffnete Autobahn-Tankstelle und gönnte mir eine Dosis frisch zubereiteten Koffeins.

Immerhin. Musik und Kaffee taten ihren Dienst. Ich schlief nicht ein und erreichte Barcelona in den frühen Morgenstunden. Die Ramblas, jene Marktstraße, von der Em berichtet hatte, fand ich auf Anhieb. Von dem geschäftigen Treiben, von dem Em mir so begeistert vorgeschwärmt hatte, war jedoch noch nicht viel zu merken. Nur hier und da bestückten vereinzelte Marktbetreiber schon ihre Stände. Kurze Zeit später passierte ich ein paar der Jugendstilgebäude, von denen mir Em ebenfalls erzählt hatte. Sie wurden festlich angestrahlt und sahen imposant aus. Wie hatte sie die noch beschrieben? *Fließender, zu Stein gewordener Beton, geradewegs einem Märchenbuch entsprungen.*

Es bereitete mir zum Glück keine Schwierigkeiten, Ems Hotel zu finden. Allerdings schien es in einem Radius von gefühlten drei Kilometern keinen Parkplatz zu geben. Völlig übermüdet bog ich in eine Seitenstraße ein, als direkt hinter mir ein roter Seat aus seiner Parklücke herausschoss. Ich setzte den Blinker und ließ durch mein elegantes Rückwärtseinparken das Herz eines jeden Fahrlehrers höherschlagen.

Kapitel neunzehn: Ankunft in Barcelona

<u>Das Problem</u>: Du suchst eine Beziehung und hast nicht ewig Zeit.
<u>Don't</u>: Auf den Auserwählten warten. So unterschiedlich sind die Menschen in der Regel nämlich gar nicht. Was du brauchst, sind strenge Suchkriterien.
<u>Do</u>: Entwickle einen persönlichen Prioritätenkatalog, mit dem du alle Kandidaten vergleichen kannst!
(Mehr dazu im ultimativen Beziehungsguide: So optimierst du dein Liebesleben, 17,50 Euro)

Das Hotel, das ich gegen acht Uhr morgens betrat, wirkte modern und sauber. An der Rezeption meldete ich mich als Ersatz für Emily an. Die Dame telefonierte kurz mit ihrer Chefin, händigte mir anschließend gegen Vorlage meines Personalausweises die Schlüsselkarte für das Doppelzimmer aus und wies mir dann den Weg zum Fahrstuhl. Meine Freundin habe, so informierte sie mich, auf der dritten Etage gewohnt. Erleichterung machte sich in mir breit. Endlich angekommen. Mein Körper fühlte sich warm und schwer an, Müdigkeit überkam mich. Endlich durfte ich mich fallen lassen. Ferien. Auszeit. Doch je mehr ich mich der Nummer dreihundertfünfunddreißig näherte, desto langsamer wurden meine Schritte.

Lars. Wusste er, dass ich kam? Nach seiner telefonischen Beileidsbekundung hatte ich nichts mehr von ihm gehört. Ich ging jedoch davon aus, dass Em ihn über meine Ankunft in Kenntnis gesetzt haben würde. Oder etwa nicht? Ems Verhaltensmuster waren nicht gerade das, was man berechenbar nennen konnte. Fakt war, dass man es ihr glatt zutrauen konnte, mich ins Messer laufen zu lassen. Vielleicht lag Lars gerade mit geöffnetem Hotelbademantel in Ems und seinem Lotterbett und wartete auf seine neuste Flamme. Würde er tot umfallen, wenn nicht Emily, sondern ich das Zimmer beträte? Wahrscheinlich würde er mir die ganze Woche lang mit liebeskranken Schwärmereien über die Vorzüge meiner Freundin in den Ohren liegen. Mein Kopfkino kam auf Touren. Ich kam kaum dagegen an, auch wenn ich mir noch so oft sagte, dass es sich nur um ein paar Tage handelte und Barcelona groß genug wäre, um sich aus dem Wege zu gehen.

Vorsichtig klopfte ich an die Tür und wartete. Taktvoll wie ich war, wollte ich ihm vor dem Eintreten wenigstens die Zeit geben, sich etwas überzuwerfen. Und dann verließ mich mit einmal meine gesamte Nervosität. Pfffffffffff, als hätte sich ein Pfropfen gelöst und der Druck wäre nach Außen verpufft. Meine „Worst-Case-Szenarien“ stoppten und machten einer großen, stumpfen Leere Platz. Diese Gefühlskälte war eine neue Emotion in meinem Leben. Obwohl es mir ganz und gar nicht behagte, hatte sie in den letzten Wochen einen immer größeren Raum in mir für sich beschlagnahmt.

„Hallo?“

Ich lauschte an der Tür, vernahm aber keinen Laut. Vorsichtig las ich die Schlüsselkarte ein und schob die Tür langsam mit dem Fuß auf. Das Hotelzimmer war leer und wies keinerlei Ähnlichkeit mit meinen erotischen Horrorvorstellungen auf. Vor mir standen lediglich zwei auseinandergerückte Einzelbetten. Dasjenige, das näher bei der Tür stand, war frisch bezogen und unbenutzt, das andere, weiter hinten im Zimmer, war zerwühlt. Ich legte meine Handtasche ab und zog laut ausatmend die Zimmertür wieder hinter mir zu. Ich sah mich um und entdeckte einen kleinen Zettel auf dem Beistelltisch: „Bin joggen." *Umso besser*, dachte ich, denn das gab mir Zeit, mich nach der langen Fahrt ein wenig auszuruhen. Erschöpft legte ich mich auf Ems Bett. Als letzte Amtshandlung befreite ich mich noch von meiner kneifenden Jeans und deckte mich mit dem kühlen Laken zu. Wenige Momente später war ich eingeschlafen.

Als ich aufwachte, hatte ich keine Ahnung, wo ich war. Es war heiß und hell. Ich drehte mich erst noch einmal in meinem Bett um, bevor ich mich mit immer noch halb geschlossenen Augen aufsetzte und mich räkelte. Ich hatte gut geschlafen, tief und fest.

„Guten Morgen, Béatrice."

Lars saß vor mir und strichelte in seinem Skizzenbuch.

„Hey, was machst du da?"

Er grinste und drehte das Buch so, dass ich es sehen konnte.

Eine Prinzessin in ihrem Bett. Schmeichelhaft unrealistisch: Ich als Prinzessin Lillyfee. Allerdings saß in der Mitte des Gesichtes *meine* Nase: ein Riesenzinken.

Lars trank unaufgeregt einen Schluck Wasser.

Ich ging auf sein Bild nicht ein, sondern zog unauffällig mein verrutschtes T-Shirt wieder über meinen Bauch.

„Wie spät ist es?"

„Zu spät fürs Frühstück, zu früh fürs Abendessen."

Ich schaute ihn belustigt an. „Ach ja", Lars grinste, „ich erinnere mich: du trägst keine Uhr. Es ist exactamente ..." Lars führte mit dramatischer Geste sein Handgelenk mit seiner Armbanduhr vor seine Augen.

„Zwei Uhr. Ich habe Hunger, du auch? In dem Restaurant um die Ecke haben sie ein gutes Mittagsmenü. Ich lade dich ein und du erklärst mir alles."

„Einverstanden. Ich hüpf' nur noch gerade unter die Dusche."

„Aber ja, schöne Frau, tu das …"

Lars war der Hammer. Wie konnte er so ruhig bleiben? Mich ausschlafen lassen? Ich hätte ihn im umgekehrten Fall geweckt und, wenn es hätte sein müssen, auf den Kopf gestellt, um jedes einzelne Wort aus ihm herauszuschütteln. Andererseits, wenn Em ihn entsprechend instruiert hatte, dann war mein Besuch keine große Überraschung …

Obwohl ich die Dusche genoss, beeilte ich mich. Es war seltsam zu wissen, dass der unwirkliche Mann aus dem Tropenhaus im Zimmer nebenan in Fleisch und Blut auf mich wartete. Als ich mich abtrocknete, stand ich vor einem neuen Problem. Was sollte ich anziehen? Mein Reisedress vom Vortag war indiskutabel, zumal ich schon im Shirt geschlafen hatte. Meine Wechselkleidung lag im Koffer. Der befand sich auf dem Rücksitz meines Autos und das stand, falls ich es überhaupt je wiederfinden sollte, in irgendeiner Seitenstraße. Okay, ich hatte keine andere Wahl. Ich zog mir wieder mein müffelndes Schlaf T-Shirt über und trat aus dem Bad.

„Lars, kannst du mir einen Gefallen tun?"

Seine Augen blieben an meinen Brustwarzen hängen. Ich merkte, dass sie sich deutlich durch den feuchten T-Shirt-Stoff hindurch abzeichneten. Mist, ich hätte doch mehr Zeit auf das gründliche Abtrocknen verwenden sollen.

Seine Stimme war belegt, als er mir antwortete. „Klar, was soll ich machen?" So wie er es sagte, klang es irgendwie zweideutig. Zu allem Unglück tat er auch noch einen Schritt auf mich zu.

„Mir ein Shirt von dir borgen?", sagte ich schnell. Er schien mich nicht zu hören.

„Hmm, du siehst toll aus."

Stopp! ermahnte ich mich in Gedanken. *Der Typ ist tabu. Du weißt nicht, was zwischen ihm und Em läuft.*

Doch dann lagen bereits seine Lippen auf den meinen. Mein Körper schmiegte sich automatisch an ihn, seine Hände umfassten meinen Rücken.

„Lars!"

„Was?", fragte er zart.

Ich schob ihn vorsichtig von mir weg, obwohl alles in mir nach ihm schrie. Aber es war die richtige Entscheidung. Petrus würde mir später an der Himmelspforte mindestens fünfzig Credit Points für einwandfrei moralisches Verhalten gutschreiben.

„Ich darf das Em nicht antun."

„Was denn?" Er klang irritiert. Okay, er wollte Klartext. Konnte er haben, dann musste ich es ihm eben auf den Kopf zusagen.

„Dass du sie mit mir betrügst."

Er sah mich erstaunt an. Dann setzte er sich auf den Bettrand und lachte.

„Oh Mann, was geht denn hier ab? Hast du wirklich geglaubt, Em und ich wären ein Paar?"

Ich explodierte.

„Willst du mich für blöd verkaufen? Täglich bekomme ich Textnachrichten, in denen sie mir von dir vorschwärmt, und ihr verbringt Tag und Nacht zusammen in dieser sinnlich-schwülen Metropole. Was soll ich denn sonst glauben?"

Lars hörte mir zu und versuchte ernst zu bleiben. „Hm, in der Tat, das könnte von außen anders aussehen, als es ist. Em und ich verstehen uns gut und haben viel Spaß miteinander, aber eben nur im angezogenen Zustand."

Er sah mich frech an.

„Als Freunde. Es ist ganz anders, als das, was zwischen uns läuft. Glaubst du etwa, ich küsse erst meine Traumfrau mit der Pinocchio-Nase, die ich durch Zufall wiedertreffe, und fange dann etwas mit ihrer Freundin an?"

„Aber warum hast du Em und nicht mich gefragt, ob ich Lust habe, mit dir nach Barcelona zu fahren?"

„Das war ihre Idee. Als Fred dir damals auf dem Ball den Wohnungsschlüssel aushändigte, hat sie mich zur Seite genommen. Sie klärte mich auf, dass er dein Bruder ist und nicht dein Mann. Ich war wirklich sauer auf dich an diesem Abend, fühlte mich hintergangen und wollte mich rächen. Ich weiß, ziemlich kindisch. Und Em bat mich, sie mitzunehmen, da sie auf deinen Bruder steht und ihn eifersüchtig machen wollte."

„Auf meinen Bruder? Auf Fred?"

„Ja, ich glaube schon. Aber so ganz sicher bin ich mir nicht. Persönliche Themen haben wir weitgehend ausgeklammert. Es war auch nicht so, dass wir täglich jede Sekunde etwas zusammen unternommen haben ... Aber egal. Ich finde es wunderbar, dass du jetzt hier bist. Lass es uns langsam angehen!"

Ich starrte ihn verwirrt an und hatte so eine Ahnung, was Ems wahre Beweggründe für meinen Barcelona-Trip waren. Diese alte Kupplerin!

Lars ahnte nicht, dass ich nun erst einmal mit meinen Gefühlen für Em klarkommen musste. Ich empfand ihr gegenüber fast so eine Art Trotz. Ich wollte nicht mit Lars zusammenkommen, weil sie mich manipuliert hatte, sondern weil ich es selbst wollte. Schon seltsam. Ich war fest davon überzeugt gewesen, dass Em nichts von meinen Gefühlen für Lars mitbekommen hätte. Andererseits waren sie mir aber im Schokomuseum vermutlich ins Gesicht geschrieben gewesen. Ich hatte damals selbst gemerkt, wie schlecht ich das Knistern zwischen Lars und mir überspielt hatte. Wenn Em jetzt nicht vollauf mit ihrem Sohn ausgelastet wäre, hätte sie sich auf etwas gefasst machen können!

Lars bekam von meinen inneren Kämpfen nichts mit. Unberührt von all dem trat er hinter mich und hauchte mir Küsse auf den Nacken. Ems Bild rückte gedanklich in den Hintergrund. Als er mich zu sich herumdrehte und mein Gesicht mit vielen kleinen Küssen bedeckte, hatte ich meine Freundin vergessen. Lars sah mich so glücklich an, dass für mich in diesem Moment niemand außer ihm zählte. Er zog mich an sich und ich hatte nur einen Wunsch: Ich wollte seine Lippen, seine Finger, seinen ganzen Körper spüren. So nah wie nur irgend möglich.

Und dann war alles ganz einfach. Wir ließen uns treiben, verschwendeten keinen Gedanken mehr an irgendetwas anderes. Lars sprang nicht noch schnell vorher unter die Dusche, etwas, das Phil immer ausgesprochen wichtig gewesen war. Er rollte auch, anders als Phil, ohne Grundsatzdiskussion und mit großer Selbstverständlichkeit im passenden Augenblick ein Kondom über sein Glied. Wir versuchten erst gar nicht, verräterisch knarrende Bettgeräusche zu vermeiden, sondern trieben die benachbarten Hotelgäste durch unser lautes Stöhnen vermutlich in den Wahnsinn. Als wir später nassgeschwitzt und erschöpft nebeneinander lagen, hörte ich dann noch ein weiteres äußerst verräterisches Geräusch, ein Knurren. Es kam direkt aus Lars Magen.

„Mist, ich muss etwas essen. Hast du denn keinen Hunger?“ Lars strich mir grinsend die Haare aus den Augen.

„Doch. Allerdings sollte ich mich dann wohl besser anziehen.“ Ich machte Anstalten, das Bett zu verlassen und witzelte: „Vielleicht klappt’s ja beim zweiten Anlauf!“

„Nein“, stöhnte er auf. „Komm nochmal zu mir. Auch, wenn ich dann für nichts mehr garantieren kann.“ Er empfing mich mit einem Kuss und dann führte eine Bewegung zu der nächsten ...

„Verstehst du das unter *es langsam angehen lassen*?“, zog ich ihn auf, als ich wieder zu Atem kam.

Irgendwann schafften wir es dann tatsächlich zu dem direkt an der nächsten Ecke gelegenen kleinen Restaurant mit den rotkarierten Tischdecken. Glücklicherweise hatte es durchgehend geöffnet. Nachdem wir eine Flasche Rioja und das Menú del Día bestellt hatten, erzählte ich Lars endlich vom Grund meiner Reise in die Vergangenheit und von Pièrres Beerdigung. Ich teilte ihm all die widersprüchlichen Informationen über Lennys Zuckerkrankheit mit, die ich noch nicht richtig zusammengesetzt bekam. Ich war so schnell nicht schlau aus Freds telefonischen Ausführungen geworden. Egal, die Details würden sich spätestens in Deutschland klären.

Lars hörte zu und unterbrach mich nur selten. Als wir mit dem Hauptgang fertig waren, spürte ich, dass meine Sorgen um Lenny ein wenig nachgelassen hatten. Dennoch verzichteten wir auf den Nachtisch. Zum einen aus Solidarität mit Len, zum anderen, um schneller zum Hotel zurückzukommen.

Als wir in die Lounge traten, erwartete uns die Rezeptionistin bereits mit dem Telefonhörer in der Hand.

„Señora, teléfono."

Ich nahm den Hörer entgegen.

„Béatrice?"

„Em, bist du es? Wie geht es Lenny?"

„Gut. Dein Bruder macht das ganz fantastisch. Lenny ist jetzt mit so einer seltsamen Pumpe richtig eingestellt."

„Pumpe?" Ich machte Lars das Daumen-nach-oben-Zeichen.

„Ja, ist schwer am Telefon zu erklären. Jedenfalls misst das Gerät regelmäßig Lens Blutzuckerspiegel und versorgt ihn dementsprechend mit Insulin."

„Kann ich mir gar nicht so richtig vorstellen, aber Hauptsache es funktioniert!"

„Tut es, hör mal, ich rufe noch wegen etwas anderem an."

„Ah ja?"

„Zwischen mir und Lars ist nichts gelaufen."

Ich wandte Lars den Rücken zu.

„Und warum glaubst du, sollte mich das interessieren?", antwortete ich verschnupft.

„Ich habe gemerkt, dass du ein Auge auf ihn geworfen hast. So etwas merkt man als Freundin."

Ich ging mit dem Handy ein paar Schritte den Korridor entlang. Der Empfang wurde gleich schlechter.

„Als meine Freundin solltest du mein Liebesleben mir überlassen."

„Du bist wütend."

„Und wie! Aber das ist im Moment erst einmal unwichtig. Hauptsache, Lenny geht es gut. Bitte grüß ihn von mir."

Ich ging wieder zurück zur Rezeption. Sofort wurde der Empfang besser.

„Mach ich."

„Ähm, und meinen Bruder auch ...?"

Lars grinste.

„Mache ich auch."

„Danke, dass du angerufen hast. Ich bin wirklich erleichtert, dass es Lenny gut geht!"

In der Nacht bekam ich kein Auge zu und ich musste zugeben, dass es nicht an Fred, Lenny, Em und Lars, sondern ganz allein an mir selbst lag. Ich beobachtete Lars, der eine Handbreit von mir entfernt (wir hatten die Einzelbetten zusammengeschoben) friedlich schlief. Die langen Wimpern seiner Augen zitterten dann und wann ein wenig. Mir gefiel es, mit Lars zusammen zu sein. Der Sex mit ihm war großartig. Außerdem konnte man gut mit ihm reden. Gefährlich viele Pluspunkte. Sein leicht behaarter Brustkorb bewegte sich auf und ab. Er atmete ganz regelmäßig.

Hin und wieder zuckte er, wachte aber nicht auf. Während er ruhig und unschuldig schlief, war ich völlig verkrampft. Ich hatte eine Scheißangst, wie es mit uns weitergehen sollte.

Kapitel zwanzig: Die Churrería

Das Problem: Dein Date besteht auf lange Gespräche und kommt nicht zur Sache.
Don't: Graue Theorie ernst nehmen.
Do: Reden ist Silber, Spaß haben Gold. Stürz dich ins Leben, nimm alles mit!
(Mehr dazu im ultimativen Beziehungsguide: So optimierst du dein Liebesleben, 17,50 Euro)

Am nächsten Morgen zeigte Lars mir nach dem Frühstück im Hotel den Parque Güell. Wir stellten uns ganz hinten in einer fürchterlich langen Schlange an. Erfreulicherweise ging es recht schnell voran.

„Ich war hier schon einmal, früher mit meinen Eltern", erzählte mir Lars. „Damals musste man noch keinen Eintritt zahlen. Aber soweit ich mich erinnere, ist der Preis gerechtfertigt. In dem Park gibt es auch eine Cafetería, in der meine Eltern süße Mandelmilch für uns bestellt haben. Ich kannte das vorher gar nicht. Die musst du unbedingt probieren!"

Eine halbe Stunde später saßen wir auf der Terrasse des Cafés, von dem Lars gesprochen hatte, und sogen mit dem Strohhalm eiskalte *Horchata* aus hohen Gläsern. „Schmeckt wirklich gut."

„Hm." Lars kritzelte in sein Skizzenbuch.

„Magst du mir dein Buch mal zeigen?"

Lars zögerte einen Augenblick, doch dann reichte er es mir herüber. Ich blätterte durch die Seiten, stellte ab und zu Fragen, lachte über ein paar ulkige Karikaturen und lobte ein paar Bilder, die mir besonders gut gefielen. Grelle Übertreibungen aus aberwitzigen Perspektiven.

„Eine Figur taucht immer wieder auf. So ein spindeldürres Männchen mit Drahthaaren."

„Oh, der mit dem gestreiften Pulli?"

„Ja", lachte ich und verglich zwei Zeichnungen miteinander. „Den hat er tatsächlich immer an."

„Das ist mein Alter Ego ‚Kurt der Künstler'. Er ist eine erfundene Figur, die du in vielen meiner Zeichnungen findest. Kurt ist der totale Chaot mit einer ganz speziellen, sehr schrägen Sicht auf die Welt."

Ich war verblüfft. Das war neues Terrain für mich.

„Er dient als Identifikationsfigur. Kurt beobachtet und kommentiert die verrückte Welt um sich herum, macht sich vor allem über den Mainstream, die ‚Generation Nice', lustig."

Ich hörte ihm fasziniert zu.

„Kennst du das Magazin ‚Mad'?"

„Na klar."

„Also Kurt ist sozusagen mein Alfred E. Neumann. Nur ohne Zahnlücke."

„Witzige Idee jedenfalls."

Ich blätterte noch ein wenig weiter. „Oh, das Bild kenne ich."

Lars beugte sich zu mir herüber. „Ah, das Bild aus der Schwarzwaldbahn. Und siehst du, hier habe ich das nächste Blatt herausgerissen. Für dich. Etwas, was ich sonst niemals mache."

Ich küsste ihn zum Dank für seine uneigennützige Tat.

Danach blätterte ich auf die jüngste Seite vor und gab ihm sein Buch zurück.

„Was zeichnest du denn jetzt?"

„Die grüne Mosaikfigur am Sockel der Treppe."

„Sieht wie ein Drachen aus."

Lars drückte etwas fester auf seinen Bleistift. „Ist es auch. Der Drachentöter steht übrigens nicht zufällig hier. Der Heilige Georg gehört zu den Schutzpatronen der Stadt."

„Mann, du kennst dich schon richtig gut aus. Gib mir mal ein paar Tipps, was man sich hier angesehen haben muss."

„Thousand things you must see before you die."

„Ganz genau. Obwohl ich fast befürchte, dass deine Liste anders aussieht als meine." Ich dachte an den Kölner Stadtplan, den ich für Em angefertigt hatte.

„Wenn du magst, können wir uns aufteilen." Lars legte sein Skizzenbuch auf den wackeligen Bistrotisch, nahm ein Radiergummi zur Hand und milderte vorsichtig unter Einsatz einer steilen Stirnfalte ein paar zu dunkel gewordenen Schraffuren ab. „Haben Em und ich auch so gehalten."

„Warum nicht? Dann kann ich ein bisschen shoppen gehen. Wann treffen wir uns wieder?"

„Um vier. Ich lade dich zum Churros-Essen ins gotische Viertel ein."

Er kreiste mir die Zone auf dem kostenlosen Hotelstadtplan ein, den ich vorsichtshalber an der Rezeption an mich genommen hatte.

„Hier, in dieser Straße", er markierte die Stelle mit einem Kreuz „befindet sich die beste Churrería der Stadt, sie heißt *Xurreria gats.*" Er schrieb mir den Namen auf den Plan.

„Hört sich nicht sehr spanisch an".

„Ist es auch nicht. Wir sind hier in Katalonien. Zwar sprechen hier alle spanisch, aber daneben gibt es noch eine zweite Sprache, das Katalanisch."

„Ich erinnere mich. Habe in der Zeitung etwas darüber gelesen. Gab es hier nicht auch eine Volksabstimmung darüber, ob Katalonien autonom werden soll?"

Lars tat so, als würde er nach Spitzeln Ausschau halten. „Ganz heißes Thema. Sprich bloß keinen darauf an, sonst schaffst du es nicht bis vier Uhr in die Churrería."

Wir packten unseren Kram zusammen und ließen ein paar Euro auf dem Tisch zurück. Lars brachte mich zum Plaza de Catalunya und kehrte dann zum Hotel zurück. Er wollte erst ins Hotel zurück und danach im Stadtteil Barceloneta im Meer schwimmen. Ich hingegen fing zielstrebig mit dem Window-Shopping an. Nach dem Stadtbummel machte ich einen Zwischenstopp im Hotel. Em hatte ihren kleinen roten Wecker im Badezimmer vergessen. Er zeigte bereits drei Uhr an. Egal, eine Dusche war Pflicht, ohne die würde ich eingehen bei diesen Temperaturen. Mit noch feuchtem Haar rannte ich los und machte mich auf die Suche nach unserem Treffpunkt.

Da mich niemand verstand, als ich den Namen nannte, zeigte ich den Passanten einfach Lars Notiz auf dem Stadtplan. Ein älterer Mann nickte und begleitete mich persönlich dorthin, während er auf gebrochenem Englisch Konversation über „Cats" zu machen versuchte. Keine Ahnung, wie er auf das Musical kam. Dann standen wir vor einem Schaufenster, auf dem der Schattenriss von Katzen klebte. Plötzlich wurde mir klar, dass ‚Gats' wohl übersetzt ‚Katzen' hieß. Ich bedankte mich höflich und der Señor verabschiedete sich freundlich.

Ich betrat das Café und sah Lars in der Ecke sitzen und zeichnen. Ich wollte mich katzenhaft anschleichen, doch meine Überraschung misslang. Noch bevor ich ihn erreichte, schaute er zu mir hoch.

„Ah, da bist du ja", strahlte er mich an. „Hast du es gut gefunden?"

Ich nickte und wollte ihm von meinem reizenden Begleiter erzählen, entschied mich dann aber dagegen und benutzte meinen Mund lieber zum Küssen als zum

Reden. Eine warme Woge durchlief mich, als ich seine weichen Lippen auf meinen spürte. Genießerisch schloss ich die Augen.

„Perdón, permiso.“

Eine Kellnerin schob sich an mir vorbei und stellte vorsichtig eine Tasse Kakao vor Lars ab. Ich setzte mich ihm gegenüber. Kurz darauf brachte die Bedienung einen Teller mit vor Fett nur so triefenden goldgelben Teigrollen.

„Musst du unbedingt probieren, ist die Spezialität von diesem Café. Soll ich dir dasselbe bestellen?“

Es roch gut. Wie Pfannkuchen.

„Für mich dasselbe, bitte“, wandte ich mich an die Kellnerin, grinste sie an und zeigte auf den Kakao und das Gebäck.

„Das sind Churros“, erklärte Lars mit wild rollendem Zungenschlag. „Die tunkt man in die Schokocreme, bevor man sie isst. Ems Reiseführer hat dieses Café empfohlen, hier schmecken sie wohl am besten.“

Die Kellnerin brachte mir meine Portion samt Kakao. Durstig nahm ich einen Schluck, setzte die Tasse aber sofort wieder ab.

„Was ist denn das? Jedenfalls keine Trinkschokolade!“

„Stimmt, das ist nicht als Getränk gedacht. Es ist die Glasur für diese frittierten Dinger.“ Lars machte mir vor, wie man Churros aß, und danach tunkten und mampften wir um die Wette. Es war superlecker. Als wir fertig waren, sprach das Ergebnis der Mehlschlacht für sich: Mund, Finger und Tisch schwammen in Schokolade, alles war mit Fettflecken übersäht und wir lehnten uns entspannt mit vollem Bauch zurück.

„Ich kann nicht mehr!“, stöhnte ich.

„Besser als Nutella, oder?“, feixte Lars mit glänzendem Mund.

„Aber so was von!", bestätigte ich. Ich zwinkerte ihm zu und stellte mit einmal erschrocken fest, dass ich so ungezwungen mit ihm flirtete, als wären wir fest liiert. Hallo? Konnte es sein, dass unsere kleine Fressorgie ein verkapptes Rendezvous nach unserem *One-Night-Stand* war? Nein, oder?

Es schien absurd, unser zwangloses Treffen mit meinen beiden unangenehmen Verabredungen im Bermuda-Dreieck zu vergleichen. Andererseits ließ es sich nicht leugnen, dass die Chemie zwischen Lars und mir nicht nur stimmte, sondern vor Übermut nur so funkte. Unsere Verabredung in der Churrería fiel eindeutig in die Rubrik ‚Date.' Aber es handelte sich nicht um ein normales Treffen. *Unser* Rendezvous war etwas ganz Besonderes, ein mediterranes Slow-Date. Essen und plaudern statt Selbstmarketing und Faktencheck.

„Und?" Lars lehnte sich zufrieden auf seinem Stuhl zurück. „Lust darauf, unser Wahrheit-oder-Pflicht-spielchen noch ein wenig fortzusetzen?"

„Habe nichts dagegen." Ich tupfte mir die Lippen mit einer Serviette ab.

„Also, du fängst an", bestimmte er.

„Okay."

Ich überlegte kurz. „Nenne mir drei Dinge, die wir beide gemeinsam haben!"

Lars antwortete so schnell wie Lenny seine Hand von einer heißen Herdplatte wegzog.

„Erstens: Wir sind beide Außenseiter, so wild und unkonventionell, dass wir nicht in die schöne, glatte Welt passen. Zweitens: Wir haben Hunger und drittens: Wir stehen aufeinander."

Außenseiter? Klang wenig schmeichelhaft. Lars sah, wie ich skeptisch die Stirn in Falten legte und streichelte beruhigend meine Hand.

„Spielregel eins: Lass mich ausreden!"

„In Ordnung. Ich höre nur zu.“ Für einen Moment bildeten wir eine kleine Insel des Schweigens inmitten der lebhaften Cafégespräche um uns herum. Dann setzte Lars zu einer längeren Ausführung an.

„Nun, was ich meine ist Folgendes: In unserer Gesellschaft gilt es als chic zu strahlen, schön und aktiv zu sein, sich zu optimieren. Es geht um exzessive Selbstdarstellung. Likes, Shares, Fünf-Sterne-Bewertungen. Das führt dazu, dass keiner mehr wagt, sich aus dem Fenster zu lehnen, Kritik zu üben. Die Angst, nicht zu gefallen, macht uns immer mittelmäßiger und konformistischer!“

Ich schaute ihn erstaunt an, wollte schon Stellung dazu beziehen, ließ es dann aber.

„Aus diesem Grund“, fuhr Lars nachdenklich fort, „arbeite ich so gerne als Karikaturist. Mein Job ermöglicht es mir, den Leuten den Teppich unter den Füßen wegzuziehen und ihnen das zu zeigen, was sie darunter so sorgfältig versteckt halten.“

„Wie zum Beispiel zu große Nasen“, zog ich das Ganze ins Lächerliche. Mir war noch immer nicht ganz klar, worauf er hinauswollte. Was hatte das mit mir zu tun?

„Aber wir sind beide anders.“ Lars ignorierte meinen Versuch lustig zu sein. „Nimm doch zum Beispiel nur die Situation, wie wir uns kennengelernt haben. Wir haben uns auf der Treppe in dem Zug getroffen, weil wir beide uns nicht energisch genug durchgekämpft haben, um einen gemütlichen Sitzplatz zu ergattern. Wir haben uns das Gerangel lieber von außen angeschaut, ohne selbst dabei mitzumischen.“

In der Tat, da war etwas dran. Lars und ich gegen den Rest der Welt. Klang romantisch.

„Hm, du magst recht haben“, stimmte ich ihm zu. „Mir fällt Smalltalk oft schwer. Ich empfinde dieses ganze oberflächliche Blabla häufig als sehr ...“ Ich suchte nach dem passenden Wort: „... anstrengend.“

Lars nickte: „Und langweilig obendrein."

„Okay, was den ersten Punkt angeht, kann ich dir vielleicht doch beipflichten, aber ich verstehe nicht, was du mit Punkt zwei meinst. Warum sind wir beide hungrig? Ich jedenfalls esse ausgesprochen gern so lange, bis ich satt bin." Ich grinste und biss herzhaft in meinen vierten Churro, auch wenn er schon kalt geworden war.

„Naja, ich auch", lachte mein Gegenüber. „Ich spreche auch eher von einem metaphorischen Hunger."

Oho, dachte ich. *Lars als Philosoph.* Genussvoll kaute ich auf meiner Teigwurst und hörte neugierig zu.

„Also, abstrakt gesprochen gefällt mir das Hungrige, das Unvorhergesehene als Lebenseinstellung besser als das Satte, Selbstgefällige. Mit anderen Worten: Mir ist Sicherheit weniger wichtig als anderen, ich empfinde Unsicherheit nicht unbedingt nur als bedrohlich." Er schaute mich fragend an, aber mir fiel kein spontaner Kommentar ein. Ich musste erst einmal darüber nachdenken, was er gesagt hatte.

Hatte er recht mit seiner Einschätzung? Interessante Position jedenfalls. Aber traf diese Haltung auch für mich zu?

„Ich finde es auch wichtig, Neues auszuprobieren", tastete ich mich vor. „Aber wenn ich ehrlich bin, macht es mir auch Angst." Ich dachte ans Singen. „Und ‚hungrig bleiben' als Lebensmotto hört sich anspruchsvoll und ein wenig einsam an. Außerdem mag ich keine Universalweisheiten."

Lars nippte an der Schokolade in der Tasse vor ihm.

„Eins zu null für dich", gab er zu, nachdem er seine Tasse abgesetzt hatte. „Punkt zwei ist mir aber trotzdem wichtig. Was ist falsch daran, weiter neugierig zu bleiben, und immer wieder die Grenzen der Komfort-Zone zu verlassen?" Lars schwieg einen Moment lang.

„Vielleicht können wir uns darauf einigen, dass wir beide Reisende sind."

Ich bemühte mich, mein Grinsen nicht zu auffällig werden zu lassen. Lars Wortwahl hörte sich wie eine Mischung aus Rockballade und Ferienprospekt an. Doch ich verstand, was er mir sagen wollte, auch wenn ich noch immer nicht gänzlich überzeugt war.

„Ich verstehe schon, auf was du hinauswillst. Es kommt dir auf das Lebensgefühl an. Aber ich finde, dass du dir widersprichst. Wie können wir ‚Reisende' sein, wenn wir kein Ziel haben?"

Für mich war diese Art der Diskussion sehr ungewohnt. Mit Philip hatte ich eher über andere Themen, über das große Ganze gesprochen. Wirtschaft, Weltpolitik und Flüchtlingsströme. Unsere Ausführungen hatten, mit Abstand betrachtet, die Tendenz, sich immer nur auf das Allgemeine zu beziehen. Paradoxerweise war mir das leichter gefallen, als mit Lars über meine eigene Lebenseinstellung zu reden.

„Doch, doch", fiel er mir leidenschaftlich ins Wort. „Wir haben ein Ziel, aber es ist selbstgemacht, oder besser selbstgefühlt. Was ich sagen will, wir übernehmen nicht einfach nur eins zu eins gesellschaftlich festgelegte Werte."

„Okay", gab ich mich diplomatisch. „Kompromiss angenommen. Sollen wir uns noch eine Runde Getränke bestellen? Ich bin jetzt zwar nicht mehr hungrig, dafür aber durstig."

„Unbedingt!", lächelte Lars. Ich rief nach der Kellnerin. Nach zwei Gläsern eiskalter konformistischer Cola kam ich auf Lars Punkteprogramm zurück.

„Und drittens?"

„Sexuelle Anziehung. Unsere Körper stehen aufeinander. Sind wie gemacht füreinander."

Ich errötete wie eine Grundschülerin und verschluckte mich prompt an meinem Erfrischungsgetränk. Lars klopfte mir auf den Rücken. Als ich mich wieder beruhigt hatte, fragte er süffisant.

„Soll ich das noch genauer ausführen?"

Ich murmelte: „Nicht jetzt", woraufhin er mich sofort festnagelte. „Wunderbar, ich freue mich schon auf später." Dabei sah er mich auffordernd an. Sehr sexy. Lässig lehnte er sich zurück. „Okay, wie du willst: Zurück zum Spiel. Wir waren bei der Rubrik Wahrheit. Ich bin dran!"

Lars schaute auf einen imaginären Punkt links über meiner Schulter und überlegte. Kurz darauf, hatte er anscheinend das Passende gefunden.

„Meine Frage lautet: Was ist dein innigster Wunsch?"

Ganz spontan schoss es aus mir heraus: „Kein Kind großziehen zu müssen."

Lars wartete. Doch ich war selbst zu erstaunt von meiner Antwort, um sie zu erläutern. Wenn es in unserem Spiel darum ging, den anderen besser kennenzulernen, dann hatte ich mich selbst übertroffen. Ich offenbarte mich nicht nur Lars, sondern überraschte mich mit meiner Vehemenz auch selbst.

„Kann ich verstehen." Lars streichelte meine Hand. „Ich habe zehn Jahre lang mein Zimmer mit meinen beiden jüngeren Brüdern geteilt. Mein Bedarf an kindischen Streitereien ist ebenfalls eher gering."

Ich war ihm dankbar für seine Bemerkung, litt aber noch immer unter der Explosionskraft meiner eigenen Antwort. Schnell lenkte ich von diesem brisanten Thema ab.

„Worüber würdest du keine Witze machen?"

Innerlich klopfte ich mir auf die Schultern. Eine gute, heikle Frage. Das Charlie-Hebdo-Problem. Für mich gehörten beispielsweise religiöse Themen eindeutig in den Tabu-Bereich, aber ich war mir ziemlich sicher, dass Lars das anders sah.

„Humor hat mit Macht zu tun“, überlegte er laut. „Es ist oft befreiend, Machtverhältnisse zu entlarven.“

„Lachen kann etwas Arrogantes haben, aber auch Gemeinsamkeit stiften“, warf ich ein. Mir gefiel unser Gespräch.

Er schaute kurz aus dem Fenster. „Als Kind waren meine Krakeleien der Eingang zu einer geheimen Schutzwelt. Mein eigener kleiner Narnia-Kleiderschrank, wenn du so willst.“

Verunsichert schaute er mich an. Ich lächelte, wartete aber gleichzeitig gespannt darauf, dass er weitersprach.

„Aber du hast schon recht. Es geht vermutlich mehr um das Wie als um das Was. Karikaturen kommen vor allem bei meinen Jobs als Schnellzeichner gut.“

„*Fast Lars*“, neckte ich ihn.

„Stimmt genau, dabei liegt mir detailliertes Zeichnen eigentlich mehr. Obwohl, weißt du noch, der Familienvater in unserem Zug, der hat nun wirklich nach Überspitzung geschrien.“

Wir beide lachten in Erinnerung an den Körperpflege-Exhibitionisten. Unsere Ausgelassenheit legte mir auch gleich meine nächste Frage auf die Zunge.

„Wann hast du das letzte Mal geweint?“

Diesmal musste Lars nicht nachdenken. „Im Kino.“

Interessiert beugte ich mich vor. „Ach, ja?“

Ich fragte mich, was für Filme er wohl schaute. Vielleicht künstlerisch wertvolle Art-House-Produktionen?

„Als sie letztens mal wieder Mr Bean als Johnny English im Programmkino zeigten, habe ich Tränen gelacht.“

Geschickt, er hatte meine Frage einfach ins Lächerliche gezogen. Doch gerade als ich protestieren wollte, übernahm er die Führung.

„Jetzt stehen mir ebenfalls zwei Fragen zu.“

„Okay“, gab ich klein bei.

„Was war dein bisher größter Erfolg?“

„Jetzt erwartest du sicherlich ein toll organisiertes Event oder einen wunderbar geschliffen Slogan, aber wenn ich dir ganz unmittelbar antworten soll, dann käme mir mein Ex, Phil, in den Kopf.“

„Dein Ex-Freund?“, Lars runzelte die Stirn. „Was sollte ich über ihn wissen?“ Unser Spiel drohte seine Leichtigkeit zu verlieren.

„Er hat mich dazu gebracht, mich für die Männeraskese, meine ‚Männer-Detox‘, wie Em es nennt, zu entscheiden.“

Ich erläuterte ihm mit knappen Worten meinen Entschluss und hielt irritiert inne, weil das sarkastische Lächeln auf seinem Gesicht immer breiter wurde. Machte er sich lustig über mich? Das würde ich ihm heimzahlen.

„Ach“, sagte ich süffisant. „Du denkst an gestern? Naja, was in Barcelona geschieht, bleibt in Barcelona.“

Seine Gesichtszüge wurden hart.

„War ein Witz“, ruderte ich zurück, doch mein kleiner Scherz hatte offensichtlich mehr Schaden verursacht, als ich beabsichtigt hatte. Zum Glück fing er sich schnell wieder.

„Nun denn, dann kommt hier meine letzte Frage an dich für den heutigen Tag. Was ist dir bei einer Freundschaft am wichtigsten?“

Ich antwortete ohne Nachdenken. „Ehrlichkeit!“

Auf Lars Stirn zeigte sich mittlerweile eine tiefe Furche. Das stachelte mich nur noch mehr an. Ich setzte noch einen drauf: „Und Wahrheit!“ Lars Mimik versteinerte zusehends.

„Hey“, antwortete ich gereizt. „Was ist daran falsch?“

„Deine Einstellung hört sich für mich zu sehr nach Schwarz-Weiß-Denken an. Ich halte den einen strahlend weißen Weg der Wahrheit für einen Mythos. So funktioniert das nicht im echten Leben. Es gibt Regeln und manchmal muss man die erst brechen, um überhaupt mitspielen zu können." Dabei schaute er mir bedeutungsvoll in die Augen, fast entschuldigend. Plötzlich gab er dem Thema einen anderen Dreh: „Und überhaupt, was sagst du zu allen Höflichkeitslügen und Halbwahrheiten? Ich finde, man muss den konkreten Fall betrachten und sich nicht hinter allgemeinen Lebensrezepten verstecken."

Er nahm meine Hand und zeigte auf den Flohmarktring, den ich immer noch nicht wieder über die Knöchel gezogen bekam.

Auf einen Schlag war die Intimität unserer Unterhaltung geplatzt. Ich schüttelte wütend seine Hand ab, fühlte mich in die Ecke gedrängt. Der Gedankenaustausch, den ich bis zu diesem Augenblick als innig und inspirierend wahrgenommen hatte, war in das genaue Gegenteil umgeschlagen. Lars erschien mir mit einem Mal unerträglich selbstgefällig. Ich hätte mir am liebsten demonstrativ die Ohren zugehalten, als er, nachdem er bezahlt hatte, zu einem salbungsvollen Schlussplädoyer ansetzte. Alles, was sich eben noch authentisch und wahrhaftig angehört hatte, klang jetzt nur noch falsch. Lars wirkte zu ernsthaft und fordernd, als ob er ein Anrecht auf mich hätte. Mir ging das zu schnell. Es gefiel mir gar nicht.

„Kennst du den Ausspruch von ‚Mauern und Brücken'?"

Bloß keine weisen Ratschläge und Sprüche! Ich starrte Lars vorwurfsvoll an, um ihn zum Schweigen zu bringen. Leider funktionierte das nicht.

„Ich glaube", fuhr er fort, „er stammt von John Lennons Album *Walls and Bridges*. Béatrice, du bist sehr begabt im Mauern bauen. Dir macht es Spaß, deine Mitmenschen dagegen anlaufen zu lassen und ganz besonders genießt du es, *mir* dabei zuzusehen, wie *ich* von der Mauer hinunterfalle!“

Lass mich bloß in Ruhe mit deinen Predigten!, dachte ich empört, drehte mich um und lief in die entgegengesetzte Richtung.

„Was maßt du dir an? Du kennst mich doch gar nicht!“

„Ich versuche doch nur, uns Brücken zu bauen“, hörte ich ihn noch hinter mir herrufen.

Konnte er nicht einfach akzeptieren, dass ich noch nicht so weit war? Ich brauchte Zeit, um alles zu ordnen, was in meinem Leben passiert war. Und wenn schon Musikzitate, dann war Pink Floyds: *We don't need no education, we don't need no thought-control* das Gebot der Stunde: Ich wollte nicht mehr länger auf die Liebestipps und Lebensratschläge der anderen hören, sondern herausbekommen, was ich selbst für richtig hielt.

Kapitel einundzwanzig: Stadtporträts

<u>Das Problem:</u> Eifersucht.
<u>Don't</u>: Grübeln und nachtragend sein.
<u>Do</u>: Sei ein Partygirl! Vergiss nicht: you only live once! Frau kann mit vielen Männern Spaß haben!
(Mehr dazu im ultimativen Beziehungsguide: So optimierst du dein Liebesleben, 17,50 Euro)

Ich verließ die Churrería und rannte kopflos davon. Eine Weile später hielt ich mit heftigem Seitenstechen auf einer mir unbekannten Plaza inne. Nachdem ich mich beruhigt hatte, setzte ich mich auf den Rand eines Brunnens und dachte nach, was ich jetzt tun wollte.

Mit jemandem über meine Enttäuschung reden, hören, wie es Lenny ging.

Ich beschloss, meinen Stolz beiseitezuschieben und mich bei Em zu melden. Da ich mein Handy im Hotelzimmer vergessen hatte, blieb mir nur ein Chat über Facebook, um mit meiner Freundin Kontakt aufzunehmen. Und so betrat ich ein Internet-Café, das hier „Locutorio" hieß. Ich erklärte dem Bediensteten, einem Schlägertyp im Rippenshirt, der sich aber als ausgesprochen hilfsbereit erwies, was ich vorhatte und er half mir beim Einloggen.

Hi Em. Ich sehe, du bist online. Schreib mir doch kurz, ob mit Len alles ok ist.

Eine Minute später kam ihre Antwort.

Hallo meine Liebe, Len geht es schon viel besser. Er ist mittlerweile gut eingestellt.
Ein Glück. Bin so erleichtert.

Ich wartete und musterte die beschmierten Wände des „Locutorios." Offensichtlich schrieb meine Freundin einen längeren Text. Ich entdeckte ein Graffiti, das mir gut gefiel.

Be a voice, not an echo.

Wow, die perfekte Retour-Kutsche für alle diejenigen, die mich mit ungefragten Ratschlägen nervten. Ich überlegte, ob ich Lars diesen Spruch bei unserer nächsten Begegnung an den Kopf werfen sollte. Allerdings würde er dieses Motto vermutlich ebenfalls richtig gut finden. Lars... Ich wusste wirklich nicht, was ich von ihm halten sollte.

Ems Antwort erschien auf dem Bildschirm.

Im Krankenhaus sah er so klein und schmal aus. Kam mir vor wie eine Rabenmutter. Offensichtlich hat er die genetische Veranlagung zur Zuckerkrankheit von seinem Vater geerbt. Aber ich fühle mich irgendwie schuldig und frage mich, was ich falsch gemacht habe. Hätte ich es nicht schon früher merken müssen?

Schnell tippte ich eine Antwort.

Zu viel Nutella.

Ich drückte auf das Smiley. Len liebte dieses Zeug und strich sich morgens ein Viertel des Glases aufs Brot. Da waren mein Patensohn und ich uns trotz des Generationsabstands erstaunlich ähnlich!

Dachte ich zuerst auch, aber die Ärzte sagen, das sei Unsinn. Hör mal, wir haben gleich wieder einen Termin, ich muss Schluss machen. Aber erzähl mal noch schnell: Wie gefällt dir Barcelona?

Ich gab meine Antwort ein:

Gut.

Sie reagierte nicht, mein Herz schlug schneller. Ich fühlte mich ertappt. Meine Finger flogen über die Tasten:

Die Architektur, die gotische Altstadt ...

Ein Icon zeigte mir, dass Em gleichzeitig Text eingab.

Lars????

Sie war mal wieder schneller als ich. Hatte ja auch nur einen Namen zu tippen. Vier Buchstaben, die einen Wirbelsturm in meinem Kopf lostraten. Ihr angeblicher Schwarm, mein wunderbarer Liebhaber. Ich reduzierte meine Antwort auf zwei Buchstaben, ein vielsagendes „Ja“. Sie antwortete umgehend.

Kommt ihr klar?

Ja.

Mein Gott, ich klang wirklich einfältig.

Okay, ich muss dann. Grüß Lars von mir.
Und du gibst dem tapferen Len einen Kuss von mir.

Gedankenversunken schlenderte ich durch die Straßen und landete wieder einmal auf der Plaza de Catalunya. Und da sah ich Lars. Er saß vor einer Staffel aus Holz auf einem klappbaren Campingstuhl. Ihm gegenüber thronte eine südländische Schönheit, die er porträtierte. Ich schlich mich von hinten an die beiden heran. Als ich in näher kam, hörte ich, dass sie sich unterhielten. Die Lockige kicherte und strahlte Lars an, der nun mit dem Rücken zu mir saß. Sie nahm immer wieder Augenkontakt mit ihm auf und räkelte sich aufreizend unter seinem Blick. Selbst auf die Entfernung konnte ich sehen, wie heiß sie auf ihn war.

Fasziniert und abgestoßen zugleich pirschte ich mich noch näher an den Tatort heran. Ich wusste, dass meine Lauschaktion erbärmlich war, aber ich konnte nicht anders.

Lars Kopfbewegungen hatten etwas von diesem alten braunen Wackelhund, den meine Mutter damals für uns Kinder im Auto vor der Heckscheibe deponiert hatte. Erst schaute er zu der Schönen, dann hielt er ihre Gesichtszüge mit Kohle fest. Seine Augen hüpften zurück zu ihr und er fügte seinem Gemälde weitere markante Striche hinzu, radierte, schattierte. So ging das eine Ewigkeit. Die schwüle Intimität zwischen Maler und Modell, Lars flinke Finger, die auffordernden Blicke, das Abtasten mit den Augen, das Umgarnen mit Worten. Als er der Kundin die eingerollte Zeichnung in die Hand drückte, lief ich verletzt ins Hotel zurück. Dort packte ich meine Sachen und eilte zu meinem Auto, das ich zum Glück sofort wiederfand. Ich setzte mich hinter das Steuer und machte mich auf den langen Rückweg. Lieber würde ich Harakiri begehen, als noch einen Tag länger in Barcelona zu bleiben.

Kapitel zweiundzwanzig: Start ins neue Leben

Be a voice not an echo.

Die Tage im Süden lagen mir noch lange schwer im Magen. Obwohl ich schon mehr als eine Woche wieder zurück in Bochum war, ließen sie mich einfach nicht los. Pièrres plötzlicher Tod, seine Beerdigung, Ems Betrug, die Liebesnacht mit Lars ... das alles hatte mich mehr aufgeregt, als ich wahrhaben wollte. Ein wildes Durcheinander aus Fragen und Antworten summte wie ein Stock aufgebrachter Bienen in meinem Kopf. Ruhe und Gelassenheit waren Fremdwörter aus einem glücklicheren Paralleluniversum, zu dem mir der Zutritt verschlossen blieb.

Im Vordergrund stand die Trauer um Pièrre. Es verging nicht ein Tag, an dem ich nicht an ihn denken musste. In den Räumen der Künstlervermittlung war es ganz besonders schlimm. Alles erinnerte an ihn. Ich funktionierte nur noch mechanisch, versuchte den Laden irgendwie am Laufen zu halten. Ich war unfähig, über die nächsten vierundzwanzig Stunden hinaus zu denken. Allerdings wurde viel getuschelt. Mir kam es so vor, als würden, sobald ich das Zimmer betrat, die Gespräche abrupt versanden. Merkwürdig. Es war ausgerechnet Moritz, der Tacheles sprach und dadurch dem Tratsch ein Ende setzte.

„Bea", fing er an. Seine heisere Stimme zeigte mir, wie unwohl er sich fühlte.

Genervt schaute ich kurz hoch.

„Was gibt's?"

„Ähm, ich wollte dich, nun, um ein Personalentwicklungsgespräch bitten." Linkisch tänzelte er vor meinem Schreibtisch hin und her.

„Personalentwicklungsgespräch?", wiederholte ich verwirrt. „Mit mir? Jetzt?"

Plötzlich fing er sich, blieb ruhig stehen und schaute mich an, ohne mit der Wimper zu zucken. Alle Augen schienen auf uns gerichtet zu sein.

„Ich brauche Planungssicherheit", erklärte er mit fester Stimme. „Ich muss wissen, wie es beruflich weitergeht."

Ich hatte das Gefühl, dass alle um uns herum die Luft anhielten. Ich setzte mich gerade auf meinem Stuhl hin. Mein Kopf fing an zu schmerzen und gleichzeitig wurde mir schwindelig. Meine Gedanken rasten. Meine erste Idee war, dass solche Gespräche in Pièrres Zuständigkeit fielen. Die zweite, dass Pièrre aber nicht mehr da war. Und die dritte und weitaus unangenehmste, dass *ich* als seine Nachfolgerin seinen Platz einzunehmen hatte. Ich atmete langsam aus, legte meine Hände auf die Oberschenkel und versuchte mein klopfendes Herz zu beruhigen.

„Verständlich." Ich blickte mich im Büro um, noch immer schienen alle Augen auf mich gerichtet zu sein. Judith deutete ein Lächeln an und nickte mir kaum merklich zu.

„Okay, ich denke, wir wollen alle wissen, wie es mit der Vermittlung weitergeht. Übermorgen findet die offizielle Testamentseröffnung bei unserem Notar statt. Danach sehen wir schon klarer, was mein Onkel im Sinn gehabt hat. Ich selbst muss mich auch noch einmal ..." Ich wollte sagen „schlau" machen, aber das schien mir plötzlich zu salopp, stattdessen zwang ich mich langsam, laut und deutlich fortzufahren:

„... kundig machen, wie wir die Zukunft so gestalten können, dass wir möglichst viele Interessen unter einen Hut bekommen." Oh Gott, war das mies, diese alte, überholte Redewendung zu bemühen. Aber, sei's drum, etwas Besseres war mir auf die Schnelle nicht eingefallen und es hatte gereicht. Die Gesichter meiner Mitarbeiter sahen wesentlich entspannter aus als noch vor fünf Minuten.

„Moritz", klinkte sich Judith ein. „Ich habe hier Beas Terminkalender vor mir liegen. Wenn du willst, kann ich für nächste Woche schon einmal einen Termin für dich vormerken." Ich formulierte lautlos ein „Danke" in ihre Richtung und Moritz taperte ungelenk zu ihr. Während die beiden einen Termin vereinbarten, schaute ich mir das Gesicht unserer Sekretärin genauer an. Sie sah anders aus, viel stärker geschminkt. Ihre Augen wirkten dennoch kleiner und röter als sonst. Jede Wette, sie hatte mindestens ebenso viel geheult wie ich.

Während ich die Künstlerverträge ordnete, musste ich mit den Tränen kämpfen. Ich kam mir vor wie eine überforderte Amateur-Athletin beim Staffellauf. Pièrre, der Marathonläufer, hatte seine Fackel an mich, die untrainierte Anfängerin, weitergereicht. Ich war mir nicht sicher, ob ich die Kraft besaß, sie weiterzutragen.

Dabei hatte ich bis vor ein paar Wochen noch in gnadenloser Selbstüberschätzung angenommen, ich könnte souverän mit den großen Themen des Lebens umgehen. Nach dem *mamans* Tod hatte ich mir eingebildet, ich wüsste bei zukünftigen Trauerfällen in der Familie angemessen zu reagieren. Ich hatte allen Ernstes geglaubt, das ließe sich lernen. Offensichtlich hatte ich zu viel Harry Potter gelesen.

Einer meiner Lieblingscharaktere in Rowlings Meisterwerk war schon immer Luna Lovegood gewesen. Luna hatte, nachdem sie dem Tod einer geliebten Person erlebt hatte, die Fähigkeit erlangt, Fabeltiere zu sehen, die für Menschen, die noch nie mit dem Sterben konfrontiert worden waren, unsichtbar blieben. Nach *mamans* Tod war ich mir exakt so wie Luna vorgekommen. Ich war durch eine geheime Tür gegangen, die andere noch nicht durchschritten hatten, hatte mir Fragen gestellt, Gefühle erlebt, die nur für wenige meiner Altersgenossen nachvollziehbar waren. Doch jetzt löste sich meine trügerische Arroganz in Wohlgefallen auf.

Mit Pièrres plötzlichem Tod konnte ich ebenso wenig umgehen wie der Rest meiner Kollegen. Vielleicht sogar noch schlechter als sie. Es schienen ganz andere Spielregeln als bei *maman* zu gelten. Ganz neue, unbekannte.

Maman war langsam gestorben. Zwei Jahre lang hatten wir Zeit, von ihr Abschied zu nehmen, auch wenn es zum Schluss schneller als erwartet ging. Doch bei meinem Onkel war es komplett anders gewesen: Gehirnschlag, hingefallen, wenige Stunden später verstorben. Obwohl ich jetzt im Nachhinein schon zugeben musste, dass es jede Menge Vorzeichen gegeben hatte. Ich hatte sie durchaus wahrgenommen, hatte mich aber nicht getraut, mich gegen alle anderen zu stellen. Hätte ich mich doch nur auf mein Bauchgefühl verlassen! Die Entwicklung der Krankheit war so offensichtlich gewesen: Angefangen hatte es mit dem Nichtbezahlen der Rechnung im Brauhaus, dann das Vergessen von Phils Weihnachtskarte bis hin zu dem Debakel, als er auf Lenny aufgepasst hatte. Und was für ein Glück, dass sich Fred nach Pièrres Tod um Em und meinen Patensohn gekümmert hatte!

Oje, ich hielt mir die Hand vor den Mund und sprang auf. Mein Bruder! Ich ging mit meinem Handy vor die Tür. Zuallererst musste ich mich mit ihm absprechen.

„Fred?"

„Hi Schwesterchen."

„Wie geht es weiter mit der Künstlervermittlung?"

Fred schien sich nicht weiter über meine plötzliche Attacke zu wundern.

„Ich nehme an, Pièrre hat sie dir überschrieben. So etwas hat er mir jedenfalls vor einem halben Jahr angedeutet. Ich glaube, er hat bereits damals bemerkt, dass irgendetwas mit ihm nicht stimmte."

„Ach ja?"

„Definitiv! Vor ein paar Monaten hat er mich in Köln besucht und mich auf ein Glas in die spanische Taberna hier um die Ecke eingeladen."

Sofort flackerte ein Bild von Lars und mir in Barcelona vor meinem inneren Auge auf und löste eine Flut weiterer Erinnerungen aus: Wie wir in dem Restaurant mit den rot-weiß karierten Tischdecken diese scharfen kleinen Kartoffeln gegessen hatten. Lars mit fettigen, roten Lippen, seine ausgeprägten Wangenknochen ...

Aua!

Mein innerer Zensor zerstörte meine schönen Fantasien und ersetzte sie durch die schmerzhafte Erinnerung an den feurigen Blickwechsel zwischen Maler und Model auf der spanischen Plaza.

„Das war wirklich ein merkwürdiges Gespräch", holte mich die Stimme meines Bruders in die Realität zurück. „Ich denke, er wusste, dass irgendetwas mit ihm nicht in Ordnung war. Er erkundigte sich nach meinen finanziellen Rücklagen und fragte dann, ob es okay wäre, wenn er dich beruflich weiterhin unter seine Fittiche nehmen würde."

Unter die Fittiche nehmen, dachte ich, *das hört sich Original nach Pièrre an.*

Plötzlich hörte ich mich meinen Bruder mit piepsiger kleiner Schwester Stimme fragen: „Fred, was soll ich denn nur machen?"

„Du meinst, wenn du das Unternehmen erbst?"

„Oui."

„Entweder wen ranlassen, der Ahnung hat ..."

„Verkaufen"

„Oder einkaufen. Oder du eignest dir selbst Fachwissen an. Da wirst du eine Entscheidung treffen müssen!"

„Hört sich nach einem von Emilys Ratgebern an. Im Leben gibt es so manche Gabelung, Sie allein haben die Wahl, ob Sie rechts oder links abbiegen."

„Du hast Angst, oder?"

Angst? Die Untertreibung des Jahres! Ich stand kurz vor einem Nervenzusammenbruch!

„Ich würde am liebsten wegrennen und dann für alle Zeiten verschollen bleiben." Ich überlegte einen Moment. „Ach, wenn das Leben doch eine Reset-Taste hätte! Ich würde sie sofort drücken und alles ungeschehen machen."

„Tut mir leid, dich zu desillusionieren, Schwesterchen. Aber selbst damit wäre dir nicht geholfen. Hinter dir liegt nur eine Sackgasse. Wie wäre es damit, stattdessen beherzt geradeaus zu marschieren und BWL zu büffeln?"

BWL klang zwar nicht gerade verlockend, obwohl es mir früher in der Schule leichtgefallen war. Mein alter Sowi-Lehrer hatte uns viel über wirtschaftliche Zusammenhänge beigebracht und uns die Grundlagen der Betriebswirtschaftslehre vermittelt.

„Béatrice, du machst das schon!"

Fred legte auf und ich steckte mein Handy in die Hosentasche. Danach setzte ich mich auf den kalten Treppenabsatz und starrte unglücklich vor mich hin.

Ach, wäre ich doch ebenso zuversichtlich wie mein großer Bruder! Es sah so aus, als müsste ich endlich erwachsen werden und mein Leben in den Griff kriegen. Und zwar in jeglicher Hinsicht. Emily ein für alle Mal in ihre Schranken weisen, meine Beziehung mit Lars klären. *Fast Lars!* Er hatte so viel in mir angestoßen! Sobald ich an ihn dachte, spürte ich trotz aller unschönen Auseinandersetzungen neue Schmetterlinge im Bauch. Mir fiel unser Fragespiel in der Churrería ein. Lars hatte Sachen aus mir herausgekitzelt, die ich von mir selbst nicht gewusst hatte. Anders als bei Phil gab er der gesamten Bea Raum. Nicht nur der netten, schüchternen, sondern auch der ängstlichen, garstigen.

Schluss, Bea, meldete sich mein Zensor zurück. *Genug Zeit vertrödelt, auf ins Büro. Die anderen fragen sich sicherlich schon, wo du bleibst. Als Chefin kannst du dich nicht im Klo verstecken oder dir bis zum Feierabend die Füße vor der Tür vertreten. Dein Bruder hat recht: Jetzt sind Entscheidungen gefragt.*

Als ich dermaßen angestachelt zurück ins Büro stürmte, empfing mich eine entspannte Arbeitsatmosphäre. Keiner der Kollegen schien meine Abwesenheit überhaupt bemerkt zu haben. Ich war schon immer groß darin gewesen, mir selbst das Leben zur Hölle zu machen. *L'enfer c'est seulement moi même.* Glückwunsch! Frei nach Sartre war ich ganz allein meine eigene Hölle.

„Bea", sprach Judith mich an, als ich ihren Tisch passierte. „Lust, heute Abend vorbeizukommen?"

Ja, ihre Augen waren definitiv gerötet.

„Weiß nicht", antwortete ich ausweichend. „Mir geht gerade so viel durch den Kopf."

„Du weißt doch, Musik hilft am meisten, wenn man überhaupt keine Lust darauf hat."

„Okay", gab ich mir einen Ruck. *Let's sing!*

Und so begleitete ich Judith nach der Arbeit mit nach Hause. Sie war angespannt und wortkarg. Entsprechend unlustig arbeitete ich mit ihr die Aufwärmübungen für die Stimme ab. „Mop mop mop" für das Zwergfell „zwiwiwi" für die höheren Lagen. Judith legte ihre Stirn in Falten, sagte aber nichts weiter.

„Okay, deine Stimme ist jetzt bereit: Sing!"

Ich sang. Nicht schön, aber okay. Den Umständen entsprechend.

„Singen, nicht sprechen!"

Ich starrte sie an. Diesen scharfen Ton war ich nicht von ihr gewohnt.

„Wie meinst du das?"

„Mache mir nach: Ma-me-mi-mo-mu!"

Was wollte sie von mir?

Bei Judith klangen selbst die Übungssilben vollmundig und rund. Keine Ahnung, wie sie das machte. Unsicher versuchte ich so ähnlich zu klingen.

Judith reagierte nicht, wiederholte die Silbenfolge nur immer und immer wieder.

Ging es um die Kopfstimme? Ich hatte keine Ahnung, was sie von mir wollte. Versuchsweise sang ich so hoch ich konnte. Es klang erbärmlich. Mehr nach Schnappatmung als nach Singen.

Fand Judith wohl auch.

„Nochmal!"

Ich wiederholte mein Fiepen. Klang noch schlimmer. Ein Mäuschen, das aus dem letzten Loch pfeift. Und dann passierte es. Judith explodierte. Das hatte ich noch nie bei ihr erlebt.

„Das kann doch nicht dein Ernst sein!", schrie sie mich an und machte es mir noch einmal vor. Sie produzierte perfekte Töne, die sich anhörten, als wollten sie das gesamte Ruhrgebiet mit ihrem Klang ausfüllen. Die Tonleiter hoch und runter, in verschiedensten Rhythmen. All diese Sounds schwirrten um meinen Kopf herum, peitschten auf meine Kopfhaut ein, immer und immer wieder.

Als sie endlich aufhörte, gab sie mir mit Blicken zu verstehen, dass die Reihe jetzt an mir wäre. Es war eine ungleiche Schlacht. Sie kämpfte mit detonierenden Bomben, ich mit Zisselmännern.

„Bea, reiß dich zusammen! Was habe ich dir beigebracht? Du musst vorne singen, nicht so weit hinten im Hals."

Ich konnte nicht mehr. Mir stiegen Tränen in die Augen. Mit dem letzten Rest meiner Selbstbeherrschung griff ich nach meiner Tasche. „Ich gehe jetzt besser".

Ich ließ Judith vor ihrem Notenständer stehen und ging. Ich spürte ihre verblüfften Blicke in meinem Rücken.

Kapitel dreiundzwanzig: Warum dauert Heilung so lange?

In der Künstlervermittlung legte sich allmählich das Drunter und Drüber der ersten Tage nach meiner Rückkehr aus Barcelona. Mir war das nur recht, denn so fand ich Zeit, mir von Judith die Bilanzen zeigen und vor allen Dingen erklären zu lassen. Keine von uns verlor ein Wort über die letzte Gesangsstunde. Dienst war Dienst und Schnaps war Schnaps, wie man im Pott zu sagen pflegte.

Ich zappte mich durch verschiedene Tutorials zur Betriebswirtschaftslehre auf einem Videokanal und besorgte mir die dort empfohlenen Grundlagenbücher. Anfangs fühlte ich mich komplett überfordert. Auf den ersten Blick schien mir die Thematik viel zu komplex und schwierig, doch allmählich entwickelte ich einen Blick für das wirklich Wichtige. Tatsächlich betrafen die allermeisten theoretischen Analysen unser Unternehmen überhaupt nicht.

Überlegungen zu Materialien etwa oder die ganzen Modelle im Produktions- und Fertigungsbereich hatten mit einer Künstlervermittlung nichts zu tun. Bei uns ging es eher um immaterielle Güter. Darum überschlug ich leichten Herzens die irrelevanten Kapitel und legte mein Augenmerk auf den Bereich Personalwesen. Wir bräuchten jemanden, der die Agentur elegant und eloquent nach außen vertreten könnte. Ich hatte keine Ahnung, wer das sein könnte. Pièrre war in diesem Bereich sehr versiert gewesen. Und so sehr er es mir auch hatte antrainieren wollen, entsprach es nicht meiner Persönlichkeit. Seine gesellschaftliche Leichtigkeit lag mir nicht, daran gab's nichts zu rütteln. Doch ich musste nicht sofort jemanden finden, das hatte Zeit.

Wichtiger schien es mir, die generelle Marschrichtung unseres Unternehmens neu zu definieren. Natürlich würde ich die Schlagerschiene weiterhin fortsetzen, da sie solide finanzielle Einnahmen brachte, aber auf lange Sicht träumte ich von einem insgesamt anspruchsvolleren Programm: Weg von musikalischen Grubengold-Stimmungsliedern, Olé-Partys und Schlagern in Endlosschleife, hin zu Kleinkünstlern, niveauvoller Jazzmusik, Liedermachern und Kabarettisten.

In der nächsten Woche eröffnete das Nachlassgericht das Testament meines Onkels. Anders als im Film wurde sein letzter Wunsch nicht allen Angehörigen laut vorgelesen. Es war viel prosaischer: Fred und ich bekamen lediglich die mit einem Amtssiegel versehene Kopie seines beim Notar hinterlegten Testaments. Es enthielt genau die Punkte, die Fred mir schon telefonisch angekündigt hatte. Die Künstlervermittlung ging allein auf mich über, Fred erhielt diverse Aktien. Obwohl es nur ein Brief war, wurde mir gleichzeitig heiß und kalt, als ich ihn in den Händen hielt. Was für ein Vertrauensbeweis! Pièrre hatte mir eine große Verantwortung übertragen. Hoffentlich erwies ich mich dieses Vertrauens würdig!

Um die gewaltige Aufgabe nicht allein schultern zu müssen, berief ich noch in derselben Woche eine außerordentliche Teambesprechung ein. Als Pièrres offizielle Nachfolgerin bat ich alle Mitarbeiter, Festangestellte und natürlich auch sämtliche Freien, in die Agentur zu kommen.

Wie erwartet wurde es bei unserem Meeting so voll wie im Überlinger Strandbad im Hochsommer. Trotz der kurzfristigen Ankündigung waren so gut wie alle

Mitarbeiter erschienen. Diejenigen, die zu spät kamen, mussten mit Stehplätzen vorliebnehmen. Zu Beginn stellte ich mein Konzept kurz vor und bat dann alle Anwesenden um ihre Meinung und vor allen Dingen um Ideen zur Umsetzung. Die meisten gaben sich positiv überrascht, einige zweifelten an den neuen Plänen und ein paar wenige gaben nichts als Untergangsparolen von sich. Am Ende der zweistündigen Sitzung hatten wir eine erste Liste mit neuen Arbeitsfeldern erstellt. Vor allen Dingen sollten wir, so wurde mir ans Herz gelegt, als Erstes eine Jazzcombo mit einem brasilianischen Namen unter Vertrag nehmen. Sie seien fantastisch und im Begriff ganz groß herauszukommen. Ich bat Judith, uns beiden Tickets für ihr Konzert im Kulturbahnhof zu organisieren.

Und so kam es, dass in dieser Woche der Gesangsunterricht ausfiel und ich stattdessen mit meiner Sekretärin auf ein Konzert ging, um neue Künstler zu suchen, die besser in das neue Profil der Agentur passten. Aufbau neuer Geschäftsbeziehungen, nannte man das. Business-to-business. So machte BWL Spaß!

Als ich den Konzertsaal im Kulturbahnhof betrat, sah ich zunächst nichts. Meine Augen mussten sich erst an das Dämmerlicht und die Nebelschwaden gewöhnen. Doch dann konnte ich vorne die Bühne und an der Seite eine lange Theke, an der die Zuschauer in Trauben hingen, ausmachen. Nachdem Judith und ich eine Weile an unserem Rotwein genippt hatten, fiel ein Lichtstrahl auf die Bühne, da eine Hintertür geöffnet wurde. Wir beobachteten, wie eine junge Frau unbeholfen zur Mitte der Bühne ging. Der Lichttechniker richtete das Spotlight direkt auf sie. Sie lächelte und klammerte sich mit der rechten Hand am Mikrofon fest. Mit der linken Hand zupfte sie immer wieder am Kleid und fuhr sich mehrere Male durchs Haar.

„Die Arme“, raunte ich Judith zu. „Hoffentlich bekommt sie nicht noch einen Herzkasper vor Aufregung.“ Kaum hatte ich das gesagt, hätte ich mir am liebsten auf die Zunge gebissen. Doch zum Glück überging Judith meine ungeschickte Formulierung und reagierte sehr souverän.

„Typischer Fall von Lampenfieber“, antwortete sie mir.

Die Ansagerin wischte sich den Schweiß von der Stirn, das Licht der Scheinwerfer schien unglaublich heiß zu sein. „Und jetzt viel Spaß mit den Newcomern der Saison, der Jazzcombo *Manha de carnaval*!“

„Ist das nicht unser Song?“

„Ja, das ist er.“

Witzig, da hatte sich die Combo nach einem meiner ersten Gesangsstücke bei Judith benannt. Der Drummer zählte mit dem Aneinanderschlagen seiner Sticks das Tempo ein und dann fingen auch schon die anderen Musiker zu spielen an, sodass der Applaus, mit dem das Publikum die Combo willkommen hieß, im treibenden Beat unterging.

„Funky“, bemerkte ich anerkennend. „Aber vermutlich nicht das Richtige für unsere Klientel.“

„Warten wir erst einmal ab.“

Die ersten drei Songs waren alle Upbeat-Nummern, um die Show in Schwung zu bringen, doch danach kündigte der Frontman einen ruhigeren zweiten Teil an, der tatsächlich mit unserem *Day In The Life Of A Fool* auf Portugiesisch begann. Nach dem Song erklärte der Sänger, wie sie zu ihrem Bandnamen gekommen waren.

„Ihr wundert euch sicherlich über unseren Namen. Schließlich ist Bochum keine Karnevalshochburg. Aber Karneval wird nicht überall gleich gefeiert. Nicht immer nur mit Kommerz, Alkohol und aufgesetzter Fröhlichkeit.“

Der Sänger atmete ein paar Mal schwer, er schien außer Puste zu sein.

„Aber uns geht es nicht so sehr um das Äußere, sondern mehr um das Spiel mit den Masken, dem Ausprobieren verschiedener Rollen."

In dem Moment setzte das Klavier ein und spielte ein paar gebrochene Dreiklänge.

„Der Sänger kann auf jeden Fall besser Kontakt zum Publikum aufnehmen als die Frau eben", tuschelte ich Judith ins Ohr.

„Ja, er ist sehr präsent. Warte mal, ich kenne den Song. *The Masquerade Is Over.* Eine wunderschöne Melodie."

In diesem Moment setzte der Gesang ein:

I guess I'll have to play Pagliacci
and get myself a clown's disguise.

„Was singt der denn da? Wer oder was ist ein Pagliacci?"

„Eine Harlekins-Figur aus der italienischen Oper. Auf Deutsch heißt er Bajazzo, sagt dir das was?"

„Nicht wirklich."

„Also, bevor die Oper beginnt, hält der Pagliacci einen langen umständlichen Prolog darüber, wie eng Theaterspielen und Realität beieinanderliegen."

„Wow, passt gut zum Bandnamen."

„Hm", antwortete Judith kurz angebunden. Ein deutliches Zeichen, dass sie nicht länger von mir gestört werden wollte.

Als ich mich ein paar Minuten später nach ihr umdrehte, stand sie mit geschlossenen Augen da und bewegte sich sanft im Takt der Musik. Sie wirkte glücklich und geborgen. Ich musste unmittelbar an den Song *Sophisticated Lady* denken, der sich auf der CD befand, die sie mir ausgeliehen hatte. Judith war selbst so eine kulturbeflissene Lady, die sich mit Jazzstandards ebenso gut wie mit Opern auskannte.

Die Combo dehnte das Stück fast zehn Minuten aus, doch dann nahte der Schluss nach einem längeren Klaviersolo. Bis jetzt hatte mich der Song ziemlich kalt gelassen, aber die letzte Zeile, die der Sänger mehrmals wiederholte, ergriff mich:

The masquerade is over and so is love.

Ich schluckte. Stimmte das? War die Liebe vorbei? Ich schaute auf den falschen Ehering, den ich nicht mehr abgezogen bekam. Und wessen Maskerade war überhaupt vorbei? Die von Em, die von Lars oder gar meine eigene? Plötzlich bemerkte ich, dass Judith weinte. Mit einem Mal erinnerte ich mich an den Kranz roter Rosen, den sie an Pièrres Grab hatte legen lassen.

Die Zuschauer klatschten begeistert, als der letzte Akkord ausklang, vereinzelt wurden Bravorufe laut. Judith drehte sich von mir weg und tupfte sich die Augen trocken.

Nach dem Konzert nahm ich mir vor, mich endlich auch um meine privaten Probleme zu kümmern. Als ich die Wohnungstür aufschloss, hatte ich mir bereits einen Plan zurechtgelegt. Es standen mindestens drei Telefonate an. Lars, Em und Fred. Am einfachsten war wohl das Gespräch mit meinem Bruder. Ich beschloss, ihn am nächsten Tag, am Sonntag, direkt nach dem Frühstück anzurufen, um mich für seine Unterstützung zu bedanken. Mit diesem guten Vorsatz im Hinterkopf gelang es mir schnell einzuschlafen, obwohl ich innerlich aufgewühlt war. Am nächsten Morgen schritt ich tapfer, immer noch angetrieben von der fantastischen Stimmung des Konzerts, zur Tat.

Dreimal tutete es in meinem Ohr, dann nahm er ab.

„Dupont“

„Hier auch."

„Hey, Béatrice. Schön von dir zu hören. Wie geht's?"

Er versuchte Smalltalk zu machen, aber für den Austausch von Nichtigkeiten fehlte mir die Ruhe.

„Was sind das für komische Geräusche im Hintergrund? Hört sich so an, als hättest du einen Hund bei dir im Wohnzimmer."

„Oh, mein Schwesterchen verfügt über ausgezeichnete Ohren."

Ich konzentrierte mich und vernahm noch weitere ungewohnte Laute. Frauenlachen? Kindergenöle?

„Fred, was ist bei dir los?"

Fred hielt den Hörer zu, dennoch bekam ich mit, dass er mit jemandem sprach. Seine seltsame Geheimniskrämerei machte mich so wütend, dass ich nicht gerade wenig Lust verspürte, unser Telefonat abzubrechen. *The masquerade is over, mein Lieber*, dachte ich. *Ich habe keine Lust mehr auf irgendwelche Spielchen!* Dann hörte ich auch noch, wie Fred aufstand und sich vom Telefon entfernte. Das durfte doch nicht wahr sein! Gleichzeitig nahm ich einmal mehr das mysteriöse Bellen eines Hundes wahr. Das konnte doch nicht sein! Fred hatte eine sehr klare Einstellung zu Tieren. Draußen in der freien Natur liebte er sie, aber sie gehörten nicht ins Haus. Außerdem war mein Bruder, wenn überhaupt, Anhänger der Katzen- und nicht der Wackelschwanzfraktion. Vermutlich gab es eine einfache Erklärung für das Bellen. Ich hatte ihn möglicherweise gerade beim Anschauen eines alten Lassiefilms ertappt.

„Béatrice. Hier will dich noch jemand sprechen."

„Ach ja?" Die merkwürdigen Hintergrundgeräusche. Er hatte Besuch.

„Béatrice, hier spricht Em. Hör mal, leg nicht auf, lass uns reden."

Anderen Menschen, den großen Charakterhelden, fiel es leicht, über alles zu sprechen und einen Vertrauensbruch zu vergeben. Sie sahen Verzeihen als Zeichen von Größe an. Aber das galt für andere, nicht für mich. Ich war kleinlich, nachtragend und misstrauisch. Ein aggressiv ausgestoßenes „Was?“ war das höchste, was Emily von mir jetzt, nachdem sich die Lage mit Lenny normalisiert hatte, erwarten konnte. Em verstand sofort, dass ich wegen der Barcelona-Intrige noch immer sauer auf sie war.

„Béatrice, ich weiß, dass das nicht sauber gewesen ist, was ich gemacht habe. Aber du musst mir glauben: Ich wollte dir Lars nicht ausspannen. Ich wollte euch nur auf die Sprünge helfen. Phil hat einfach nicht zu dir gepasst und mir war von Anfang an klar, dass ...“

„Hör auf!“, schrie ich sie durch das Telefon an. „Schon die Aktion mit der Bekanntschaftsanzeige war übergriffig. Und dann noch diese Boulevardkomödie mit Barcelona.“

Entsetzt hörte ich, wie meine Stimme quiekig wurde, sich ein leises Schluchzen hineinschlich. Ich war viel zu harmonieliebend für Konfrontationen. Und schon gar nicht am Telefon, das war nur minimal besser als Phils Nummer mit dem Anrufbeantworter. Ich wollte gerade eine selbstgerechte Phrase herausposaunen, als die ersten Tränen meine Wange hinunterliefen. Um mich nicht als hysterische Heulsuse zu outen, wechselte ich das Thema.

„Was hast du überhaupt in Freds Wohnung zu suchen?“

Ich hörte, wie Em scharf einatmete. Okay, okay, das war vielleicht ein wenig zu unfreundlich formuliert.

„Ich meine, warum bist du nicht in Überlingen?“

Das war auch alles andere als elegant, aber es schien Em zu reichen, jedenfalls antwortete sie mir nach einer langen Pause in einem halbwegs natürlichen Tonfall.

„Ähm, also, was ich dir damals über Paradigmenwechsel erzählt habe, meinte ich tatsächlich durchaus ernst."

Paradigmenwechsel? Ich war so begriffsstutzig wie Goofy.

Wäre Lars zur Stelle, dann hätte er mich vermutlich als Strichmännchen mit gekräuselter Stirn, nach oben gedrehten Pupillen und einem riesigen Fragezeichen über dem Kopf gezeichnet.

Plötzlich fiel mir ein, was Em meinte. Lars würde meine Denkblase jetzt mit einer gelb leuchtenden Glühbirne ausfüllen. Paradigmenwechsel war Ems seltsam verkorkster Ausdruck dafür, dass sie es mit einem anderen Typ Mann versuchen wollte! Aber? Ich verstand noch immer nicht, worauf sie hinauswollte.

„Aber ich habe ja so getan, als bezöge ich das auf ..."

„Auf Lars."

„Genau. Dabei hatte ich in Wirklichkeit deinen Bruder Fred im Sinn. Schon lustig, dass Fred und ich uns eigentlich seit Ewigkeiten kennnen. Doch in unserer Schulzeit konnte ich nichts mit ihm anfangen. Und später hast du es geschafft, ihn vor mir versteckt zu halten. Erst, als wir uns an Karneval wieder getroffen haben, fiel mir auf, wie sehr ich seine ruhige, besonnene Art mag."

„Willst du etwa andeuten ...?" *Mein Bruder?* Ein Bruder war ein Bruder, aber doch kein ernst zu nehmender Mann, oder?

„Oh ja. Und Lenny mag ihn auch."

„Soso", sagte ich lahm und hoffte, dass sie mich mit verliebten Details verschonen würde. Ich wollte nicht mit pikanten Enthüllungen, etwa darüber was für ein toller Hecht Fred im Bett war, belästigt werden. Um mich aus der peinlichen Situation heraus zu lavieren, wagte ich einen weiteren abrupten Themenwechsel.

„Was ist das für ein Hundebellen in Freds Wohnung?"

„Ach, du meinst Schäfchen."
„Schäfchen?"
„So nennt Lenny seinen Hund."
„Lenny hat einen Hund?"
„Ja, einen Zuckerhund. Das war Freds Idee."
„Zuckerhund? Was soll das sein?"
„Ich gebe dir mal Fred, der kann das besser erklären als ich."
„Béatrice? Ich bin's. Also, Schäfchen ist ein Unterzuckerwarnhund oder auch Hypohund. Er wurde extra so ausgebildet, dass er Alarm schlägt, wenn die Zuckerwerte des Diabetespatienten zu tief sinken."
„Wow." Jetzt war ich beeindruckt. „So was gibt es?"
„Natürlich kann er keine Blutzuckermessung ersetzen, aber gerade für Kinder ist so ein Diabeteshund schon praktisch. Auch Em sagt, dass sie sich entlastet fühlt, da Schäfchen ihr die Sorge ein wenig abnimmt."
Fred Stimme klang warm und freundlich. Er wirkte glücklich. Ich schluckte. Meine Wut auf Em verebbte. Ich freute mich, dass sie und Lenny Wege fanden, mit Lens Zuckerkrankheit umzugehen. Außerdem fühlte ich fast ein wenig Stolz, dass Fred ihnen so versiert dabei half. Das hieß aber nicht, dass ich akzeptieren konnte, dass er plötzlich Ems Lover war. Andererseits... Das ging nur die beiden etwas an.
„Ähm, das ist alles ganz schön aufregend. Ich bin froh, dass es Lenny besser geht und dass alles in guten Bahnen zu verlaufen scheint. Ich will dann nicht länger stören. Das war's auch schon. Danke und bis bald."
Schnell drückte ich auf die rote Taste. Was für ein peinliches Gestotter. Ich dachte an Judith, an ihre verschämten Tränen im Konzert. Ich zögerte einen Moment. Das Telefon war nicht mein Medium. Vielleicht sollte ich es mit der guten alten Snailmail probieren. Schließlich erforderten besondere Themen eine langsame und wohlüberlegte Ausdrucksform. Ich nahm

mir einen Kugelschreiber und Papier, setzte mich nachdenklich hin und begann einen Brief zu verfassen. Mein Gott, ich hatte seit meiner Schulzeit keinen mehr geschrieben.

Liebe Em,
wir haben gerade telefoniert, ein unangenehmes Gespräch. Seitdem ich aufgelegt habe, fühle ich mich verwirrt. Irgendeine seltsame Mischung aus Euphorie, dass es bei dir so gut mit Len und Fred läuft und schlechter Laune, weil die Stimmung zwischen uns so komisch war. Unterm Strich ein ziemlich unangenehmer Gefühlscocktail. Außerdem bedrückt mich noch eine andere Sache, über die ich dir immer noch nicht die ganze Wahrheit erzählt habe. Ich möchte, dass unsere Freundschaft in Zukunft ohne blöde Maskeraden auskommt, darum will ich ehrlich zu dir sein. Doch bevor ich mit dem Geständnis loslege, möchte ich dir sagen, wie sehr ich dich mag.
Ich fand es ganz entsetzlich, dass wir uns gestritten haben. Mir fehlte der Austausch mit dir. Mir wird immer klarer, wie viel mir unsere Freundschaft tatsächlich bedeutet. Ich bewundere dich auch sehr dafür, wie du das mit Lennys Krankheit regelst. Doch trotz aller Sympathie finde ich, dass es zwischen uns zukünftig bestimmte Regeln geben sollte, um unsere Freundschaft zu schützen.

Ich machte eine Pause, um den Brief Korrektur zu lesen. Jämmerlicher Stil: unverbundene Sätze, unbeholfene Ausdrücke. Ich nahm das Blatt in die Hand, um es zu zerreißen. Doch die zweite und dritte Fassung würden auch nicht besser werden, höchstens glatter, künstlicher und damit im schlimmsten Fall unaufrichtiger. Ich zuckte mit den Achseln und schrieb weiter.

Ich weiß, du meinst es nur gut mit mir, aber manchmal kommt es mir so vor, als würdest du in einer Art ‚Emiversum' voller Einhörner leben. Ich weiß, du möchtest mich nur glücklich sehen, aber Fakt ist, dass es mich unglücklich macht, wenn du ungefragt Amor für mich spielst. Verzichte bitte in Zukunft drauf, dich in mein Liebesleben einzumischen. Ich steh' nicht sonderlich auf ‚betreutes Lieben'! Zumal deine Aktionen beinah zum Verlust unserer Freundschaft geführt hätten. Ich bin alt genug, selbst klarzukommen, stark genug, um ohne Babysitter durch die Welt zu laufen. Anstandsfräulein und Kupplerinnen sind schon im letzten Jahrhundert abgeschafft worden. Entschuldige, aber das musste gesagt werden!
Ich habe ziemlich viel über den Begriff Wahrheit nachgedacht. Ob man danach süchtig sein kann und ob es überhaupt so etwas wie eine allgemein gültige Wahrheit gibt. Wenn ich ehrlich bin, bin ich selbst kein strahlendes Beispiel. Ich befürchte, dass ich oft mit doppeltem Maß gemessen habe. Bei mir selbst habe ich ein Auge zugedrückt, die anderen verurteilt. Du darfst mich auch Marie Antoinette nennen.

Puh, jetzt noch so ein armseliger gewollter Witz. Egal, nicht noch einmal lesen, einfach weiterschreiben und abschicken.

Das fing mit so kleinen Dingen an wie mit dem Ehering vom Flohmarkt und ging dann mit gewichtigen Lügen weiter. Jetzt kommt es, setz dich besser hin, bevor du weiterliest. Ich habe als Lens Patentante völlig versagt und deinen geliebten Sohn sogar in Lebensgefahr gebracht.
Als ich in Bochum auf ihn aufgepasst habe, während du in Barcelona warst, habe ich ihn einmal allein unter Pièrres Aufsicht gelassen, um in Ruhe einkaufen zu

gehen. Und das, obwohl ich genau wusste, wie unzuverlässig mein Onkel geworden war. Ich könnte jetzt anführen, dass sich Pièrre vorher sehr nett und einfühlsam um Lenny gekümmert hat, aber ich hätte mich nicht so leichtgläubig vom äußeren Schein täuschen lassen dürfen ...

Ich hielt einen Moment inne. Es fiel mir schwer, Em die Wahrheit niederzuschreiben, sie für alle Zeiten schriftlich festzuhalten und dadurch nachweisbar zu machen. Aber es musste sein. Das war ich mir, ihr und nicht zuletzt auch Lenny schuldig. Und so machte ich mich dran, auch den besonders unangenehmen Teil des Briefes zu Ende zu bringen.

Als ich vom Einkaufen wiederkam, stand dein Sohn wie ein Selbstmörder auf dem Fenstersims, und zwar von außen. Nur wusste er natürlich nicht, was er da überhaupt tat. Zum Glück gelang es mir, die Ruhe zu bewahren und Len so schnell wie möglich wieder in das Büro hinein zu locken.
Em, ich weiß wie geschockt du jetzt bist. Die Tatsache, Len so in Gefahr gebracht zu haben, ist schlimm genug. Dass ich dir das Desaster verschwiegen habe, macht das Ganze noch schlimmer. Ich kann es gut verstehen, wenn du ihn nie wieder allein in meiner Obhut lassen willst.

Ich zögerte und fügte dann auch noch den letzten Satz hinzu.

Ich kann es auch verstehen, wenn du jetzt das Bedürfnis hast, mich meines Amtes als Patentante zu entheben.
Béatrice

Ohne den Brief noch einmal Korrektur zu lesen, faltete ich die beiden Seiten zusammen und quetschte sie in einen Briefumschlag, verschloss das selbstklebende Couvert, pappte eine Briefmarke darauf und warf mein selbstgeschriebenes Patentanten-Todesurteil in den nächsten Briefkasten. Laut Plan hätte ich mich jetzt auch noch mit Lars aussprechen sollen, aber dazu fehlte mir die Kraft. Ich fand, ich war in den letzten vierundzwanzig Stunden schon genug zu Kreuze gekrochen.

Kapitel vierundzwanzig: Eine zweite Chance

Der nächste Morgen war schon wieder ein Montag. Mein Leben schien mit der Geschwindigkeit einer Schnellvorlauftaste an mir vorbeizuziehen. Judith und ich waren nicht die Einzigen, die am Wochenende nach neuen Künstlern für unsere Agentur Ausschau gehalten hatten. Selbst Moritz berichtete begeistert von einem Liedermacher, den er in einer Teestube gehört hatte.

Ich musste mich sehr zurückhalten, um keine blöden Witze über Räucherstäbchen, Häkeldecken, Veganpolizei und Sahnekaramelltee zu machen. Überhaupt konnte ich mir unseren coolen, stylishen Moritz nur schlecht in dämmriger Stövchenbeleuchtung vorstellen, aber im Prinzip gefiel mir sein überraschendes Engagement für unser Unternehmen. Allerdings führte es mir auch die Tragweite möglicher Innovationen vor Augen: Uns stand eine Gratwanderung bevor: Zum einen galt es, unkonventionelle Ideen zu entwickeln, zum anderen durfte unser Pool an Künstlern nicht beliebig werden.

Als ich gerade die E-Mail eines Stammkunden bearbeitete, der wie jedes Jahr unseren Alleinunterhalter „Der Steiger“ für seine Geburtstagsfeier anfragte, klingelte das Telefon.

„Künstlervermittlung ‚Applaus‘, Sie sprechen mit Béatrice Dupont. Was kann ich für Sie tun?”

Mein Gesprächspartner räusperte sich kurz, bevor er antwortete.

„Bea, ich bin’s, Philip.“

Verblüfft schnappte ich nach Luft, riss mich dann aber zusammen und fragte ihn im professionellen Tonfall: „Das ist ja eine Überraschung. Was kann ich für dich tun?"

„Also, erst einmal wollte ich dir mein Bei..."

„Schon gut, schon gut. Danke."

„Ich weiß nicht, warum ich mich in der Situation nur so blöd verhalten habe."

Ich dachte an mein Geständnis in dem Brief an Em. Mein Ex schien ebenfalls vom Büßervirus infiziert zu sein. Willkommen im Club.

„Soso."

„Ich habe gehört, dass das Unternehmen jetzt dir gehört."

„Philip, warum rufst du an?"

„Ich bedauere das mit uns sehr. Ich kann jetzt gar nicht mehr verstehen, warum wir uns damals überhaupt getrennt haben."

„Du meinst, warum du mit mir Schluss gemacht hast." Ich machte eine Pause. „Per Anrufbeantworter." Und dann ärgerte ich mich darüber, dass er mich aus der Reserve gelockt hatte. Ich wollte ihm nicht zeigen, wie sehr mich sein Verhalten noch immer verletzte.

„Ach, ich kann mich gar nicht mehr an die genauen Umstände erinnern, wer was wann gemacht hat." Diesmal legte er eine Pause ein. Dann nahm er Anlauf und platzte mit einer Frage heraus.

„Bea, darf ich dich zum Essen einladen?"

Unfassbar. Der Typ war unberechenbar. Sämtliche Warnsysteme sprangen an. Und doch: Was hätte ich darum gegeben, wenn dieser Anruf vor einem halben Jahr stattgefunden hätte! Aufgewühlt spielte ich auf Zeit.

„Wie meinst du das?"

„Ich bin zufällig morgen Abend im Ruhrgebiet. Wenn du nichts Besseres vorhast, könnten wir indisch essen gehen. Es gibt doch noch immer diese faszinierende Lokalität bei euch, in der alle Gerichte in einer riesigen frittierten Teigtasche serviert werden. Das war früher eins deiner Lieblingslokale, nicht wahr?“

Haltestelle Bermuda Dreieck, schräg gegenüber vom ehemaligen Graf Engelbert Brunnen. Die Küche war hervorragend, der Service fantastisch. Aber natürlich war es keine *faszinierende Lokalität*, sondern ein stinknormales Restaurant, das wegen seiner moderaten Preise überwiegend von Studenten besucht wurde.

„In Erinnerung an die alten Zeiten“, legte er nach.

Ich überlegte noch immer, ob ich mich auf seinen Vorschlag einlassen sollte. Aber im Rausch des Neubeginns fand ich, dass jeder eine zweite Chance verdiente.

„Warum nicht?“, ging ich scheinbar gelangweilt auf seine Einladung ein.

„Wunderbar.“ Philips Stimme ging in die Höhe. Anscheinend freute er sich wirklich über meine Zusage. Ich konnte nicht leugnen, wie sehr mir seine Begeisterung schmeichelte.

„Prima, zieh dir was Nettes an! Ich hole dich dann morgen Abend gegen neunzehn Uhr ab.“

Philip legte schnell auf. Kluger Zug, denn ich stand kurz davor, es mir anders zu überlegen. *Nette Kleidung!* Warum hatte ich mich nur auf dieses Rendezvous eingelassen? In diesem Augenblick klingelte das Telefon erneut.

„Ja?“

„Bea, ich wollte mich nur noch einmal bedanken. Danke. Ich freue mich auf morgen.“

Dann legte er wieder auf, ohne meine Reaktion abzuwarten.

Philip klang, als hätte er Drogen genommen. So enthusiastisch kannte ich ihn nicht. Vielleicht war ich zu hart zu ihm gewesen, zu überempfindlich. Ich beschloss, dem Wiedersehen mit ihm eine Chance zu geben.

Es klopfte.

„Ja bitte?" Die Tür öffnete sich und Judith trat ein.

„Bea, ich muss nach der Mittagpause noch ein paar Sachen erledigen und wollte mich daher schon einmal verabschieden. Wir sehen uns dann wie besprochen morgen um neunzehn Uhr bei mir."

„Oh, tut mir leid. Das hatte ich ganz vergessen. Sorry, aber morgen Abend kann ich nicht." Ich räumte verlegen einen Stapel Blätter von der einen Seite des Schreibtisches auf die andere. Judith verfolgte mein unsinniges Tun mit skeptischem Blick.

„Wir können die Stunde auch ausfallen lassen, kein Problem."

„Nein, nein. Vielleicht können wir sie verlegen. Ich meine, heute Abend habe ich zum Beispiel nichts vor."

Judith musterte mich noch immer misstrauisch. „Bist du sicher?"

„Ja, ganz bestimmt."

„Okay, dann also bis später."

Als ich abends um Punkt sieben mit einer Packung ihrer Lieblingspralinen bei ihr auftauchte, öffnete sie mir schnell die Wohnungstür und verschwand gleich darauf wieder im Wohnungsinneren. Irritiert folgte ich ihr. Im Wohnzimmer wies sie mich mit einer Handbewegung an, Platz zu nehmen. Erst jetzt bemerkte ich, dass ihre Augen wieder gerötet waren. Sie hatte ganz offensichtlich kurz vor meiner Ankunft geweint. Ich hatte auch schon eine Ahnung um wen. Ich legte meine Hand vorsichtig auf ihre Schulter. Sie ließ es geschehen. Mit einem Mal kam mir meine vorverlegte Gesangsstunde unpassend und egoistisch vor.

Judith goss uns Kaffee ein. Ich nahm mir einen Keks. Bei Onkel Pièrres Beerdigung hatte ich den Entschluss gefasst, mein Leben selbst in die Hand zu nehmen und dem vagen Nebel aus unklaren Beziehungsverhältnissen den Garaus zu machen. Zum Teufel mit meiner französischen Zurückhaltung! Ich würde Judith einfach direkt auf ihren Kummer ansprechen.

„Vermisst du Pièrre sehr?"

Ich rührte in meinem Kaffee herum, um meiner Gesangslehrerin Zeit zu geben, sich zu fangen. Als ich ein lautes Schluchzen hörte, blickte ich auf.

„Entschuldige bitte", schniefte Judith und suchte nach einem Taschentuch. Ich fischte ein Papiertaschentuch aus meiner Handtasche und gab es ihr.

„Ich finde es schwierig, über Tod und Trauer zu reden", versuchte ich ihr den Einstieg zu erleichtern. Ich dachte an Lars. *Bau ihr eine Brücke.* Judith sah mich erwartungsvoll an.

„Das konnte ich schon bei dem Tod von *maman* nicht. Aber da einen das Unglück sowieso beherrscht, kann man es auch rauslassen." Ich tastete mich vorsichtig auf das neue Terrain vor, hob meinen Kopf und sah, wie Judith gedankenverloren nickte. Mutig sprach ich weiter.

„Weißt du, meine Freundin Em hat mich damals erst auf den Gedanken gebracht, dass ich Phil vielleicht nur heiraten wollte, um *maman* zu gefallen. Ich fand den Gedanken anfangs idiotisch, zumal *maman* zu dem Zeitpunkt schon tot war. Mittlerweile sehe ich das anders. Gefühle gehorchen einer ganz eigenen Logik ..."

„Sprichst du von diesem Politiker aus Berlin, der uns mit seinem Rechtsanwalt die Tür eingerannt hat?"

„Hm, genau der", stimmte ich ihr zu. Sie musste nicht weitersprechen, ich wusste auch so, dass sie Phils Taktlosigkeit die Mitschuld an Pièrres Gehirnschlag gab.

Sie seufzte laut auf: „Gut, dass du den nicht geheiratet hast. Der war kein Mann für dich."

Sie redete sich in Rage. „Er hätte nicht zu dir gepasst, zu eitel und zu sehr auf Karriere aus."

Ich schluckte, dachte an das gerade vereinbarte Rendezvous mit ihm.

„Wenn ich an die Songs denke, die du anfangs singen wolltest. Was hast du unter der Trennung gelitten!"

Das hatte ich wohl.

„Aber zum Glück hast du dich jetzt wieder gefangen. Ich hatte fast den Eindruck, als gäbe es da jemanden Neues."

Einerseits fand ich es komisch, mit meiner Sekretärin über mein Liebesleben zu plaudern, andererseits hatte ich es selbst so gewollt. Ich wollte mehr zu mir selbst stehen, zu der, die ich war und zu meinem ganz eigenen Lebensstil.

„Und du und Pièrre? Wart ihr ein Paar?"

Ich wurde rot. Judith fuhr mit dem Zeigefinger über den Rand der Tasse, drehte, ohne ein Wort zu sagen, Runde um Runde. Als führe sie ein Rennen auf dem Nürburgring.

„Ähm, wir waren früher ein Paar. Vor ein paar Jahren, aber es hat nicht funktioniert. Seitdem sind wir enge Freunde." Sie stockte. „Waren wir enge Freunde."

Sie wandte sich ab. Etwas Feuchtes glitzerte in ihren Augenwinkeln.

„Jedenfalls", sprach sie weiter, nachdem sie sich wieder gefasst hatte. „Also, jedenfalls waren Pièrre und ich uns beide einig, dass du die Künstlervermittlung eines Tages übernehmen solltest. Wir fanden, du wärst die perfekte Nachfolgerin. Wir wollten aber sicherstellen, dass dein Auftreten nach Außen noch markanter werden würde. Deshalb hat Pièrre dich auch gezwungen, ihn zu den Weihnachtsfeierlichkeiten ins Brauhaus zu begleiten. Er war ein großer Anhänger von *Learning by doing*."

„Stimmt, das hatte er mir sogar noch am Abend vorher selbst gesagt." *Fake it till you make it*, erinnerte ich mich.

„Ja, er dachte, dass du durch die Teilnahme an solchen Veranstaltungen lernen würdest, selbstbewusster aufzutreten."

Plötzlich kam mir eine Idee. „Jetzt sag nicht, dass ihr beide unter einer Decke gesteckt habt ..." Oje, erst jetzt bemerkte ich die Doppeldeutigkeit meiner Aussage. Schnell sprach ich weiter: „... und du mir auch aus diesem Grund Gesangsunterricht angeboten hast." Ich sah sie erwartungsvoll an.

„Könnte schon sein", sagte sie ausweichend.

„Ist das zu glauben?", fragte ich empört. Ich fühlte mich überrannt. Erst Em, dann Judith.

„Ist doch gar nicht so abwegig. Du solltest deine eigene Stimme finden, präsenter auftreten."

Ich wollte ihr erst widersprechen, doch sie schaute mich so voller Stolz auf Pièrres und ihre raffinierte Idee zur Persönlichkeitsbildung an, dass ich mit einem Mal lachen musste. Ich ging auf sie zu, schüttelte spöttisch den Kopf und küsste sie auf die Wange. Da war ich gekommen, um ihr beizustehen, doch stattdessen war ich diejenige, die am meisten von unserem Gespräch profitierte. Jetzt wusste ich, wie es in meinem Leben weitergehen sollte. *Danke, Judith,* dachte ich, *du hast mir einen unschätzbaren Dienst erwiesen!*

Am Dienstagmorgen teilte ich als Erstes der Sekretärin der Parteizentrale, Frau Kriener, telefonisch mit, dass ich den Termin mit Herrn Schatta leider nicht wahrnehmen könnte. Als Nächstes rief ich Lars an.

„Hi", meldete er sich. Sofort geriet mein Herz aus dem Takt. Ich schluckte. Forsch erwiderte ich seinen Gruß. „Hi Lars. Ich bin's, Bea."

„Aha, die Flüchtlingsfrau aus Barcelona." Erster Punkt für mich. Er hatte nicht sofort aufgelegt.

„Nein, die Reisende." Trotz meiner Anspannung musste ich grinsen und drehte mich nervös auf dem Drehstuhl im Kreis herum.

„Wenn du meinst. Was gibt's?" Oho, das klang nicht mehr so gut.

„Ich wollte mich revanchieren." Keine Antwort, ich sprach schnell weiter. „Du hast mir Barcelona gezeigt, ich wollte dir eine Führung durch Bochum geben."

„Durch Bochum?"

„Oh ja, unbedingt sehenswert. Das Schauspielhaus, das Bergbaumuseum."

„Stimmt, so etwas Phänomenales gibt es bei uns in Essen nicht."

„Siehste!"

„Und für wann willst du diese Exkursion terminieren?"

Oh Mann, Lars schien tatsächlich auf mein Angebot eingehen zu wollen! *Bea, verbock es nicht!* „Oh, wir richten uns da ganz nach den Wünschen unserer Kunden."

„Also vielleicht in vier bis sechs Monaten? In der Adventszeit habe ich noch ein Zeitfenster offen."

„Oh." *Danke für den verbalen Waschlappen ins Gesicht*, dachte ich.

„Nein?", sagte er spöttisch. „Passt Ihnen das doch nicht? Ich dachte, Sie wären flexibel."

Der Mistkerl war auf Rache aus.

„Entschuldigen Sie die Störung! Mir scheint, wir können nicht handelseinig werden."

„Quatsch, Bea. War doch nur Spaß."

Er zahlte mir Barcelona heim, unser Gespräch in der Churrería, definitiv.

„Okay", gab ich auf. „Vielleicht möchten Sie das Angebot noch einmal überdenken. Ich lege jetzt auf."

„Nicht nötig. Ich komme." Seine Stimme überschlug sich. „Kannst du am Wochenende? Bist du da?"

„Gut möglich." Ich ließ mir meine Erleichterung nicht anmerken. „Doch, vermutlich wäre das machbar."

„Wie lange dauert denn die Stadtführung in der Regel so?"

„Schon allein wegen der hohen Dichte an Sehenswürdigkeiten sollten wir nicht zu spät loslegen. Was hältst du von elf Uhr?"

„Vale und hasta la vista. Muss auflegen."

„Ich auch, habe noch ein Gespräch auf der anderen Leitung."

Ich legte auf. Warum hatte ich das gesagt? Ich hatte mir doch vorgenommen, auf Spielchen zu verzichten.

Am Mittwoch machten Moritz und ich uns dran, endlich die Website von ‚Applaus' zu aktualisieren. Wie so oft lag der Teufel im Detail. Wir kamen nicht so weit, wie wir uns vorgenommen hatten. Netterweise bot Moritz an, noch von zu Hause ein wenig weiterzuarbeiten. Was für ein bewundernswerter Elan! Ich wäre dazu nicht mehr in der Lage. Mir brummte der Schädel. Die Welt um mich herum fing bereits zu flimmern an.

Zu Hause taute ich mit knurrendem Magen ein italienisches Fertiggericht in der Mikrowelle auf und ging die Post durch. Mitten in einem Berg aus Rechnungen fand ich Ems Antwortbrief. Pünktlich mit dem *pling* der Mikrowelle riss ich den Umschlag auf.

Liebe Bea,
danke für deine offenen Worte, die sicherlich großen Mut erfordert haben. Deine „Lass deine Hände bei dir"-Nachricht ist angekommen. Dein Bruder Fred hat mir diesbezüglich auch schon die Leviten gelesen. Seine Diagnose lautet: Helfersyndrom. Seiner Meinung nach schenke ich dir zu viel Aufmerksamkeit. Du kennst Fred, er formuliert Unangenehmes überaus taktvoll.
Du hingegen nennst die Sachen beim Namen und wirfst mir vor, übergriffig zu sein. Touché, sieht mein Therapeut genauso. Ja, ich bin in Behandlung. Das hat mich große Überwindung gekostet, aber die Stunden

helfen mir tatsächlich weiter. Jedenfalls deutlich mehr als dieser Beziehungsratgeber, von dem ich dir dann und wann vielleicht mal erzählt habe ;–).
Mein Psycho meint, das Helfersyndrom sei in der Regel ein Ablenkungsmanöver. Laut ihm habe ich mich so intensiv in dein Leben eingemischt, um mich nicht mit meinem eigenen beschäftigen zu müssen. Insofern drängt er ebenfalls darauf, dass ich dich in Zukunft mit klugen Ratschlägen und Aktionen verschone und stattdessen das Beziehungschaos vor meiner eigenen Haustür kehre. Psychologisch gesprochen. Klingt witziger, als es ist. Ich befürchte, er liegt da nicht ganz falsch. Aber das ist nicht der Ort, um mich über meinen Psychokram auszulassen. Zumal es noch weitaus interessantere Mitteilungen gibt. Ich habe nämlich noch weitere pikante News für dich in petto. Es hat sich bei mir schier Unglaubliches ergeben.

Ich konnte nicht anders, ich musste kichern. Em, wie sie leibt und lebt. Selbst ihr Brief las sich wie ein dramatischer Roman, mit Spannungskurve und allem Drum und Dran.

Nämlich: Sensationelle Neuigkeiten an der Beziehungsfront mit deinem Bruder!

Neugierig las ich weiter.

Er hat mich so wundervoll unterstützt, als Len im Krankenhaus lag. Ich glaube, er ist wirklich der Schatz, nach dem ich mein Leben lang gesucht habe! Bislang dachte ich, so einen habe ich nicht verdient, aber jetzt, wo alles im Umbruch ist … Und es kommt noch mehr: Er hat mich und Lenny gebeten, zu ihm nach Köln zu ziehen.

Was? Fred? Mein Bruder Fred machte einen auf Familie? Ich war sprachlos.

Er meint, während Lennys stationärer und ambulanter Krankenhauszeit, in der wir uns so nahegekommen sind, hätte er es unglaublich genossen, als Familie in der riesigen Altbauwohnung zu leben. Langer Rede kurzer Sinn: Mein Umzug nach Köln ist für den ersten August geplant. Ich wollte fragen, ob Lars und du nicht Lust hättet, uns beim Auspacken der Kisten zu helfen und anschließend mit uns auf unseren neuen Lebensabschnitt anzustoßen? Vielleicht kann ich euch mit meinem berühmten Kartoffelsalat mit Würstchen locken? Ihr seid doch noch befreundet oder gar zusammen?
Egal in welchem Status ihr zueinander steht, wir laden euch hiermit herzlich ein. Ich freue mich bereits jetzt auf neue Nachrichten aus dem ‚Beaversum'.
Und was Len angeht, mach dir nicht zu viele Gedanken! Klar, ich habe schon schlucken müssen, als ich gelesen habe, in welche Gefahr mein Sohn sich gebracht hat. Doch zum Glück ist das Ganze gut ausgegangen. Auch deswegen, weil du so besonnen gehandelt hast. Ich glaube, man kann solche Risiken auf Dauer leider auch gar nicht ganz vermeiden! Ich kann dir tausend solcher Schreckensstories erzählen. Unvergesslich, wie Lenny vorne auf die schwer befahrende Frohsinnstraße gelaufen ist, während ich hinten ahnungslos Wäsche im Garten aufgehängt habe. Ist aber auch gut gegangen. Ich glaube, Lenny hat einen Schutzengel!
Hab dich lieb
Emily

Ich ließ das Papier sinken und wusste nicht, ob ich lachen oder weinen sollte. Ich stopfte mir die mittlerweile nur noch lauwarmen Nudeln mit irgendeinem

Gemüse und Analogkäsesoße in meinen hungrigen Schlund und spülte den Brei mit dem letzten Schluck Kochwein aus dem Kühlschrank hinunter. Dann nahm ich erneut das Telefon zur Hand. Die Telekom liebte mich, so oft, wie ich in den letzten Tagen telefoniert hatte. Wenn ich nicht aufpasste, würde sich meine Haut noch magentarot färben. Ich wählte Ems Überlinger Nummer.

„Hallo Bea", begrüßte sie mich fröhlich.

„Hey Em. Danke für deinen Brief. Bist du mir echt nicht mehr böse wegen Lenny?"

„Es ist nichts passiert. Ist schon okay. Und du, verzeihst du mir meine Kuppelei?

„Ist ja nichts passiert. Schon okay."

Em lachte.

„Glückwunsch zu meinem Bruder." Ich konnte mir einen ironischen Unterton nicht verkneifen, doch Em schien solche Finessen zu überhören.

„Danke. Er ist wirklich ein Schatz! Aber was ist denn jetzt mit dir und Lars?"

„Wenn ich das so genau wüsste!"

„Los, erzähl! Durch meinen Psychodoktor bin ich voll im Thema und wenn du brav fragst, dann lass ich dich an meinen freudianischen Deutungen teilhaben."

„Em, du spinnst." Trotz meiner anfänglichen Abwehrhaltung hatte sie mich fünf Minuten später soweit. Ich erzählte ihr alles haarklein, inklusive Phils ausgeschlagener Einladung und der anstehenden Stadtführung.

„So, jetzt dein Kommentar. Aber nicht länger als zwei Minuten und keine Tipps aus deiner Beziehungsbibel, sonst kannst du deine Umzugs-Bananenkisten allein schleppen."

„Nachricht angekommen. Ich schildere dir meine Sicht und du entscheidest, was du damit machst."

„Hört sich gut an. Leg los!"

Em wusch mir den Kopf. Nicht Lars hätte mich verlassen, sondern ich ihn. Seitdem sie selbst eine Therapie machte, schlug sie mit Therapievokabeln nur so um sich.

„Hier die offizielle Deutung: Du denkst, alle Männer würden dich verlassen. Das geht darauf zurück, dass du dich schuldig fühlst. Irgendwie glaubst du, dein Vater hätte euch in Marseille wegen dir verlassen. Doch das stimmt nicht! Damals in Marseille hat dein Vater nicht *dich* verlassen, sondern es war ein Problem zwischen deinen Eltern. Wie kann ein Kind die Schuld dafür tragen, dass ein überforderter junger Mann seine Freundin verlässt? Du hast mir selbst von der Trostlosigkeit deines Geburtsortes erzählt. Vermutlich hatte es doch mehr damit zu tun, dass dein Pa dort nicht sein Leben verbringen wollte. Deine Mutter und Pièrre haben sich schließlich ja ebenfalls abgesetzt."

Em war nicht zu bremsen. Ein Wort gab das nächste: „Dass er Kinder bekommen hat, war einfach ein unüberwindbares Hindernis für deinen Vater. Soweit ich weiß, war das damals noch nicht so richtig angesagt mit der Pille und so. Und selbst wenn, ich meine, mir ist es ja auch einfach so passiert, dass ich schwanger wurde." Sie redete voller Elan auf mich ein.

„Em?"

„Ja?"

„Die Zeit läuft ab!"

„Okay, was willst du noch wissen?"

„Wieso habe ich Phil vergrault?"

„War nicht der Richtige."

„Und Lars?"

„Ist ein Schatz."

„Ist er der Richtige?"

„Er tut dir gut, guckt hinter die Fassaden. Und du tust ihm gut. Du ziehst ihm seine schwarze Pessimismus-Brille von der Nase. Ihr passt gut zusammen."

„Findest du wirklich?"

Komischerweise machte mich ihre Einschätzung glücklich.

„Aber sicher und das weißt du auch. Los, gib dir einen Ruck und ihm eine Chance."

„Ich denke drüber nach", antwortete ich diplomatisch. „Und du? Ich hoffe, mein Bruder behandelt dich anständig."

„Ja." Em klang, als würde sie gleich abheben. „Er ist der Richtige. Leider arbeitet er viel. Ich habe mittlerweile gekündigt und, Bea, manchmal fällt mir die Decke auf den Kopf. Ich hätte nie gedacht, dass ich meinen Job im Lädele vermissen würde. Ich glaube, ich sollte mich demnächst in Köln nach einer Stelle umsehen. Das dürfte aber nicht ganz einfach werden. Oh, sorry, muss mich um Len kümmern. Wir reden später. Nur noch eins, sag mir noch eben auf die Schnelle: Was macht dein Gesangsunterricht?"

Plötzlich kam mir ein Gedanke. Em suchte einen Job und ich eine PR-Frau für die Künstleragentur, die uns redegewandt nach Außen repräsentieren konnte. Doch wollte ich wirklich täglich mit meiner übergriffigen Freundin zusammenarbeiten? Hm, ich schob den Gedanken vorerst zur Seite. Erst mal sehen, wie sich alles weiter entwickeln würde.

„Bea? Ich warte ..."

„Der Gesangsunterricht?" Ich fand wieder zu unserem Gespräch zurück. „Hoch und tief wechseln sich ab. Manchmal bin ich verzweifelt."

„Pass auf, ich wünsche mir etwas zum Umzug von dir."

„Schon klar. Nämlich, dass ich deine schweren Kartons eine unmenschlich enge Altbautreppe hochschleppe."

„Ja, aber das ist nicht alles. Ich würde dich zu gerne singen hören!"

„Wünschen kann man sich alles“, lachte ich und legte auf.

Kapitel fünfundzwanzig: Mr Mojo rising

Lars rief am Freitagvormittag noch einmal an. Beim Vereinbaren unseres Rendezvous hatten wir eine Winzigkeit vergessen: Den Treffpunkt. Da er kein Auto besaß, sondern öffentliche Verkehrsmittel oder das Fahrrad bevorzugte, kam er mit der Bahn. Ich beschloss, ihn vom Bahnhof abzuholen. Ich fand, das hatte Stil. Schließlich hatten wir uns in einem Zug kennengelernt.

Einige Minuten vor elf fuhr der Zug auf Gleis drei ein. Noch im Türbereich stehend, winkte Lars mir zu. Kurz darauf stieg er aus und kam mit wippendem Haar näher. Er grinste und nahm mich ohne Worte in den Arm. Nachdem wir ein, zwei Minuten so vertraut zusammengestanden hatten, konnte ich mir gar nicht mehr vorstellen, dass wir uns in Barcelonas Churrería bei unserem harmlosen ‚Wahrheit-oder-Pflicht'-Spielchen bis aufs Blut gereizt hatten. Was war er mir arrogant vorgekommen! Mittlerweile musste ich zugeben, dass ich mich ihm in puncto Sturheit als mindestens ebenbürtig erwiesen hatte.

Vorsichtig löste ich mich aus Lars Armen. Er schaute mich liebevoll an und mir wurde ganz warm ums Herz. Sollte das mit uns wirklich eine Zukunft haben?

„Bereit für eine Stadtführung durch die vibrierende Bochumer Innenstadt, diesmal leider ohne Strandpromenade unter Palmen?", witzelte ich, froh über die Möglichkeit, mich elegant aus meiner sentimentalen Stimmung herauskatapultieren zu können.

„Bitte, gerne".

„Sei aber nicht enttäuscht, wenn es hier nicht ganz so mediterran wie in Barcelona aussieht."

„Mach dir keinen Kopf, Essen kommt noch weniger an Barcelona ran. Du wirst es nicht glauben, aber deiner Heimatstadt eilt ein guter Ruf voraus: Meine Kollegen schwören auf Bochums Nightlife."

„Wenn wir alle Ruhrgebietsstädte als eine Megacity zusammenzählen, können wir Barcelona vielleicht immerhin hinsichtlich der Einwohnerzahl Konkurrenz machen." Während wir die Treppen vom Bahnsteig in die Halle hinunterstiegen, überlegte ich, wann ich Lars am besten von Ems Brief erzählen konnte. Ich freute mich darauf, endlich die letzten Ungereimtheiten zwischen uns aus dem Weg zu räumen.

Außerdem musste ich ihn von der Sensation schlechthin in Kenntnis setzen, dass Em mit Len zu meinem Bruder nach Köln zog, um dort einen auf Patchwork-Familie zu machen. Das konnte ich Lars jedoch nicht zwischen Tür und Angel unterjubeln, da ich genau beobachten wollte, wie er auf die Nachricht reagierte. Vielleicht würde mir seine Reaktion indirekte Rückschlüsse über unsere eigene Beziehung ermöglichen. Aber erst einmal musste ich mir etwas Taugliches für die ‚Tour-de-Bochum', einfallen lassen. Fieberhaft überlegte ich, was es zu präsentieren gab: Stadtpark, Bergbaumuseum, Jahrhunderthalle oder Paternosterfahren im Rathaus? Allerdings wusste ich nicht, ob der alte offene Fahrstuhl noch in Gebrauch war.

Als Erstes liefen wir die Einkaufsstraße Richtung Bermudadreieck hinunter. Naheliegend, aber nicht gerade überwältigend, denn samstags um sechzehn Uhr herrschte natürlich ziemlich tote Hose.

„Verehrte Reisende", gab ich spielerisch den Tourguide. „Hier sehen Sie die Überreste des berühmten Graf-Engelbert-Brunnens."

Lars schaute sich verwirrt um. Er konnte keinen Brunnen entdecken.

„Jaja, früher, als Em und ich noch hier zur Schule gingen, hieß die Haltestelle nicht ‚Bermudadreieck/Musikforum', sondern ‚Graf Engelbert Brunnen'. Der Brunnen wurde mittlerweile abmontiert, um bei Großveranstaltungen wie ‚Bo total, in diesem Bereich Platz für die großen Bühnen zu schaffen."

„‚Bo total', was ist denn das?", mimte Lars den ahnungslosen Touristen.

„‚Bo total' ist nichts weniger als d-a-s überregional berühmte Kulturfestival im Ruhrgebiet! Dann tanzt hier der Bär." Ich imitierte den übertriebenen Tonfall eines US-amerikanischen Motivationspredigers.

Als ich fortfuhr, schlug meine aufrichtige Begeisterung für das Spektakel durch. „Wirklich, das Festival ist super! Ich gehe da immer wieder gerne hin, obwohl es dann unglaublich voll in der Innenstadt ist. Während der Konzerte hast du fast keine Chance mehr, lebend durch die Fußgängerzone zu kommen. Insider benutzen bei diesem Ausnahmezustand übrigens die U-Bahn, um auf der Strecke Schauspielhaus und Bahnhof überhaupt noch irgendwie durchzukommen."

Lars tat so, als würde er eifrig mitschreiben. Gespielt runzelte er die Stirn.

„Das ist ja alles höchst interessant." Er sah dabei so süß aus, dass ich ihn am liebsten sofort geküsst hätte. Gleichzeitig wollte ich nichts überstürzen, unsere gerade wiedererlangte Leichtigkeit nicht erneut gefährden.

„Und dann folgen Sie mir bitte zur Graf-Engelbert-Statue." Ich schob ihn in die andere Richtung und genoss es, bei der Berührung seinen warmen Körper zu spüren.

„Sie befindet sich seit neustem hier."

„Sehr, sehr schön. Ein ganz ungewöhnliches Denkmal." Lars umkreiste die Statue mit gespielter Ehrfurcht.

Ich grinste. „Nur, wenn es mit Häkelstrickwerk behangen wird. Jetzt möchten Sie sicherlich die komplizierten historischen Hintergrunddetails zu dem Grafen hören."

„Nein, eher nicht. Lieber würde ich den Tourguide küssen."

Sprach's aus und tat es. Kurz und intensiv.

Etwas später schlenderten wir engumschlungen weiter. Ich konnte mein Glück kaum fassen und strahlte die ganze Zeit so idiotisch wie ein Zahnpasta-Model vor mich hin.

„Und, was gibt es sonst noch Sehenswertes in der Weltmetropole an der Ruhr?"

Übermütig ließ ich mich dazu hinreißen, auf die hiesige Kneipenszene zu verweisen.

„Dort drüben liegt die legendäre ‚Nachtwache', ein Highlight in der Bochumer Partymeile."

Warum zeigte ich ihm ausgezeichnet die ‚Nachtwache'? Eigentor! Schnell lenkte ich seine Aufmerksamkeit auf ein anderes Thema:

„Rechts um die Ecke werden die leckersten Falafel der Stadt verkauft, aber wir halten uns jetzt links und steuern den Musentempel der Stadt, das Schauspielhaus, an."

„Wollen wir uns nicht irgendwo reinsetzen und ein wenig über deine und meine Schauspieltalente in Köln und Barcelona quatschen?"

Und ich dachte dieses *Wir-müssen-reden*-Gewäsch wäre allein uns Frauen vorbehalten. Leider hatte ich so gar keine Lust auf ein *klärendes Gespräch*. Ich wollte Lars nicht gleich schon wieder verlieren, nachdem wir uns gerade wiedergefunden hatten.

„Okay, aber nicht sofort. Gleich. Lass uns doch erst noch ein bisschen über Unverfängliches reden.“ Lars lachte und nahm meine Hand.

„Béatrice, du bist und bleibst die Konversationskönigin.“

Ach ja? Judith und Pièrre wären begeistert von dieser Einschätzung.

Und so kam es, dass wir händchenhaltend durch die Bochumer City bummelten. Ich war überglücklich, kam mir vor wie ein Teenie, der extra große Umwege macht, um mit dem gutaussehenden neuen Freund auch ja von der ganzen Schulgemeinde gesehen zu werden. Überhaupt war ich sehr zufrieden mit der Entwicklung der Dinge, nachdem ich „klar Schiff“ gemacht hatte. Was für ein Glück, dass ich weiterhin Lens Patentante sein durfte und Em mir verziehen hatte! Und wie unvorstellbar, dass meine beste Freundin demnächst in Köln wohnen würde, sodass wir uns wieder regelmäßig treffen konnten. Lars beobachtete mich von der Seite: „Geht's dir gut?“

„Oh ja, so gut, dass ich dich am liebsten in die Büsche ziehen und ...“ rutschte es mir heraus, bevor ich errötend mitten im Satz abbrach.

„Hätte ich prinzipiell auch nichts gegen einzuwenden.“ Lars grinste mich frech an. „Obwohl mich diese vier Grasbüschel Grün nicht gerade von den Socken hauen. Vielleicht warten wir besser noch ein bisschen mit der Umsetzung deiner Idee.“

Er zeigte auf die einladend im Schatten liegende Außenterrasse eines Straßencafés. „Vorerst könnten wir uns stattdessen hier hinsetzen und etwas trinken. Was meinst du dazu?“

„Das ‚Fleur‘, guter Geschmack. Warte, hier ist Selbstbedienung, ich organisiere uns eben was.“ Kurz darauf kam ich mit einem Tablett, auf dem ich eine

Schale Milchkaffee und einen ‚Drecksack' balancierte, zurück.

Ich nahm durstig einen großen Schluck. Danach wurde ich endlich meine strategisch geschickte Offensivfrage los, über deren Formulierung ich den ganzen Weg vom Tresen bis zu unserem Tisch hin sinniert hatte.

„Wie kommt man als Karikaturist eigentlich über die Runden?"

Im Geiste klopfte ich mir auf die Schultern. Finanzielle Ängste und Unwägbarkeiten waren ein Problem, das wir beide kannten. Ich als Kopf unseres Familienunternehmens und er als freier Mitarbeiter. Ein wichtiges Thema, auch wenn man darüber offiziell nie sprach. Schon gar nicht bei romantischen Verabredungen. Darüber hinaus sollte, wenn alles gut ging, sich mit dieser Frage jede Art von Beziehungs-Aussprache weiträumig umschiffen lassen.

„Okay", grinste er. „Du kommst gleich zur Sache und genau das gefällt mir an dir." Er überlegte einen Moment.

„Also, ein Kollege von mir, der aus den Staaten kommt, antwortet auf diese unter Selbstständigen so gefürchtete Frage immer mit denselben drei Worten: *Feast or Famine*. Was er damit meint ist, dass man entweder in Saus und Braus lebt oder am Hungertuch nagt. So wird es nie langweilig." Er lachte etwas gezwungen, ich vermeinte eine Prise Bitterkeit in seiner Antwort zu hören.

„Muss man mögen."

„Ja, ich mag das, aber bisweilen verlangt es mir ganz schön viel Gleichmut und Gottvertrauen ab. Etwas mehr Sicherheit wäre da manchmal durchaus wünschenswert."

Lars schaute mich ernst an. Ich begann ihn immer besser zu verstehen. Ich dachte an sein in Barcelona so vehement geäußertes „Man muss hungrig bleiben!" Wer weiß, vielleicht war seine damalige Aussage auch ein wenig seiner unsteten Beschäftigungssituation geschuldet.

„Ähm", leitete Lars seine nächste Bemerkung ein. „Wobei wir bei dem Thema Lebensfrust und Lebenslust wären ..." Mist, das hörte sich verdächtig nach dem Auftakt zu einem ‚Beziehungsgespräch' an.

„Darf ich deinen Kaffeekeks?" Kein Trick war mir zu billig, um unsere Problemdiskussion noch etwas heraus zu zögern. Lars nickte. Eine unangenehme Pause breitete sich aus. Die Ruhe vor dem Streit.

„Und, redest du wieder mit deiner Freundin?"

Dankbar für einen weiteren Aufschub, stürzte ich mich auf das neue Thema.

„Ja." Ich schaute auf meine Handtasche. „Letzte Woche hat Emily mir zurückgeschrieben. Danach haben wir ausführlich telefoniert. Es gibt unfassbare Neuigkeiten."

„Ihr habt euch also ausgesprochen, wieder vertragen, alles verziehen?" Ich setzte ihn über den neusten Stand der Dinge in Kenntnis und unterschlug auch nicht die Szene mit Len auf dem Fenstersims.

„Em ist in Ordnung", sagte Lars. „Wäre es denn für dich okay, wenn ich beim Umzug mitmachen würde?"

„Ja klar. Was für eine Frage: Wenn ich mir deinen Bizeps so ansehe, bist du unentbehrlich!"

„Das heißt, du kannst es wieder ertragen, mit einem Vertreter des männlichen Geschlechts in denselben vier Wänden zu arbeiten. Oder anders gefragt: Was ist aus deiner kleinen schmutzigen Vorliebe gworden, dir alle Männer vom Hals zu halten?" Er tippte demonstrativ auf seinen Ringfinger. Ich verbarg schnell meine Hände hinter dem Rücken.

„Ich glaube, Barcelona war damals zu viel für mich. Ich kam mir hintergangen vor und konnte nicht glauben, dass Em hinter meinem Rücken so eine Farce abgezogen hat."

„Gut, dass ihr beide das inzwischen unter euch geklärt habt. Ich kann nur für mich sprechen. Mich hat es von dem Moment an, als du dich auf der Zugtreppe neben mich gesetzt hast, erwischt. Ich hätte buchstäblich alles getan, um dich kennenzulernen. Doch dann trugst du einen Ehering auf dem Ärzteball und in deinem Portemonnaie war ein Foto, das dich zusammen mit deinem vorgeblichen Gatten vor dem Eiffelturm in Paris zeigte. Wie ich jetzt weiß, war es wohl dein Bruder Fred, mit dem du diesen Trip zu Frankreichs Hauptstadt unternommen hast."

„Tja, jede Frau hat so ihre kleinen Geheimnisse. Das Foto stammt aus dem Phantasialand in Brühl, Fred und ich waren im wirklichen Leben noch nie in Paris."

Ich lächelte Lars versuchsweise an, aber er ging nicht auf meine Friedenspfeife ein.

„Jedenfalls sah ich meine Chancen schwinden. Und was deine Freundin angeht: Du hast dich in puncto Ehrlichkeit auch nicht gerade mit Ruhm bekleckert."

Natürlich hatte er recht, aber ich konnte es kaum über mich bringen, das einzugestehen.

„Für mich passte dieser Trick mit Ems und meiner angeblichen Liebesfahrt nach Barcelona zu der spielerischen Art, wie wir uns kennengelernt haben. Ein Necken. Und dann lagst plötzlich du an Ems Stelle im Hotelbett und hattest deiner Freundin gegenüber ein schlechtes Gewissen. Erst da wurde mir klar, wie die Story bei dir angekommen war. Du musstest dir betrogen vorkommen. Und dann ging alles so schnell: Erst war es wunderschön mit uns. Doch kurz darauf, in der Churrería, nur noch verkorkst. Naja, du warst dann auch noch ziemlich nachtragend ..."

Lars stand auf und bot sich an, Nachschub zu organisieren.

„Wie wär's jetzt mit einer schönen großen Portion Eis zum Abkühlen?"

Uff, das hörte sich nach einem kulinarischen Friedensangebot an. Ich akzeptierte es sofort: „Unbedingt, mit viel Sahne drauf."

„Gute Idee! Du solltest dir ordentlich Energie anfuttern, um dich zu stärken. Schluss jetzt mit *Langsam angehen lassen*. Zeig mal deine rechte Hand!"

Ich streckte sie stolz vor. Nachdem ich den ganzen Vormittag wie verrückt geschrubbt hatte, war es mir endlich gelungen, diesen blöden Ring vom Finger zu bekommen.

„Hey, Bea." Zufrieden nahm ich die Überraschung in seiner Stimme wahr. „Sieht so aus, als stünde unserem Glück nichts mehr im Wege. Oder was meinst du?"

Mir wurde ganz leicht ums Herz. „Hindernisse sind dazu da, um überwunden zu werden!", zitierte ich salbungsvoll aus einem von Ems Ratgebern. Und dann küssten wir uns. Diesmal lang und innig. Es schien mir, als würde dieser Kuss besiegeln, dass wir ab jetzt zueinander gehörten und nichts mehr zwischen uns kommen lassen würden.

Danach zahlten wir, ließen die Stadtführung Stadtführung sein und gingen zu mir. Wir hatten Besseres zu tun, als unsere kostbare Zeit mit Sehenswürdigkeiten zu verschwenden: Verliebt gucken, Händchen halten, Küsse, französische Küsse und das Ausüben jeder Menge anderer Aktivitäten FSK achtzehn plus.

Sonntagabend fuhr Lars mit dem letzten Zug zurück nach Essen. Verliebt schaute ich dem NRW-Express hinterher. Mein Schmachten wurde zum Glück durch das Wissen, dass wir uns schon am nächsten Wochenende zu Ems Umzug wiedersehen würden, gemildert. Obwohl es nur sechs Tage und Nächte ohne Lars waren, verging ich schon jetzt vor Sehnsucht nach ihm!

Kapitel sechsundzwanzig: Alle Eier in einen Korb legen

„Judith, dieses Mal habe ich eine ganz besondere Bitte an dich."

Judith ordnete die Noten auf dem Klavier. „Ich höre."

„Ich habe ein Lied gehört, das ich gerne beim Umzug für Em und meinen Bruder singen möchte. So eine Art Versöhnungs- und Willkommensgruß. Es stammt aus einem Musical mit Fred Astaire und im Titel kommt merkwürdigerweise das Wort *Eier* vor."

„*Eier?* Geht es noch genauer? Im Moment fällt mir nur John Lennons *I'm The Eggman* ein."

„Nee, das ist es nicht. Es geht wohl um die englische Redensart: ‚Alle Eier in einen Korb legen'. Also, wenn ich das recht verstehe, bedeutet das wohl, dass man sich nicht scheuen soll, alles auf eine Karte zu setzen und das Risiko einer Beziehung einzugehen."

„Ach, jetzt weiß ich, was du meinst. Irving Berlins *I'm Putting All My Eggs In One Basket.*"

„Genau, das ist es!"

„Und du hast recht mit dem englischen Sprichwort: Fred Astaire singt es, als er es endlich wagt, sich fest zu binden. Das Musical, das du meinst, heißt übrigens *Follow Fleet.*"

„Du machst mich fertig. Warum weißt du das?"

Zum ersten Mal, seit Judith mir die Tür geöffnet hatte, lachte sie unbeschwert auf.

„Keine Angst, ich lerne nicht heimlich alle Google-Einträge über sämtliche Jazzstandards auswendig, bevor du kommst. Fakt ist: Ich bin ein riesengroßer Fan von Ella Fitzgerald und sie hat die Nummer in einem großartigen Duett zusammen mit Louis Armstrong gesungen."

Judith war nicht mehr zu halten. Als sie sich dran machte, ihre Noten nach besagtem Musicalsong abzusuchen, zeigte sie endlich wieder einmal denselben Elan wie vor Pièrres Tod.

„Warte mal, irgendwo müssen sie sein. Sing dich schon mal ein!"

„Du meinst, indem ich mit meinem Unterkiefer wie eine Kuh mahle, oder?"

„Jaja. Unterkiefer immer locker. *Blablabla, blublublu,* schön entspannt und gleichzeitig alles oberhalb der Nase mit Körperspannung, Augen aufreißen, Resonanzräume öffnen. Stell dir vor, deine Stirn ..."

Den Rest konnte ich nicht mehr hören, da sie selbst mit der Nase in Notenblättern verschwunden war. Ich schnitt die merkwürdigsten Grimassen und kam mir so doppelgesichtig vor wie der Joker aus Batman. Vor meinem Unterricht mit Judith hatte ich naiv angenommen, man könne von Natur aus singen oder eben nicht. Ich hätte nie gedacht, dass man dafür so eine ausgefeilte Gesichtsakrobatik betreiben musste.

„*Zwi zwi zwi, blu, blu, blu*", machte Judith mir vor. „Ach, hier sind sie ja!" Sie warf einen schnellen Blick auf das Blatt.

„Ein überaus charmanter Text, gesanglich aber nicht einfach. Der Trick ist, das Lied ganz leicht und unbeschwert klingen zu lassen. Du solltest immer ein wenig hinter dem Beat zurückbleiben."

Ich nickte, wenigstens eine Sache, die ich begriffen hatte. Diese ganzen Jazzstandards werden nicht punktgenau auf den ersten Schlag im Takt gesungen, sondern etwas zeitverzögert, *laid back*. Dadurch entsteht dieses lässige Divengefühl, das Judith versucht hatte, mir in *I Cried A River Over You* nahezubringen.

„Du willst den Song vor Publikum bringen?“, fragte mich Judith am Ende der Stunde. Ich zwang mich, das nicht als indirekte Kritik an meinen Fähigkeiten zu verstehen. „Ja, als Geschenk für Em und Fred.“

„Eine schöne Idee. Dann müssen wir dir noch ein ‚play-along‘ organisieren, zu dem du singen kannst.“

„Kann mich nicht jemand auf einer Gitarre oder so begleiten?“

„Können deine Freunde so gut spielen? Sie müssten dann die Akkorde in deine Tonlage transponieren.“

„Äh, nein.“

„Ich nehme an, das Einfachste wäre tatsächlich, einen CD-Spieler mitzunehmen. Ich forsche mal ein bisschen, wie ich an ein gutes ‚play-along‘ in der passenden Tonlage und im richtigen Tempo für dich komme ...“

„Glaubst du, das kriegen wir hin? Wir haben nur noch diese Woche Zeit.“

„Aber klar doch. Das Wichtigste ist zu wissen, was du willst. Du wirst bis dahin zwar keine zweite Beyoncé, aber ein bisschen Livegesang als persönliches Gastgeschenk zur Wohnungseinweihung ist eine prima Idee. Es muss auch gar nicht perfekt sein, sondern soll einfach gute Laune machen und Wärme schenken.“

„Wie hoch ist der Stundensatz für deine Therapiestunden?“

„Unbezahlbar.“

„Für hoffnungslose Fälle wie mich bestimmt.“

In der Woche vor dem Umzug war ich wohl ziemlich unerträglich für meine Mitmenschen. Ich übte ständig mit dem Strohhalm, blubberte Blasen und freute mich an der starken, warmen Stimme, die mir dieses Training machte. Allerdings hatte ich das Gefühl, dass dieser Klang nach drei Noten schon wieder verpufft war. Am Abend vor dem großen Tag rief ich Judith panisch an.

„Judith, ich übe jeden Tag mindestens eine volle Stunde, aber es wird und wird nicht besser. Meine Stimme hört sich immer noch schwach und piepsig an."

„Und, hast du ein Problem damit?"

Was war das für eine Frage? Ich gestand ihr gerade meine größte Niederlage und sie ließ das offensichtlich völlig unberührt.

Natürlich, wollte ich sie anbrüllen. *Was soll der ganze Aufwand denn, wenn er nichts bringt?* Es gibt Tausende, die besser als ich sind, jünger, talentierter. Ich zwang mich, die Verzweiflung nicht an mich herankommen zu lassen und beschränkte mich stattdessen bei meiner Antwort wie so oft auf nur zwei Buchstaben.

„Ja."

„Ist aber nicht nötig. Alles kann, nichts muss."

Verständnislos wartete ich auf ihre Erklärung.

„Ist dir schon einmal aufgefallen, dass zufriedene Menschen so gut wie keine Regeln brauchen?"

Nein, war es mir nicht. Überhaupt war das eine seltsame Antwort, fand ich. Hatte sie irgendetwas mit meiner Frage zu tun? Höflich gab ich einen vage zustimmenden Laut von mir.

„Hm."

„Erstens: Niemand auf der Welt besitzt deine Stimme, deine Art zu singen. Es macht also gar keinen Sinn, sich zu vergleichen. Zweitens: Das Singen selbst macht dir Spaß, sonst würdest du nicht schon fast ein Jahr lang immer wieder zu mir kommen. Drittens: Gesang ist erhaben, steht über der Wertung gut, besser, schlecht. Glaub mir, ich habe lange genug gebraucht, um diese Lektion zu lernen."

Ich wartete auf ein persönliches Schlüsselerlebnis, wurde aber enttäuscht. Judith gab nichts aus ihrem Sängerinnenleben preis, sondern offenbarte mir stattdessen eine eher spirituelle Seite von sich.

„Es geht um so viel mehr als Schönheit. Es geht um Intensität, um Leichtigkeit, um Schwere, um Individualität, Einsamkeit, aber auch um Gemeinsamkeit, das Eingebundensein in das große Ganze."

Ich merkte, dass sie in Gedanken weit weg war. Plötzlich schlug ihre nachdenkliche Stimmung um.

„So, genug geübt. Jetzt legst du dich besser schlafen und ruhst dich für deinen Auftritt morgen gut aus."

Kapitel siebenundzwanzig: All together now!

Wir hatten vergessen, dass ausgerechnet an Ems Umzugswochenende ‚Bo total' stattfand. Freitagabend hatte es Lars nur mit Müh und Not geschafft, sich von Essen bis Bochum durchzukämpfen. Er wartete bereits auf mich, als ich vom Gesangsunterricht zurückkam. Am Samstagmorgen beim Frühstück erinnerte er mich an meinen eigenen Überlebenstipp, bloß nicht zu Fuß durch die Innenstadt zu laufen. Und so vertrauten wir unsere Reiselogistik den unterirdischen Schluchten der Bochumer Straßenbahntunnel an.

Satte zwei Minuten vor Abfahrt des NRW-Express erreichten wir völlig außer Atem Gleis drei. Da wir wegen der Stadtflucht der ‚Bo total'-Verweigerer keine Sitzplätze mehr fanden, machten wir es uns im Zug wie gehabt auf der Treppe bequem. Diesmal verschlug es uns direkt neben das Klo, das jedoch zum Glück wieder einmal ‚außer Betrieb' war.

Als wir auf der Durchfahrt in Essen hielten, zog ich Lars auf: „Schau mal, den ganzen Logistikstress hättest du umgehen können: Statt gestern Abend noch nach Bochum zu fahren, hättest du jetzt hier in Essen bequem zu mir in den Zug steigen können."

„Sorry, dir das sagen zu müssen, aber du kannst nicht rechnen."

Ich schaute ihn verblüfft an. „Wie meinst du das?"

„Qualitätszeitrechnung: Eine Stunde an deiner Seite wiegt zwei Stunden Bus und Bahnfahren locker auf." Es dauerte einen Augenblick, bis ich das Kompliment verstand.

Oh, wie süß!, dachte ich. Öffentlichkeit hin oder her. Ich musste ihn in den Arm nehmen.

„Tut mir leid, dass ich gestern nicht früher Schluss machen und nach Essen fahren konnte", entschuldigte ich mich, wobei ich unauffällig die Gesangsstunde unter den Tisch fallen ließ. Ich lehnte meinen Kopf an seine Schultern, schloss die Augen und genoss das sanfte Ruckeln.

„Du hast es schon schwer als Chefin!" Lars knuffte mich in die Rippen. „Übrigens, bevor wir zu deinem Bruder gehen, müssen wir noch einen kleinen Umweg einlegen."

„Müssen wir? Warum?"

„Überraschung!"

Egal wie geschickt ich es anstellte, Lars hielt dicht. Ich bekam kein Wort mehr aus ihm heraus bis wir, anders als bei unserer Fahrt mit der Schwarzwaldbahn, auf die Minute genau in den Kölner Hauptbahnhof einfuhren.

„Hier geht's lang!", übernahm Lars die Führung und zog mich in die entgegengesetzte Richtung von Freds Wohnung mit sich. Ich hatte keinen Schimmer, was er vorhatte. Erst als wir mitten auf der Hohenzollernbrücke standen, schwante mir etwas. Hier oben war es ziemlich windig, eine Wohltat an diesem heißen Sommertag. Ich schaute auf den Rhein und wartete ungeduldig, ob sich meine Vorahnung bewahrheiten würde.

„So, jetzt ist es soweit!"

Lars griff in seine Hosentasche und hielt kurz darauf in der Bewegung inne, um es spannender zu machen.

Dann öffnete er seine Hand. In ihr befand sich ein Schloss in der Größe einer Zigarettenschachtel. Doch es sah nicht mehr aus wie ein normales Schloss. Lars hatte es umgestaltet. Er hatte die Ecken abgefeilt, es in Herzform gebracht und orangegelb grundiert. Es leuchtete wie eine Sonnenblume. Auf dem Metallherz waren einige markante Striche zu sehen. Bei genauerer Betrachtung erkannte ich, dass Lars ein sich umarmendes Liebespaar im Comicstil gezeichnet hatte. Vorsichtig nahm ich das Schloss in die Hand. Es fühlte sich so glatt wie ein Handschmeichler an. Aus der Nähe sah ich, dass auf der Zeichnung unsere Köpfe feiner herausgearbeitet waren. Der Zinken in der Mitte meines Gesichtes war genauso unverkennbar wie die Andeutung von Lars' störrischer Haarpracht. Außerdem trug seine Figur denselben Ringelpulli wie ‚Kurt der Künstler'. Gerührt blickte ich zu Lars hoch, als ich auch schon seine warmen Lippen auf meinem Mund spürte. „Ich liebe dich", flüsterte er.

„Ich dich auch."

Als wir uns voneinander lösten, befestigte Lars das Schloss an dem Metallzaun neben den unzähligen anderen Schlössern.

„Für die Sonnenfrau, die mir mein Herz geraubt hat." Er ließ das Schloss einrasten, drehte den Schlüssel um, zog ihn ab und warf ihn im hohen Bogen in den Rhein.

Als wir etwas später vor Freds Altbauwohnung standen, öffnete mein Bruder uns nur kurz die Tür und verschwand sofort wieder im Inneren der Wohnung. Lars und ich warfen uns irritierte Blicke zu und folgten ihm in das Zimmer, in dem ich damals während der Karnevalsgala geschlafen hatte.

„Kommt ruhig rein!", rief Fred uns stolz zu. „Ich baue gerade mit Lennys Hilfe das Kinderbett zusammen."

Lars sah mich verdutzt an: „Ist das der unnahbare Fred, den ich im Schokoladenmuseum kennengelernt habe?", fragte er mich im Flüsterton.

„Bin mir da selbst nicht so ganz sicher", raunte ich zurück. Fred saß auf dem Boden und ließ sich geduldig von einem Dreijährigen das Werkzeug anreichen. Ich hatte meinen verschlossenen Bruder noch nie so warmherzig und behutsam erlebt. „Setzt euch doch am besten einfach hier neben uns hin! Em ist gerade unterwegs, um eine Runde Eis für uns alle zu besorgen." Trotz des netten Angebots meines Bruders zogen wir es nach der langen Zugfahrt vor, erst noch ein Weilchen stehen zu bleiben. Fred lächelte uns an.

„Ähm, danke, dass ihr gekommen seid!" Er schaute sich entschuldigend um. „Sorry, dass es hier ein wenig chaotisch aussieht." Mir kam es so vor, als würde ihn das Multitasking als Gastgeber, Ersatzpapi, Bruder und Heimwerker ganz schön fordern. „Alles ist gut, nur kein Stress!", beruhigte ich ihn. Ich dachte an unser orangegelbes Schloss auf der Hohenzollernbrücke und hatte das Gefühl, dass mich nichts auf der Welt aus der Ruhe bringen könnte. Nach kurzer Rücksprache überließen wir Fred seinem neuentdeckten Kinderglück und machten uns daran, den Umzugswagen auszuladen.

Nachdem wir die Wohnung mit noch mehr Kartons zugestellt hatten, lächelte ich zufrieden. Schon jetzt sah sie nicht mehr so furchteinfließend steril aus wie damals im Frühjahr. Nach einer Weile kam Em zurück und begrüßte uns herzlich. Sie machte sich mit schon recht geübt aussehenden Griffen an Lens Pumpe zu schaffen. Danach vernichteten wir das Eis in Nullkommanichts und packten anschließend mit neuem Elan weitere Kisten aus. Während Em und ich Lennys Kinderzimmer fertig einrichteten, bauten Lars und Fred Ems Billyregale im ehemaligen Gästezimmer auf. Nach zwei weiteren schweißtreibenden Stunden Arbeit hatten wir es endlich geschafft: Len hielt seinen ersten Mittagsschlaf in seinem neu zusammengeschusterten Überlinger Kinderbett. Fred ließ in der Küche Sektkorken knallen. Einen Augenblick später kam er mit einem Tablett auf uns zu, verteilte die Gläser und setzte zu einer feierlichen Rede an:

„Heute gibt es ja so einiges zu feiern. Fangen wir doch mit meiner Schwester an. Auf dich, Bea, herzlichen Glückwunsch!“ Erstaunt schaute ich hoch und sah, wie er seine Sektflöte hob und mir zuprostete.

„Ich bin wahnsinnig stolz auf dich, denn mir ist zu Ohren gekommen, dass du das Unternehmen sehr souverän führst. Und das als Quereinsteigerin. Respekt! So Leute, ich möchte einen Applaus für die Geschäftsführerin von ‚Applaus‘.

Alle klatschten.

Durch unseren Lärm hatten wir Lenny aufgeweckt. Verunsichert rief er von seinem neuen Kinderzimmer aus nach seiner Mama. Em lief sofort zu ihm und kehrte kurze Zeit später mit dem verschlafenen kleinen Kerl im Schlepptau ins Wohnzimmer zurück. Dort nahm ihn Fred zärtlich in Empfang, während Em noch einmal in der Küche verschwand. Es dauerte nicht lange und sie reichte ihrem Sohn ein Glas Apfelsaft, das sie vor seinen Augen mit Sprudelwasser mischte.

„Schau mal, sieht genauso aus wie das, was die Großen trinken!“

Ich konnte mir ein Grinsen kaum verkneifen und stieß formvollendet mit Lenny an, bevor ich mich bei Fred für seine netten Worte bedankte.

„Ich bin ganz gerührt, Brüderchen, aber lob’ den Tag nicht vor dem Abend. Vielleicht fahre ich das ganze Unternehmen doch noch an die Wand. Was, wenn ich mich anschließend gezwungen sehen sollte, dir die Haare vom Kopf zu essen?“

Fred strich demonstrativ mit der rechten Hand über den Kopf.

„Sind ja leider nicht mehr so viele. Ich befürchte, davon wirst du nicht satt“, gab er schlagfertig zurück. Alle lachten. Mein Bruder wartete, bis es wieder ruhiger wurde.

„Nein, ernsthaft, Bea. Ich gönne dir das Unternehmen von Herzen. Du hast so viel hinein investiert und verdienst es, dass Pièrre ‚Applaus' auf dich überschrieben hat. Und diese Idee, demnächst auch noch andere, anspruchsvollere Künstler mit dazu zu nehmen, finde ich großartig."

Diesmal stieß auch Em mit an.

„Auf Pièrre!", rief ich und wir prosteten ihm in Richtung Himmel zu.

Lars mischte sich ein. „Manchmal sind große Lebensereignisse ein wahrer Katalysator. Ein weiterer Toast geht auf Emily, Fred und Lenny."

Ich nickte eifrig. Die Gläser klirrten. Ich leerte meinen Sekt und schenkte mir, nur für den Fall, dass noch weitere Trinksprüche folgen würden, Wasser ein. Ich wollte einen klaren Kopf behalten, denn schließlich stand meine kleine Gesangsdarbietung noch aus.

Ich sollte recht behalten. Schon gingen die Trinksprüche in die nächste Runde. Diesmal machte Em den Anfang. Um unsere Aufmerksamkeit zu bekommen, schlug meine pragmatische Freundin mit einem von Lennys Breilöffeln an ihren Sektkelch: „Und jetzt heben wir unsere Gläser auf unser neuestes Liebespaar. Lasst uns alle auf Lars und Bea trinken!"

Wieder stießen alle mit Sekt, Saft und Selters an. Lenny hüpfte dabei mit seinem Glas von einem zu anderen, wobei er Freds und Ems Möbel mit der überschwappenden Schorle taufte. Lars zog mich an sich und dann küssten wir uns unter Bravorufen vor versammelter Mannschaft. Lenny kommentierte das, indem er mit schriller Stimme: „Ihhh, wie eklig!" rief.

Alle lachten und in diesem Moment fühlte ich mich inmitten des Umzugschaos, umringt von meinen Lieblingsmenschen, einfach nur wahnsinnig glücklich. Es war der perfekte Zeitpunkt für mein Geschenk.

„So, meine Lieben. Zur Feier des Tages habe ich auf Ems masochistischen Wunsch hin etwas Besonderes für euch vorbereitet. Eine kleine Gesangspräsentation."

Aufgeregt machte ich mich an Freds Musikanlage zu schaffen.

„Also, den Song, den ich euch vortragen möchte, handelt davon, dass man sich ganz auf jemanden einlässt. Dafür gibt es im Englischen ein anschauliches Sprichwort ..." Meine Stimme zitterte verräterisch. *Nur Mut,* versuchte ich mich zu beruhigen, *gleich ist es vorbei!* Ich holte noch einmal tief Atem und sprach weiter. „Es heißt: ‚Alle Eier in einen Korb legen'." Unsicher schaute ich zu Em herüber. Hoffentlich fühlte sie sich nicht auf den Schlips getreten. Doch im Gegenteil: Sie ging begeistert auf meine Erläuterung ein.

„Hör mal, ich glaub, den Song kenne ich sogar. Stammt der nicht aus einem Musical mit Fred Astaire?"

Ich nickte zustimmend, erstaunt darüber, dass sie sich in der Welt der Musicals auskannte. „Sorry, Bea", grinste Em, „aber *Putting All My Eggs* ist der Rausschmeißer meiner Stammkneipe in Überlingen."

Wieder lachten alle. Ich wartete einen Moment. Lars machte mir Mut, indem er mir unauffällig einen erhobenen Daumen zeigte.

Ich drückte die Playtaste.

Nach acht Takten Intro klopfte mein Herz so laut, dass ich um ein Haar meinen Einsatz verpasst hätte. Ehrlich gesagt quälte ich mich mehr schlecht als recht durch die ersten beiden Strophen. Hörte sich so gut wie gar nicht nach dem Song an, den Judith und ich einstudiert hatten. Ich war nervös und angespannt und das hörte man mir auch an. Wie konnte ich nur meine verflixte Selbstkritik ausschalten? Ich machte tapfer weiter, bis ich endlich zum Refrain kam.

„So I'm putting all my eggs ..."

Und da fing Lars an, Polkaschritte mit seinem Fuß anzudeuten. Kurz darauf erhob er sich und forderte Em zum Tanzen auf. Schwungvoll ließ er meine Freundin sich immer wieder im Kreise drehen. Solange bis sie hysterisch kicherte: „Hör auf, Lars, mir wird schwindelig."

Währenddessen sang ich immer weiter, unterstützt von Fred und Len, die im Takt mitklatschten. Beim zweiten Refrain bewegte mein Bruder albern seine beiden Ellbogen, so als ob sie Hühnerflügel wären, und gackerte dabei. Das inspirierte Lenny dazu, durch das Wohnzimmer zu laufen und abwechselnd so zu tun, als brüte er Eier aus oder suche Osternester. Am Ende des Songs waren wir alle außer Atem und völlig überdreht.

„Zugabe, Zugabe", schrien meine Freunde, als die Musik aufhörte, doch ich wollte nicht mehr. Ich war hungrig und hatte keine Lust mehr zu singen. Und so begaben wir uns alle in die Küche und fielen erst einmal über Ems Kartoffelsalat her. Nachdem wir gesättigt waren, machten wir Erwachsenen es uns dicht aneinander gedrängt zu viert auf dem Ledersofa gemütlich. Len sprang mit seiner Schorle vor uns hin und her und bedrängte Em, mit ihm anzustoßen.

„Okay, okay", gab sie dem kleinen Racker nach und erhob ihr Glas: „Auf Lars Astaire und Béatrice Rogers aus dem Ruhrgebiet." Fred lachte zustimmend.

„Ich erkenne meine eigene Schwester nicht wieder. Jetzt gibt es keine Ausrede mehr, du hast dich lang genug ausgeruht. Wir wollen eine Zugabe hören." Er klatschte in die Hände und Lenny machte es ihm begeistert nach.

Ich schaute mich verlegen um. Lars stand vor Freds Musikanlage und spulte Judiths play-along zurück. „Ähm, zwecks mangelnder Vorbereitungszeit ist die Zugabe identisch mit der Hauptattraktion", stammelte ich.

„Kein Problem", erwiderte Lars. „Viele Bands sind nur ein One-Hit-Wonder."

Ich wusste nicht, woran es lag, aber der zweite Durchlauf war mit dem ersten nicht zu vergleichen. Ich sang eine viel wildere Fassung. Zum Schluss probierte ich sogar eine kleine Improvisation aus, etwas, das ich noch nie vorher gemacht hatte.

Dieses Mal fühlte sich mein Auftritt kein bisschen wie Spießrutenlaufen an. Ganz im Gegenteil. Es machte mir richtig Spaß. Fast fühlte es sich an wie ein Ausflug ans Meer. Ich schwamm zusammen mit den Tönen im Fluss. Wir kraulten, tauchten, amüsierten uns. Und als ich bei der letzten Strophe ein wenig müde wurde, schloss ich die Augen und ließ mich treiben, während die Noten einfach immer weiter aus meinem Mund plätscherten. An diesem Abend schien mir alles möglich. *Alles kann, nichts muss*, hatte Judith in der letzten Stunde gesagt. Nun ahnte ich, was sie damit hatte ausdrücken wollen. Plötzlich war ich hellwach.

Aus Versehen hatte ich Singen gelernt.